청명
清明

청명절에 비 어지럽게 내리니
길 가는 나그네는 시름겨워지네
술집이 어디 있는가 물으니
목동이 멀리 살구꽃 핀 마을을 가리키네

清明時節雨紛紛
路上行人欲斷魂
借問酒家何處有
牧童遙指杏花村

무적다가

無敵 多家

無敵多家 2

신독 新무협 판타지 소설

초판 1쇄 찍은 날 § 2004년 11월 15일
초판 1쇄 펴낸 날 § 2004년 11월 25일

지은이 § 신독
펴낸이 § 서경석

편집장 § 문혜영
편집책임 § 유경화
편집 § 장상수 · 김민정 · 서지현 · 최하나 · 한지윤
마케팅 § 정필 · 강양원 · 이선구 · 홍현경

펴낸곳 § 도서출판 청어람
등록번호 § 제1081-1-89호
등록일자 § 1999. 5. 31
어람번호 § 제2-0469호

주소 § 경기도 부천시 원미구 심곡1동 350-1 남성B/D 3F (우) 420-011
전화 § 032-656-4452 팩스 § 032-656-4453
http://www.chungeoram.com
E-mail § eoram99@chollian.net

ISBN 89-5831-317-X 04810
ISBN 89-5831-315-3 (SET)

무적다가

無敵多家

2 무적검법

신녹 新무협 판타지 소설

Fantasti Oriental Heroes

도서출판
청어람

|목차|

제9장 벽화구출(碧華救出)

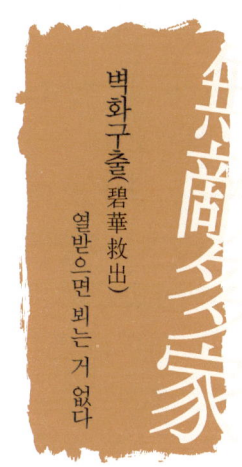

벽화구출(碧華救出)

열받으면 뵈는 거 없다

종남산은

부산스럽기 짝이 없었다.

노이각의 신속한 조치로 개방의 본타와 무맹에까지 종남파의 멸문은 널리 전해진 터였다.

노이각은 섬서 분타의 전 개방도들을 동원해 종남산을 이 잡듯 뒤졌으나 흉수에 대한 단서는 죽은 위만호가 남긴 그 하나밖에 발견되지 않았다. 주변의 무인들만이 어느새 소문을 듣고 종남으로 몰려들 뿐.

삼십 년 이래 처음 있었던 혈사였기에 전 중원을 뒤흔들 사안이 틀림없었다. 이미 종남의 주변, 섬서 남부의 무림이 크게 들썩이고 있었다.

노이각과 함께 종남산에 난 흉수의 자취를 쫓던 진파는 허탈한 음색으로 말을 걸었다.

"생존자는 한 명도 없다지요?"

노이각이 고개를 끄덕였다.

"그렇네. 당시 종남에 있던 문도들은 하나도 남김없이 참살당했더군. 외유를 떠난 문인들은 살아남았겠지만 이로써 섬서의 종남은 멸문했다 보아야겠지."

진파는 어제 본 광경을 떠올렸다. 하루가 지났지만 아직도 눈앞에 생생히 그려진다.

태어나서 처음 본 끔찍한 광경, 희생된 이들이 무려 이백을 헤아렸다. 한 명도 온전한 시신을 보전한 이가 없어 더욱 마음이 무거웠다.

그것이 모두 소수마후의 소행이라는 사실에 진파는 속이 쓰렸다.

자신의 첫 입술을 가져간 여자.

용모파기를 그렸던 장우가 자신을 사랑한다 말했던 여자.

소수마후의 아련한 눈길에 미련을 갖고 있기도 했다.

태인 도장이 그녀를 동천현에서 일어난 살인 사건의 흉수라 단정 지을 때도 혹시나 하는 마음이 없지 않았다.

그러나 거듭된 참상을 두 눈으로 목격한 지금, 진파는 자신의 마음을 부정할 수밖에 없었다.

'그녀는 들은 그대로 마녀였던 걸까?'

씁쓸했다.

이성(異性)에 대한 그리움과는 분명 달랐지만 마음 한구석에는 그녀에 대한 호감이 있었기에.

진파는 노이각에게 고개를 돌렸다.

"그런데 왜 소수마후의 짓이라고만 발표하신 겁니까? 현… 뭐라는 세력도 관계되어 있다면서요?"

"쉿!"

노이각은 주위를 둘러보며 목소리를 낮추었다.

"자네… 현성교에 대해 전혀 들은 바가 없는가?"

"예."

'이상하군.'

노이각은 진파의 얼굴을 뚫어져라 바라보았지만 거짓을 말하는 것 같지는 않았다.

삼십 년 전, 현성교를 공격할 때 정파무림의 선두에 섰던 사람이 바로 진파의 아버지인 풍협 다나철이었는데도 진파가 아무것도 모른다는 것이 믿기지 않았다.

"현성교는 강호의 중진이나 노숙들만 아는 극히 비밀스런 단체이네. 아주 위험한 자들이야."

은은한 긴장이 서린 노이각의 얼굴을 보며 진파는 고개를 갸웃했다.

"그런 곳이 왜 알려지지 않은 것이죠?"

"현성교가 정식으로 발호를 하기 전인 삼십 년 전에 우연히 그들의 존재가 발견되었다네. 그때 무림명숙들이 힘을 합쳐 현성교의 발호를 막았다네. 무맹이 발족된 것도 그 후지."

"그럼 그 사건 이후로 강호가 주욱 평화로웠다 이거군요……. 그냥 무맹이 강호를 평화롭게 했다고 들었는데 말이죠……."

무언가 감추는 듯한 인상이 든 진파는 더 말을 해보라는 듯 말꼬리를 흐렸지만 그 말을 끝으로 노이각은 입을 다물었다.

둘 사이에 어색한 침묵이 흘렀다.

진파는 그 침묵이 답답했다.

"잠시 혼자 둘러보고 오겠습니다."

"……그러시게."

진파는 노이각에게 고개를 살짝 숙이고 몸을 날렸다.

'꼭대기에라도 오르면 마음이 좀 트이려나?'

발길 가는 대로 올라가는 진파의 신형은 날래기 그지없었다.

신법을 배우고 익힌 곳이 험준하기 짝이 없던 소화산.

종남의 완만한 산세는 그에게 평지와도 같았다.

홀홀 몸을 날리며 복잡한 머리를 씻어내고 싶었으나 마음은 생각과는 달리 점점 묵직해져 왔다.

진파는 앞에 보이는 둥그스름한 바위 봉우리를 향해 경공을 펼치는 중이었다. 정상에 올라서서 세상을 보면 마음이 씻길 것도 같았다.

그때 진파의 귀에 날카로운 호통이 들려왔다.

"네년이 소수마후냐?"

진파의 눈이 커졌다.

진파는 소리가 난 쪽으로 물 찬 제비처럼 방향을 틀었다. 살짝 발부리에 힘을 주는 것만으로도 그의 신형은 오른쪽 숲 속으로 쏜살처럼 방향을 틀었다.

멍한 눈으로 자신을 바라보는 흑의여인에게 당서헌(唐西憲)은 날카롭게 호통을 쳤다.

흑의여인은 핏방울이 점점이 튄 흑의를 입고 인적이 드문 숲 속 바위 턱에 멍하니 앉아 있었다. 이 여인을 만난 것은 실로 우연이었다.

사천의 본가로 향하다 우연히 종남의 혈사를 듣고 종남산에 오른 터였다. 이미 종남의 멸문이 소수마후의 소행이라는 사실은 종남을 찾은 강호인들에게 널리 퍼진 사실이었다. 소수마후라는 믿기지 않는 말에 잔뜩 호기심이 동했던 것.

여타 무림인들처럼 일행과 종남산을 수색하던 중 아랫배에서 신호가 왔다. 동행한 이들이 모두 사내들이었던 탓에 홀로 볼일을 보려 으슥한 숲으로 찾아들었던 것인데 그곳에서 바로 이 흑의여인을 만난 것이다.

한눈에도 의심스럽기 짝이 없었다.

핏방울이 여기저기 튄 흑의를 입고 홀로 인적없는 숲 속에 숨어 있는 여자. 흑의여인의 새하얀 얼굴과 손에는 은은한 핏자국까지 남아 있었다.

소수마후가 흑의를 입고 하얀 소수를 그 특징으로 한다는 것은 가문의 어른들에게 몇 차례나 들은 터.

어릴 때는 그 무서운 전설에 악몽을 꾸기도 했다.

혹시나 하고 찔러보듯 호통을 쳤던 것인데, 흑의여인은 멍하게 자신을 바라볼 뿐이었다.

'아닌가?'

당서헌이 고개를 저을 때, 그녀의 호통 소리를 듣고 일행이 몰려왔다. 하나같이 당당한 기상이 돋보이는 젊은이들. 그들은 두 명이었다.

"헌 매(憲妹)! 무슨 소린가? 소수마후라니?"

제갈세가의 장자 제갈우현(諸葛雨炫)이 급히 물었다.

당서헌은 암기를 손에 쥔 채로 천천히 고개를 돌렸다.

흑의여인을 매몰차게 쏘아볼 때와는 전혀 다른 고상하고도 청순한 표정이었다.

"이 여자 아무래도 수상하지 않아요?"

제갈우현의 날카로운 눈이 흑의여인을 향했다.

흑의여인의 핏방울 튄 옷자락을 눈여겨보던 제갈우현이 고개를 끄덕였다.

"그렇군."

"너무 성급한 판단 아니오?"

'이 자식이?'

제갈우현이 보니 멋들어진 미소를 흘리며 부채를 펄럭이고 있는 황보근(皇甫根)이었다. 황보세가의 차남으로 제갈우현과 함께 잠룡쟁패를 통과한 황보근은 사사건건 제갈우현에게 경쟁 의식을 드러내곤 했기에 그리 놀랍지도 않았다.

"어떤 근거로 그리 말하는 거요?"

"상식적으로 생각해 보시오. 소수마후가 어떤 마녀요? 저런 어린 소녀일 리가 없지 않소? 게다가 혈사를 벌인 게 어젯밤인데 여태까지 이곳에 남아 있을 이유가 뭐겠소?"

제법 꼼꼼하게 근거를 대는 황보근에게 피식 웃음을 보냈다.

황보근의 얼굴이 딱딱하게 굳었다.

무어라 말하려는 황보근의 말을 끊고 제갈우현이 소나기처럼 말을 퍼부었다.

"그 무슨 안이한 생각이오? 황보 형이 언제 소수마후를 봤다고 그리 함부로 판단을 하는 게요? 소수마후는 특별한 대법에 의해 제련되는 마녀요. 나이와는 아무 상관이 없는 것이외다. 더구나 저 여인은 너무나 공교로운 장소에 나타났소. 이곳은 종남의 산문과 그리 멀리 떨어지지 않았고, 어젯밤 사건이 일어난 직후부터 개방도들이 온 종남을 수색했다 들었소이다. 이곳에 숨어 있다가 종남산이 잠잠해지면 피하려

했을 가능성도 배제할 수 없는 거외다. 하나의 사건을 따져들 때는 조목조목 여러 가능성을 생각해야지 황보 형처럼 무식하게 상식 하나만 믿고 넘어가다간 큰 우를 범할 수도 있는 게요."

"뭐요? 무식?"

황보근의 얼굴이 벌게졌다.

제갈우현과 황보근의 논쟁을 지켜보며 당서헌은 내심 저울질을 계속하고 있었다.

'머리는 제갈이가 더 좋고 힘은 황보가 더 세 보이고……. 아! 어떤 놈을 고른담? 이놈의 식지 않는 인기. 꼭 하나만 골라야 하나?'

황보근이 제갈우현을 쏘아보며 부채살을 꼿꼿이 폈다.

"그럼 이렇게 해봅시다. 소수마후는 소수마공을 익혀 그 손이 금강불괴와도 같다고 들었소. 저 여인의 손을 칼로 내려쳐 봅시다."

"뭐요?"

제갈우현이 말도 안 되는 황보근의 제안에 입을 벌렸다.

소수마후인지 아닌지 확실하지도 않은 여인의 손을 칼로 치자니, 만일 아니라면 어쩔 것인가?

"왜요? 저 여인이 소수마후라면서요? 자신이 없소?"

"내가 언제 소수마후라 단정했소? 수상하다고 했을 뿐이오."

"사내대장부가 기면 기고 아니면 아니지 뭐 좀스럽게 이리저리 재고 그러는 거요? 그러니 밴댕이 소갈딱지라는 소리나 듣지."

"뭐요?"

이번엔 제갈우현이 버럭 고함을 질렀다.

이때, 당서헌이 끼어들었다.

"아이 참, 오라버니들 싸우지 마세요. 제가 한번 시험을 해볼게요."

제갈우현과 황보근 모두 당서헌에게 고개를 돌렸다.

"이 여자가 정말 소수마후라면 제 원앙침(鴛鴦針)을 피할 수 있을 거예요. 아니라면 뭐 운이 없다 치죠. 독이 없는 것을 고르고 손을 노린다면 아니더라도 큰 문제는 없을 거예요."

당서헌이 배시시 웃었다.

'큰 문제가 없어? 원앙침이?'

제갈우현은 무어라 말을 하려 했지만 꿀꺽 침을 삼키고 말았다.

당서헌의 청순하고도 맑은 얼굴을 보니 원앙침의 위력을 제대로 모르고 있을지도 모른다는 생각이 들었다.

인체를 맞히면 곧바로 혈맥 속으로 파고들어 자취를 감추는 병기가 원앙침이었다. 절세의 내가공력을 가진 고수가 혈맥을 따라 거꾸로 뽑아내지 않는다면 언제 죽을지 모르는 암기였다.

그러나 제갈우현은 그것을 굳이 당서헌에게 알려주어 그녀를 곤혹스럽게 하고 싶지는 않았다. 숙녀의 체면을 손상시키는 것은 예가 아니었다.

제대로 영문도 모르는 황보근은 크게 손뼉을 쳤다.

"그거참 좋은 생각이오! 역시 헌 매는 아름다운 데다가 영특하기까지 하다니까!"

당서헌은 제갈우현을 바라보며 쌩긋 교소를 지었다.

"그래도 되겠죠? 우현 오라버니?"

"물론이지."

제갈우현이 고개를 끄덕이자 당서헌은 망설임없이 원앙침을 고쳐 잡았다.

'만약 이년이 소수마후면 난 진짜 여협(女俠)이 되는 거야!'

소수마후가 아니면 적당히 얼버무리면 그뿐.

당서헌의 손이 허공을 쓸었다.

날카롭게 반짝이는 원앙침이 멍하니 늘어뜨려 무릎에 올려진 흑의 여인의 손등을 향해 날아갔다.

그때였다.

"무슨 짓이냐!"

분노에 가득 찬 고함 소리와 함께 츄릿 하는 기성이 울렸다.

팅!

어디선가 날아온 검은 종 모양의 추에 원앙침이 튕겨 날아올랐다.

그와 함께 날카로운 소리가 울렸다.

짜짝—

당서헌은 양 뺨이 돌아가는 극렬한 통증에 비명을 질렀다.

"아악—!"

"언 놈이냐?"

황보근이 고함을 치며 검을 뽑아 들었다.

황보근보다는 훨씬 실리에 밝은 제갈우현은 당서헌의 어깨를 감싸 안고 있었다.

"헌 매, 괜찮소?"

당서헌은 눈을 동그랗게 뜨고 자신들의 앞을 가로막고 선 흑의를 걸친 소년을 바라보고 있었다.

자신과 비슷한 나이로 보였다.

살짝 각이 진 턱은 굳센 의지를 드러내었고 가는 듯, 굵은 듯 애매한 얼굴이 보기 드문 기남자였다.

근래 보기 드문 최상품이었다.

그런데 자신을 때렸다.

'뭐… 오해야 곧 풀면 되지, 쟤도 곧 날 숭배하게 될걸?'

그 최상품이 손가락을 곧게 뻗어 자신을 가리켰다.

"야, 이런 개같은 년아! 무공도 제대로 모르는 소녀한테 암기를 날려? 너 같은 년 때문에 무인들이 욕을 처먹고 다니는 거야!"

"뭐야?"

당서헌의 아미가 확 일그러졌다.

제갈우현이 감싼 어깨를 팽개치며 당서헌이 앞으로 달려갔다.

그런 당서헌의 앞을 가로막은 것은 황보근의 듬직한 팔이었다.

"헌 매, 이런 자식은 내게 맡기라구. 난 입만 싼 놈이 아니거든."

"황보 오라버니!"

황보근은 돌연 나타난 괴한을 겨누며 묵직한 어조로 호통을 쳤다.

"너도 강호인이라면 지금 얼마나 부끄러운 짓을 저질렀는지 알아야 한다. 종남파를 멸문시켰을지도 모르는 원흉을 취조하는데 오히려 당 소저를 때려? 일문이 멸문당하고 싶으냐!"

황보근의 말에 진파는 뚜껑이 날아갔다.

'원흉?'

소수마후라는 소리에 달려왔는데 실종되었던 이벽화가 아닌가. 그래서 다짜고짜 암기를 날리는 걸 보고 다급히 연혼추를 발출했던 것.

다행히 튕겨낼 수 있었지만, 가슴은 아직도 쿵쾅거렸다.

자칫했으면 바로 눈앞에서 이벽화가 다치는 걸 볼 뻔하지 않았는가.

지켜주겠다 약속했다.

혼자만의 약속이었지만 그것만으로도 진파는 책임을 통감했다.

앞을 가로막고 되도 않는 호통을 치는 덩치 큰 녀석에게 진파는 카악 침을 뱉었다.

"퉤! 이 개자식아! 할 말 없으면 아가리 닥치고 있어! 말도 안 되는 흰소리 늘어놓으면 입을 확 찢어버린다!"

호쾌하게 날아간 침은 황보근의 자랑, 가슴팍에 새긴 잠(潛) 자에 턱하니 달라붙었다.

황보근의 얼굴이 볼썽사납게 일그러졌다.

"이, 이런 말종 같은 자식이……."

황보근은 더 참지 못하고 폭풍 같은 기세로 뇌전도법(雷電刀法)을 펼쳤다.

황보세가의 자랑은 권장이었지만 황보근은 칼을 사랑하여 가문에서는 거의 익힌 이가 없다는 뇌전도법을 익힌 터였다. 특별히 소림의 속가제자를 초빙하여 뇌전도법에 소림의 기법을 녹여낸 황보근은 당당히 잠룡쟁패를 통과한 바 있는 준재였다.

뇌전이라는 말 그대로 허공을 찢으며 내리 꽂히는 도법은 팔방(八方)을 제압해 진파의 몸을 갈기갈기 난도질할 듯 보였다.

그러나!

"새끼! 생긴 대로 놀구 있네!"

진파는 오른팔을 후려치듯 휘둘렀다.

츄릿—

귀청을 울리는 날카로운 기음과 함께 황보근의 뇌전도법이 일으킨 경풍이 씻은 듯 사라졌다.

"이, 이럴 수가……!"

황보근이 경악한 표정으로 중동이가 싹둑 잘라진 칼을 멍하니 바라보고 있었다.

진파는 내공을 무리하게 폭발시켜 연혼도를 전개한 여파로 일순 입을 열 수가 없었다. 자칫 내력이 흩어질지도 몰랐다.

진파는 전신에 내력을 일 주천시키며 아무 말 없이 황보근을 잔뜩 노려보고만 있었다. 진파의 상태를 알 길 없는 황보근은 잔뜩 주눅이 들어 주춤주춤 뒤로 물러섰다.

하늘로 치뜬 고리눈에 아무 말도 없는 진파의 얼굴이 당당하기 짝이 없었다.

제갈우현의 눈이 커졌다.

'저게 무, 무엇인가? 황보근의 칼을 저토록 손쉽게 꺾어버리다니! 나이도 어린 것 같은데!'

사태가 불리함을 직감한 제갈우현이 침착하게 앞으로 나섰다.

"형장, 고정하시오. 형장은 무림의 공적이 될지도 모르는 마녀를 비호하고 있는 것이오. 나는 제갈세가의 제갈우현이고, 저 친구는 황보세가의 황보근이오. 이 소저는 당문의 사람이외다."

그제야 입을 열 수 있게 된 진파는 제갈우현을 향해 팩 고개를 돌렸다.

"그래서?"

하나같이 가슴팍에 잠(潛) 자를 새긴 세 남녀를 보며 진파는 씹어뱉듯 말을 토했다.

"니들이 잠룡쟁패 통과자면 통과자고 명문의 제자면 제자지, 무공도 모르는 소저에게 암기를 쏘아대고도 그따위 소리를 해? 지금 니들 집이 힘세다고 날 협박하는 거냐?"

"아니, 그게 아니라……."

진파는 제갈우현의 말을 토막 내고 큰 소리로 꾸짖었다.

"닥쳐! 누가 그따위 변명을 듣고 싶대? 내가 잠룡쟁패 통과자를 니들만 본 게 아니지만 어찌 하나같이 이런 개잡종들이야? 니들이 무공도 모르는 소저에게 암기를 날린 게 지금 정당하다고 떠드는 거냐? 어디서 말도 안 되는 변명을 늘어놓는 거야!"

"그, 그건 오해요. 형장도 종남의 혈사를 듣고 찾아왔을 거요. 저 여인은 소수마후일 가능성이 높소이다. 그래서 시험을……."

"시험? 만일 아니면? 소수마후가 아니면 죽어도 상관없다 이거냐?"

"그, 그건……."

제갈우현은 말문이 막혔다. 원앙침의 위력을 알면서도 당서헌을 말리지 않았던 터라 더 할 말이 없었다.

진파는 아무 말 없이 발길질을 시작했다.

말이 필요없는 놈들이다.

"이런 개자식들!"

"헉!"

사람의 발이 얼마나 자유로운 궤도를 그릴 수 있나 보여주는 것처럼 진파의 각법은 분방하기 그지없었다. 그러나 자리를 이동할 생각은 없었던지 뒤로 몸을 날리는 제갈우현을 진파는 쫓지 않았다.

제갈우현의 얼굴이 시뻘겋게 달아올랐다.

말로 해결을 보려 했건만 말이 통하지 않는 상대였다. 그렇다고 황보근의 칼을 단숨에 잘라내는 이 괴청년을 이길 자신도 없었다.

그때 당서헌이 양손에 암기를 움켜잡으며 날카롭게 소리쳤다.

"오라버니들! 이 녀석은 소수마후를 비호하는 걸 보니 한패가 분명해요! 마도를 척결함은 정파협객의 임무! 우리 힘을 합쳐 이 녀석을 무찔러요!"

황보근이 동조를 하듯 주먹을 세웠다. 칼은 잘렸지만 가문의 권장도 적잖이 익힌 황보근이었다. 제갈우현도 어쩔 수 없다는 듯 장삼 자락을 뒤로 돌려 허리춤에 끼웠다.

진파는 하늘을 올려다보며 광소를 터뜨렸다.

"푸하하핫! 정파? 협객? 니들 따위가 그런 고상한 말을 입에 올려? 니들이 소수마후 얼굴을 알기나 해? 니들이 종남파 사람들이 어찌 죽었나 보기나 했어? 니들이 뭘 알아? 뭘 안다고 함부로 짖어대는 거냐!"

진파는 피 냄새가 물씬 풍기는 걸 느꼈다.

종남파 문인들의 목 잘린 시신들이 선하게 떠올랐다.

마치 제 세상을 만난 것처럼 이 기회에 이름이나 날려보겠다는 것처럼 보여 진파는 속에서 불길이 치솟아올랐다.

"그럼 너는 소수마후 얼굴을 안다는 거냐?"

당서헌이 날카롭게 물었다.

"니들같이 입만 살아 있는 것들보다 훨씬 자세히 안다. 내 뒤에 있는 이 소저는 소수마후가 아냐! 내 동행이다!"

"신분을 밝혀라!"

"신분? 니들한테는 그게 그렇게 중요하냐? 좋아, 나 진파라는 사람이다."

당서헌이 좌우로 고개를 돌려 황보근과 제갈우현을 돌아보았다.

둘은 처음 들어보는 이름이라는 듯 어깨를 으쓱했다. 사실 알 턱이 없었다. 출도한 지 한 달도 안 된 애송이 강호인 아니던가.

당서헌의 눈이 진파를 향했다.

"우리 모두 네놈의 이름을 처음 들어본다. 네놈 또한 수상하기 짝이 없다. 사술을 써서 황보 오라버니의 칼을 자른 것도 그렇고, 소수마후의 얼굴을 안다는 것을 보면 한패인 게 분명해. 오라버니들, 망설일 이유가 없어요. 이 녀석도 함께 잡아 취조하도록 해요!"

진파는 으스스한 미소를 지었다.

"사술? 모르면 사술이냐? 그래, 그래, 맘대로 짖어라. 어차피 니들 다 두들겨 패줄 생각이었으니까. 아니, 아예 병신을 만들어주지. 다 덤벼!"

앞에 선 이들이 정파 명문의 세가 자제들이란 사실도, 자신의 이런 행동이 어떤 파장을 일으킬지도 진파의 머릿속엔 없었다.

소수마후라는 외침에 급하게 달려온 진파의 눈앞에 보이는 건 이벽화에게 암기를 날리는 당서헌의 독한 모습뿐이었다.

너무 다급한 나머지 연혼추를 날리면서도 암기를 떨궈내지 못할까 봐 조마조마했던 진파였다. 다행히 암기를 튕겨냈지만 뒤따른 건 이벽화의 무사함에 대한 안도보다는 이벽화를 공격한 이들에 대한 분노였다.

더구나 소수마후라니…… 당금 무림에서 진파보다 소수마후의 얼굴을 가까이 대한 이가 누구던가.

자신의 생각대로 모든 걸 꿰어 맞추는 이들의 오만함에 진파는 완전히 뚜껑이 날아갔다.

다 덤비라고 말했지만 진파의 양팔이 먼저 휘둘러졌다.

양팔의 철비갑에서 스무 개의 연혼추가 벼락처럼 당서헌 등을 덮쳤다.

연혼탄(練魂彈)이었다.

츄리리리리릿—

"피, 피햇!"

제갈우현이 몸을 굴리며 다급히 소리쳤다.

황보근의 칼도 단숨에 양단할 정도로 무서운 위력을 갖춘 병기.

그것은 연혼추가 아니라 연혼사를 칼처럼 쓴 것이었지만 제갈우현으로서는 알 도리가 없었다.

잠룡쟁패를 통과한 명예로운 후기지수답지 않게 제갈우현과 황보근, 당서헌은 땅바닥을 데굴데굴 굴러 연혼추의 사정거리에서 벗어났다.

"왜 피해? 덤빈다며?"

진파는 양손을 휘휘 돌려 연혼사를 한 줄로 꼬았다.

연혼추가 바닥을 쓸며 팅팅 자갈들이 튕겨 올랐다.

끝에 열 개의 추가 매달린 두 개의 긴 채찍이 된 연혼사가 주위를 후려치기 시작했다.

근처의 나무들이 태풍을 만난 조약돌처럼 흔들렸다.

나뭇잎들이 우수수 떨어지고 연혼사의 궤도 안에 있는 나무들이 속절없이 베어져 바닥에 뒹굴었다.

나무들이 넘어지며 내는 우르릉거리는 소리가 허공을 메우고 그틈에서 제갈우현 등은 얼굴이 새파랗게 질려 몸을 날리기 바빴다.

진파의 호통이 길게 뽑아졌다.

"덤벼! 이 개자식들아!"

당서헌은 쓰러지는 나무 둥치들을 피하며 새파랗게 독기를 품었다.

'내게 이런 수모를 줘?'

품속의 원앙침을 한 주먹이나 잡아 들었다.

당서헌은 몸을 날리며 진파와 이벽화를 노리고 원앙침을 던졌다. 한 움큼의 새까만 침들이 벌 떼처럼 진파와 이벽화를 덮쳤다.

이벽화까지 노린 그 악랄한 손속에 진파는 부드득 이를 갈았다.

진파는 몸을 날려 아직도 바위에 멍하니 앉아 있는 이벽화를 안고 바위를 박찼다.

티티티티티팅—

원앙침들이 바위에 부딪치며 분분히 흩어졌다.

당서헌이 이를 악물고 남은 원앙침을 모두 꺼내 진파를 향해 날리기 시작했다.

"이런 개같은 년!"

허공에 떠올라 있는 채로 당서헌의 공격을 받은 진파는 한 줄로 꼬아놓았던 왼팔의 연혼사를 반대 방향으로 맹렬히 휘저었다.

한데 묶여 있던 열 개의 연혼추가 차르륵 사방으로 비산하며 원앙침들을 튕겨내기 시작했다.

진파는 열 줄의 연혼사를 손가락으로 튕겨내며 당서헌을 향해 쏘아보냈다.

뱀처럼 꿈틀거리며 위아래로 물결치는 열 가닥의 연혼사가 당서헌을 향해 쇄도했다. 당서헌의 눈엔 위아래로 움직이며 독사처럼 날아오는 연혼추만 보일 뿐이었다.

원앙침의 공세를 뚫고 비사(飛蛇)처럼 날아오는 연혼추의 공세는 모든 힘을 뽑아낸 당서헌으로서는 피할 틈이 없었다.

당서헌의 얼굴이 하얗게 질렸다.

그때였다.

"손을 멈춰라!"

중후한 고함이 터져 나왔다.

당서헌을 노렸던 연혼추가 하나하나 검끝에 찔려 옆으로 튕겨 올랐다. 그 검에 실린 막대한 힘에 진파는 내장이 뒤흔들려 울컥 피를 토할 뻔했다.

"큭!"

진파가 고개를 들어보니 당서헌의 곁에 도관을 머리에 쓴 도사 한 명이 푸른 수실이 달린 검을 비껴 들고 내려서 있었다.

그 뒤를 따라 승도속(僧道俗)의 다양한 인물들이 내려섰다.

진파는 바닥에 내려서며 이벽화를 잡은 팔에 힘을 주었다.

진파의 시선은 자신의 연혼추를 일검에 떨군 도사에게 향했다.

당서헌을 향한 분노가 가시지 않아 열기를 가득 담은 눈빛이었다.

진파가 부드득 이를 갈며 도사에게 물었다.

"누군데 함부로 끼어드느냐?"

도사의 옆에 있던 여승 하나가 큰 소리로 진파를 꾸짖었다.

"감히! 이분은 무맹의 맹주이신 태현 진인(太玄眞人)이시다! 속히 예를 갖추어라!"

태현 진인.

화산파의 장문인이며 이번에 무맹의 맹주가 된 인물. 진파가 가출을 하도록 동기를 제공했던 사람. 태인 도장의 사형이며 진파가 존경하는 철극수의 팔을 자른 인물.

진파는 복잡한 눈빛으로 태현 진인을 바라보다 고개 숙여 예를 표했다.

"진파입니다."

진파를 꾸짖었던 아미파(峨嵋派)의 여승 열정 사태(熱情師太)는 장내를 둘러보다 혀를 찼다.

"한바탕 태풍이라도 휩쓸고 간 듯하군."

여기저기 잘려 나간 나무들이 뒹굴고 곳곳에서 흙먼지가 피어올라 코끼리 떼라도 숲을 습격한 것 같은 모습이었다.

그때 태현 진인의 주위로 제갈우현과 황보근이 다가섰다.

"맹주께 인사 올립니다."

두 사람은 정중하게 포권을 취했다.

태현 진인이 가볍게 머리를 끄덕였다.

제갈우현과 황보근 모두 태현 진인이 익히 아는 이들, 장차 무림을 떠받들 기둥이 될 인물들이었다.

"어찌 된 일인가?"

태현 진인의 침착한 목소리에 제갈우현이 대답했다.

제갈가의 자제답게 조리있고 침착한 설명이었다.

"종남의 비보를 듣고 서안에서 만나 회포를 풀던 저와 황보 형장, 당 소저는 곧바로 종남산으로 올랐습니다. 미력하나마 여러 선배님들을 돕기 위해서였지요. 개방의 선배님들을 도와 수색을 하던 중 신분이 의심스러운 여인을 발견했습니다. 혈사가 일어난 종남의 산문에서 얼마 떨어지지 않은 이 은밀한 숲 속에 홀로 은신해 있던 여인이었습니다. 옷깃과 얼굴, 손에 핏자국이 나 있는 것이 심상치 않았습니다. 바로 저자가 안고 있는 여인입니다."

장내의 인물들이 일제히 진파가 안고 있는 이벽화를 바라보았다.

"흑의를 입고 있는 것도 그렇고 얼굴과 손이 눈처럼 새하얀 것이 마음에 걸렸습니다. 더구나 핏방울이 여기저기 튀어 있는 것이 아주 수상했습니다. 소수마후가 아닌가 의심이 갔습니다."

헉 하는 소리들이 여기저기서 터져 나왔다.

칼을 빼 드는 인물들도 있었다.

"그래서 저 여인을 조사하려는 참인데 저자가 나타나 돌연 우리를 공격했습니다. 보시다시피 엄청난 마병을 사용하는 자라 속절없이 당할 뻔했습니다. 게다가 가증스럽게도 가장 약한 당 소저만을 노리는 치졸한 자였습니다. 아무래도 어제 혈사와 관련이 있는 자가 틀림없지 않나 생각됩니다. 맹주의 혜안으로 진위를 가려주시길 앙망합니다."

장내의 인물들이 다급히 병장기를 빼 들었다. 소수마후와 관련이 있는 한패일지도 모른다는 말에 모두 살기를 내뿜었다.

태현 진인의 시선이 조용히 진파에게 가 닿았다.

진파는 잡아먹을 듯 제갈우현을 노려보고 있었다.

제갈우현이 말한 것은 대부분 사실이었으나 중요한 사실을 슬쩍 빼놓고 중인들을 부추기는 말이었다. 대단한 혀였다.

"큭큭. 아까 헛바닥을 잘라 버리는 건데 그랬어."

제갈우현이 큰 소리로 꾸짖었다.

"이토록 정파의 군웅이 모여 있는데도 아직도 자복하지 않을 셈이냐? 어서 그 마병을 버리고 순순히 맹주님의 취조에 응해라!"

진파는 이벽화를 안은 팔에 힘을 주었다.

"못하겠다면?"

무맹의 군웅이 빙글 흩어져 진파를 에워쌌다.

주위를 포위한 정파의 군웅을 돌아보며 진파가 하늘을 보고 웃음을 터뜨렸다.

"푸하하하하하! 이런 게 정파의 기둥이고 잠룡쟁패를 개최하던 그 무맹의 실체였단 말야? 이따위 게?"

진파의 칼날 같은 절규가 허공에 흩어졌다.

"닥쳐라!"

열정 사태가 날카롭게 소리치며 검을 뽑았다.

챙―!

진파의 웃음소리가 뚝 그쳤다.

하늘을 바라보던 진파의 시선이 열정 사태를 향했다.

어글어글하여 사람 좋아 보이던 그 눈이 아니었다. 꽉 치켜뜬 진파의 눈은 호랑이의 그것을 닮았다. 눈동자에서 파란 불길이 일렁였다.

"닥쳤다. 어쩔래?"

"이놈!"

출가를 하지 않았다면 진파만한 아들이 있을지도 모를 열정 사태.

위아래 구분도 없이 막 나가는 진파의 말에 열정 사태는 더 이상 인내심을 발휘할 수 없었다. 불문에 든 비구니답지 않게 성질이 불같아 열정이란 별호가 붙은 그녀치고는 참을 만큼 참은 터였다.

분노한 열정 사태가 몸을 날리려는데 태현 진인이 조용히 손을 들어 막았다.

"맹주님! 저런 버릇없는 녀석은…….."

조용한 전음이 열정 사태의 귀를 파고들었다.

"저 친구가 팔목에 찬 무기를 보시오."

열정 사태는 태현 진인의 전음에 무맹의 인사들에게도 방자한 언사를 내뱉는 진파를 다시 한 번 보았다.

오른팔로 멍한 눈매의 소녀를 꽉 끌어안고 있는 폼이 방자하기 짝이 없었다. 남녀가 유별하건만 벌건 대낮에 부끄럼도 없이 여인네를 끌어안고 있는 것이 아까부터 눈에 거슬렸던 참이다.

흑의를 입은 이 오만방자하기 짝이 없는 녀석이 갖고 있는 무기. 녹이 슨 듯 여기저기 붉은 반점이 돋아 있는 팔찌를 본 순간, 열정 사태의 안색은 딱딱하게 굳었다.

햇살이 반사되어 투명한 빛을 뿜어내는 실처럼 보이는 병기.

"여, 연혼사!"

열정 사태의 귀에 다시 태현 진인의 전음이 들렸다.

"맞소. 광마 이종이 쓰던 마병, 연혼사요. 사태도 기억하고 있겠지요? 저 연혼사가 어느 곳에 봉인되었는지를……. 그리고 저 청년의 얼굴을 보시오. 누구를 꼭 닮지 않았소?"

열정 사태는 쾅 하고 벼락을 맞은 것처럼 부르르 떨었다. 어째서 알아보지 못했을까? 죽었다 깨어나도 잊을 수 없는 그 얼굴을.

"푸, 풍협(風俠)!"

태현 진인이 한 걸음 앞으로 나섰다.

"사태는 뒤로 물러나 계시오. 내가 어찌 된 일인지 알아보겠소."

태현 진인은 잔뜩 눈꼬리를 올려 세운 진파를 마주 보았다.

흡사 당년의 풍협을 보는 듯 너무나 빼닮은 얼굴.

넘지 못할 벽으로만 보였던 다나철의 그 얼굴이었다.

'하지만 나는 이제 무맹의 맹주……. 당신은 어디 있는지 알 수도 없지. 더 이상 무적다가(無敵多家)에 눌려 살던 그 화산이 아니다. 새 술은 새 부대에 담아야지. 술을 담을 부대는 하나면 족해. 나머지 천은 찢어버리는 것이지…….'

"자네가 안고 있는 그 여인은 이번 혈사와 관련이 없다는 것인가?"

침착한 태현 진인의 물음에 진파는 고개만 끄덕였다.

"저, 저놈이?"

여기저기서 분노한 음성이 튀어나왔다.

강호의 배분상 한참 선배인, 더구나 무맹의 맹주인 태현 진인에게 한 대답치고는 더할 수 없이 불손한 태도였지만 진파로서는 최대한의 인내심을 발휘한 것이었다.

명문의 자제랍시고 사실은 부풀리고 진실은 덮어버린 제갈우현의 말 한마디에 무맹의 요인들이라는 작자들이 한마디 말도 듣지 않고 이 벽화를 소수마후로 간주한 사실은 용납할 수 없었다.

무공도 제대로 모르는, 게다가 정체도 모르는 흑의인들에게 쫓기고 있는 가련한 소녀를 정파의 협객이라는 작자들이 마치 죄인 취급하는 것이 진파를 분노케 했다.

자신까지 싸잡아 종남혈사의 흉수라 단정 짓는 그 조급한 우월감이 너무도 혐오스러웠다.

"그걸 무엇으로 증명할 건가?"

진파는 묵묵히 태현 진인을 노려보았다.

섬서 분타의 개방도들만 온다면 자신의 신분을 증명할 수도 있을 테고 이 자리도 무사히 모면할 수 있을 터였다.

그러나 싫었다.

이런 아집덩어리 작자들에게 왜 구구절절 설명을 해야 한단 말인가.

왜!

"내가 아니라면 아닌 거요. 내 이름을 건다면 그걸로 부족하오?"

태현 진인의 눈빛이 날카롭게 빛났다.

"이름을 건다……? 자네는 그 말의 의미를 알고 있나?"

"물론이오."

태현 진인은 조용히 염두를 굴렸다.

'아직 이 청년의 소문을 들은 적이 없는 걸 보면 출도한 지 얼마 되지 않았다는 말일 텐데……. 설마 벌써 자신의 신분을 알아차렸다는 건가?'

무적다가의 이름을 건다면, 당금 무림에서 아무도 그 말에 시비를 걸 인물이 없을 터였다.

벌써부터 진파의 얼굴을 알아본 몇몇 명숙이 술렁이는 기색이 역력했다.

무적다가의 강호출도식.

강호상에 언젠가부터 전통처럼 이어진 의식이었다.

무적다가의 자제는 강호에 출도할 때, 자신이 무적다가의 인물임을 알지 못하고 나온다.

그 스스로 신분의 비밀을 풀고 자신만의 검(劍)을 만드는 것이 무적다가의 자제가 강호에 출도하는 의미였다.

한 사람이 자신의 일생을 걸고도 자신만의 검법을 창안해 낸다는 것은 지난하기 짝이 없는 일이었지만 놀랍게도 무적다가의 자제들은 모두가 그 어려운 일을 거침없이 해내곤 했다.

그 와중 언제나 협행(俠行)의 길을 걷고 강호에 겁난이 있을 때면 최선두에 서서 그 풍파를 헤쳐 나간 집안이 바로 무적다가.

그러하기에 뻔히 알면서도 무적다가의 전통을 지켜주는 것은 노강호인들의 묵계이기도 했다. 강호에 출도한 무적다가의 자제를 따르는 암중고수들의 힘도 무시할 수 없었지만, 모두가 당대출도객의 신분을 모른 체해주는 것은 무적다가에 대한 강호인들 모두의 예우였다.

태현 진인은 슬쩍 미소를 머금었다.

'벌써 알았을 리는 없지. 아마 이 근처에 무적다가의 인물들이 숨어 있겠군. 풍협이 거둔 인물들이 음양쌍괴이니 아마 그들일 것이고……. 하지만 그들은 무적다가의 자제가 죽음의 위험에 빠졌을 때만 직접 개입할 수 있어. 그전엔 신분을 밝히려는 자들만 응징하지. 이건… 아주

좋은 기회군.'

태현 진인의 진중한 음성이 진파를 향했다.

"좋아. 자네의 말을 믿지."

"아니, 맹주님!"

제갈우현 등이 말도 안 된다는 듯 고함을 쳤다.

중년을 넘어선 명숙들은 은연중 당연하다는 듯 고개를 끄덕이며 무기를 거두었다.

주위의 반응을 무시한 채 태현 진인의 말은 계속 이어졌다.

"단, 그 소저를 우리가 직접 조사하게 해주게. 소수마후가 아닐 수도 있지만 소수마후일 수도 있네. 이건 강호의 중대 사안이네. 자네의 이름을 생각한다면 강호의 평화를 위해 협조해 주기 바라네."

열정 사태는 태현 진인의 뒤에서 고개를 끄덕이고 있었다.

무적다가의 위신을 세워주면서도 명분을 잃지 않은 정중한 권고. 무맹의 맹주다운 품위있는 처신이었다.

그러나 진파의 대답은 냉랭했다.

"소수마후인지 아닌지 조사한다 하셨소?"

"그렇네. 당연한 일이지 않나?"

"어떤 방법으로 조사할 것이오이까?"

"그거야 우리가 알아서 할 일이네. 그 소저가 소수마후가 아니란 것이 판명되면 자네에게 고이 모셔 드리겠네."

진파는 피식 웃더니 이벽화를 단단히 등에 업었다.

장삼 자락을 부욱 찢어 이벽화를 등에 고정시키며 진파는 타는 듯한 눈초리로 태현 진인을 쏘아보았다.

"나는 당신들을 믿지 못하겠소이다."

"무엇이!"

주위의 공기가 다시 험악해졌다. 몇몇 명숙들이 안타깝다는 듯 혀를 찼다.

"소수마후인지 아닌지 확인해 보겠다고 마구 칼질을 할 거 아니오? 저기 저 미친년처럼 암기로 푹푹 찔러볼 거요? 무엇으로 당신들을 믿으란 거요? 거짓말 한마디에 부화뇌동하는 인간들이!"

안타깝다는 듯 태현 진인이 고개를 저었다. 아랫사람을 간곡히 타이르는 진심 어린 말투였다.

"무맹을 믿지 않으면 누구를 믿겠다는 건가? 자네도 무림인이라면 무맹의 한 기둥인 것이야."

진파는 한 줄로 꼬아놓았던 연혼사를 휘둘러 풀었다. 스무 줄기의 연혼사를 부챗살처럼 쫘악 펴 바닥에 늘어뜨렸다.

진파의 시선이 장내의 인사들을 하나둘씩 스쳐 갔다.

"나도 예전엔 무맹을 믿었소. 잠룡쟁패를 신봉했고. 그러나 이젠 아니오. 난… 내 눈으로 본 것만 믿소. 그리고 무맹은 내가 보기엔 믿을 수 없소."

열정 사태가 분노한 목소리로 고함을 쳤다.

"네가 감히 무맹의 권위를 무시하겠다는 거냐?"

"맹주님이 저렇게 양보해 주시는데도 저따위라니! 저놈은 종남을 무너뜨린 그놈들과 한패거리가 틀림없어요! 왜 자꾸 비호하시는 거죠? 저런 놈은 그냥……."

"닥쳐라! 네 따위가 끼어들 자리가 아니야!"

교성을 높이던 당서헌은 열정 사태의 싸늘한 한마디에 입을 다물었다. 빨갛게 달아오른 얼굴로 씩씩거렸지만 아무도 상관하지 않았다.

명숙들의 눈은 모두가 진파 한 사람에게만 집중해 있었다.

'무언가 이상하다……'

제갈우현은 태현 진인이나 열정 사태 등 선배 고인들이 진파에게 지나치게 정중한 것을 이해할 수 없었다.

이건 정중하다 못해 너무나 심한 양보를 하는 것처럼 보였다.

그 안에 자신은 알지 못하는 무언가가 있음을 제갈우현은 재빨리 감지했다.

'하지만 저놈을 그냥 보낸다면……'

자칫, 진파가 무맹의 인사들과 좋게 일을 마치기라도 한다면 자신들이 진파를 합공한 것도, 그러고도 개박살이 난 것도, 한 소녀를 소수마후인지 시험한다고 다짜고짜 독수(毒手)를 사용한 것도 모두 드러날 터였다. 그것은 빛나는 잠룡쟁패 통과자에게는 지나친 치욕이었다.

'어떻게 수를 써야 하는데……'

머리를 쥐어짜는 제갈우현의 눈에 아주 이상한 광경이 보였다.

지성으로 진파를 설득하는 듯했던 태현 진인의 얼굴에 잠시 동안 야릇한 표정이 스쳐 지나가는 것이었다. 두뇌 제일이라는 제갈세가에서 자란 제갈우현은 그 표정이 어떤 것인지 즉각 알 수 있었다.

그것은 자신의 표정이기도 했다.

계획대로 모든 것이 진행될 때 짓는 음모의 주재자만이 가질 수 있는 표정. 마지막 한 수를 결정짓기 직전 떠올리는 아주 잠시의 득의만면한 미소.

태현 진인의 입꼬리에 살짝 떠올랐다 씻은 듯 사라진 작은 움직임은 바로 그것이었다.

"자네가 무맹을 믿지 않고 그 소저를 보호하겠다니 어쩔 수 없군 그래. 하지만 우리는 이름을 건다는 자네의 그 말을 존중하는 바이네. 무인에게 이름을 건다는 것은 목숨을 건다는 것과 같은 의미. 그러나 소수마후의 건은 무맹으로서는 간과할 수 없는 사안일세. 종남의 혈사와 직접 연관이 있을 뿐 아니라 배후를 밝히기 위해서라도 꼭 필요한 일이네. 자네도 우리 입장을 조금은 이해해 주리라 믿네. 하여……."

길게 뽑는 말꼬리에 모두의 시선이 태현 진인을 향했다.

청수한 얼굴로 수염을 쓰다듬은 태현 진인은 침중한 눈초리로 진파를 바라보았다.

"지금 이 자리에서 자네를 힘으로 누른다거나 하는 일은 없을 것이네. 여기서 가도 좋네. 단, 앞으로 사흘 후에는 전 무맹의 인물을 동원해 자네를 추격할 것이네. 우리는 그 소저를 꼭 조사해야 하니까. 그때까지 잘 생각해 보게. 자네가 현명한 선택을 할 것이라 기대하겠네."

열정 사태를 비롯한 장내의 인물들 모두 고개를 끄덕였다. 흠잡을 데 없는 처사였다. 당당함을 잃지 않으면서도 대의에 충실한.

진파는 태현 진인을 바라보았다.

자신에게 끝까지 양보를 해주는 태현 진인을 보니, 좀 전의 분노도 조금 사그라지는 듯했다.

'사실을 모두 말할까? 노 분타주도 근처에 있을 텐데.'

이제 와서 구구절절 사연을 읊자니 쑥스럽기도 하고 귀찮기도 했다.

진파는 고개를 흔들었다.

'어차피 이 일은 개방에도 알려질 텐데 뭐. 더구나 태인 도장도 계시고. 곧 사실이 밝혀지겠지, 뭐. 그 편이 더 나을 거야.'

진파는 담담히 태현 진인에게 포권을 취했다.

태현 진인이 다시 한 번 강조했다.

"사흘! 사흘이네. 잊지 말게. 그동안 잘 생각해 보길 바라네. 그 소저가 소수마후가 아니라는 증거를 말해 주면 더욱 좋고."

"진실은 어디서나 빛나는 법입니다."

'야, 이 말 멋진데?'

한마디 내뱉곤 스스로 만족한 진파는 양팔을 휘둘렀다.

바닥에 깔아놓았던 연혼사가 츄리릭 하며 팔목에 찬 철비갑 속으로 흘러들었다.

진파는 마지막으로 제갈우현과 황보근, 당서헌을 쏘아보았다.

황보근과 당서헌이 찔끔한 표정으로 한 걸음 물러섰다.

제갈우현은 무언가 생각하는지 진파의 얼굴을 보지 않았다.

가만히 세 사람을 지켜보던 진파는 땅바닥에 퉤 하고 침을 뱉었다.

그리고 땅을 박찼다.

이벽화를 업은 진파의 신형이 중인들의 시선에서 사라져 갔다.

태현 진인의 깊은 눈이 진파의 뒷모습을 좇고 있었다.

제10장 영물발견(靈物發見)

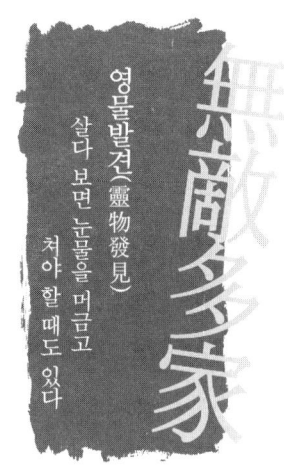

이벽화를

업은 진파는 일단 원래 향하던 바위 봉우리 쪽으로 방향을 잡았다.

'어디 물이 있을 텐데……'

지세로 보아 틀림없이 계곡수가 흐르고 있을 법했다.

마침내 쫄쫄 흐르는 물소리가 들리자 진파는 지체없이 몸을 날렸다.

급경사로 이루어진 계곡 사면을 따라 달리면서도 진파는 한 줌 망설임이 없었다.

남쪽을 향해 가득 가지를 드리운 나무 둥치를 툭툭 걷어차며 빠른 속도로 달려 내려갔다.

빽빽하게 시야를 가리는 넝쿨들이 무릎까지 휘감아와 진입을 거부했지만 그 것을 뛰어넘어 달리는 진파는 거침이 없었다.

마침내 계곡으로 내려선 진파는 커다란 바윗돌에 앉아 조심스레 이 벽화를 묶은 장삼 자락을 풀었다.

멍하니 앉아 있는 이벽화를 보니 가슴이 아팠다.

초점을 잡지 못하고 앉아 있는 얼굴에는 희미한 핏자국이 남아 있었다.

'납치당했던 것일까……. 어쩌다 수혈이 풀렸던 것일까? 이 핏자국 은 또 뭘까?'

답답했다.

어쩌자고 소수마후가 나타난 자리에 자꾸 이벽화가 나타난단 말인 가?

이벽화가 소수마후일 리 없다는 확신을 가진 진파였지만 이벽화의 등장은 항상 너무 공교로웠다.

무공도 모르는 듯 보이는 과거를 잃은 소녀.

소수마후와는 얼굴이 전혀 다르건만 소수마후의 얼굴을 제대로 본 사람이 진파 자신밖에 없으니 이벽화가 무림인들의 의심을 사는 것은 어찌 보면 당연할지도 몰랐다.

"제기랄……."

진파는 머리를 흔들고 차가운 계곡수에 북북 찢었던 장삼 자락을 담 갔다.

시린 차가움이 상쾌했다.

진파는 이벽화의 앞에 앉아 정성스레 손과 얼굴을 닦아주었다.

핏방울이 튀어 있는 이벽화의 옷도 닦아주고 싶었지만 잘 지워지지 않을 듯해 그냥 두었다.

"이 소저."

나직하게 불렀지만 이벽화는 아직도 멍한 상태였다.

"미안해요, 이 소저……."

이벽화가 이리된 것이 자신의 탓인 것만 같아 진파는 마음이 쓰렸다.

조금 더 신중히 행동했을 것을.

조금만 더 냉철하게 판단했을 것을.

진파는 고개를 숙였다.

지켜주겠노라고 다짐까지 했건만 그것을 지키지 못했다.

후회스러웠다.

그때 이벽화의 목소리가 들렸다.

"누구… 세요?"

진파는 고개를 번쩍 들었다.

이벽화의 눈빛에 생기가 돌고 있었다.

그런데 그 안에 의아한 빛이 떠돌았다.

진파를 정면으로 바라보면서도 그 빛은 가시지 않았다.

"이 소저, 나 진파예요. 얼마나 걱정했다구요."

"진파……?"

"그래요, 이 소저. 그날 밤 어찌 된 거예요? 전나무 구멍에 숨겨두었
는데 당신이 사라져서 얼마나 걱정했는지 몰라요."

이벽화가 고개를 갸웃했다.

영문을 모르겠다는 얼굴.

그런데 그 얼굴이 무척이나 천진스럽고 귀여웠다.

'역시… 주, 죽인다니까……!'

"오빠, 나 알아요?"

이번엔 진파의 얼굴이 멍해졌다.

오, 오빠……!

주, 죽인다.

그런데 갑자기 이게 뭔 소리래?

"이 소저, 나 진파예요. 철가장에서 만난 진파. 서안 근처에서 만나 같이 동행했던 그 진파예요. 나 몰라요?"

이벽화가 손을 머리로 가져갔다.

검지손가락을 들어 이마를 만졌다.

이벽화는 난감한 표정으로 미간을 찌푸렸다.

"나… 오빠 처음 보는데……? 근데, 어디서 본 것도 같고……. 그리고 왜 자꾸 나보고 소저라고 하는 거야? 징그러워."

마치 몇 살을 거꾸로 먹은 것처럼 어린 말투였다.

진파는 당황했다.

이벽화가 자신을 못 알아보는 걸 보니 그새 또 기억을 잃은 모양이었다.

도대체 얼마만큼의 시간을 잃었다는 건가?

갑자기 답답해졌다. 가슴이 컥 막혔다.

진파는 가슴을 쾅쾅 두드리며 목청을 돋우었다.

"이 소저, 정말 기억을 못하는 거요? 나, 진파라구요, 진파!"

이벽화의 눈이 파르르 떨렸다.

'기억이 나는 건가?'

기대감을 갖고 이벽화를 바라보던 진파는 정말 당황하고 말았다.

이벽화가 울음을 터뜨렸던 것이다.

"무서워─! 아앙!"

이벽화는 아직도 쿨쩍거리며 콧물을 마시고 있었다.

그야말로 계곡이 무너져라 울어댔는지라 진파는 아직도 귀가 멍멍했다.

머리는 더 멍멍했다.

이벽화는 요 며칠의 기억을 잃어 자신을 기억하지 못하는 것이 아니었다.

우는 걸 간신히 달래고 있는데 양발을 마구 차대며 억지를 부렸다.

그 조신하고 청순했던 이벽화가 아니라 무슨 떼쟁이 어린애를 보는 것만 같아 어처구니가 없었다. 몇 살인데 그러냐고 따져 물었다.

"일곱 살."

"……."

그 말을 듣고 진파는 거의 넋이 나간 상태였다.

한숨을 푹 쉬며 흐르는 계곡수만 바라보고 있었다.

진파가 침묵을 지키니 앙앙대며 울던 이벽화가 점점 울음을 그쳐 갔다. 그래도 아직까지 콧물을 훌쩍대고 있었다.

"오빠……."

진파는 고개를 돌려 이벽화를 바라보았다.

만사가 귀찮은 얼굴.

맑은 하늘 바라보며 루루 걷다가 갑자기 벼락을 맞아 온몸이 불탄다면 이런 기분일까? 새 옷 갈아입고 나들이 가는데 옆집 아낙네가 버린 구정물을 뒤집어썼다면 이런 기분일까?

가늘게 뜬 눈과 벌어진 콧구멍은 평소 외모에 신경 쓰던 진파가 얼마나 심한 충격을 받았는지 잘 보여주었다.

이벽화가 돌연 까르르 웃음을 터뜨렸다.

진파의 얼굴이 웃겼나 보다.

"휴……."

콧물을 질질 묻힌 채 속눈썹이 위아래로 들러붙어 눈물이 반짝이는 얼굴을 한 이벽화가 웃는다.

너무도 천진한 그 얼굴을 보니 진파는 한숨밖에 나오지 않았다.

진파는 물에 적신 장삼 자락을 들어 이벽화의 눈물과 콧물을 닦아주었다.

눈을 감고 얌전히 닦아주길 기다리는 것이 정말 일곱 살 어린애로 보였다.

얼굴을 닦고는 손을 닦아주는데 이벽화가 눈을 반짝이며 불렀다.

"오빠야."

"왜 그러냐?"

저도 모르게 말을 내뱉으며 진파는 흠칫했다.

그리곤 또 한숨을 쉬었다.

자신과 거의 비슷한 나이로 보이는 이벽화에게 마치 어린애를 대하듯 하는 자신이 너무 자연스럽다. 그게 한심스러워 저절로 한숨이 나온다.

이벽화는 눈을 반짝이며 물었다.

"오빠가 한 말 진짜야?"

"뭐가?"

"오빠가 날 알고 우리가 함께 다녔다면서?"

"응."

"근데 왜 난 기억이 안 나지?"

고개를 갸웃거리던 이벽화가 갑자기 자신의 몸을 돌아보기 시작했다.

"오마!"

"또 왜 그래?"

괜히 불안하다.

이벽화는 연신 오마, 오마를 연발하며 벌떡 일어섰다.

팔다리를 보더니 다리를 두드린다.

폴짝폴짝 뛰어 본다.

고개를 돌려 자신의 몸을 본다.

그리고는 물끄러미 자신의 가슴을 내려다보았다.

진파는 이벽화가 하는 짓을 물끄러미 따라 보다가 코피가 터질 뻔했다.

이벽화가 자신의 가슴을 양손으로 받치더니 들썩들썩 하는 게 아닌가. 진파의 바로 눈앞에서 이벽화의 봉긋한 가슴이 위아래로 오르락내리락했다.

"이게 왜 이렇지?"

"푸학!"

진파는 결국 뒤로 자빠졌다.

첨벙 하고 계곡수에 빠져 버렸다.

"오빠, 괜찮아? 괜찮아?"

"으…… 응."

이벽화가 바위 턱에 서서 상체를 잔뜩 굽히고 걱정스레 본다.

봉긋한 가슴이 진파의 시야를 압박했다.

'으으… 미치겠군.'

진파를 바라보며 상체를 기울였던 이벽화는 뒤로 한 발짝 물러나며 뾰족한 비명을 질렀다.

"오마!"

"또 왜 그래?"

이벽화는 한 발 다가서 계곡물에 자신을 이리저리 비추었다.

"오빠… 나 왜 이래?"

"뭐가?"

"나 왜 이렇게 갑자기 컸지? 어제만 해도 이렇지 않았는데……."

영문을 모르겠다는 듯 고개를 갸웃거린다.

그러더니 차츰 얼굴이 울상이 되어갔다.

"나… 나… 왜 이런 거야? 왜 갑자기 어른이 된 거야?"

진파는 그런 이벽화를 바라보며 뭐라 대답할지 난감하기만 했다.

'일곱 살 기억만 있는 건가? 그럼 자기가 갑자기 큰 걸 모를 수도 있지.'

"나… 나… 무슨 병에 걸린 거 아냐?"

또다시 이벽화의 눈이 젖어간다.

진파는 어마 뜨거라 싶어 얼른 몸을 일으켰다.

좋은 생각이 났다.

"너 어릴 때, 아니아니, 며칠 전에 어른 되고 싶다고 생각한 적 없어?"

"이, 있어……."

"누구한테 빌어본 적도 있어?"

"으응……."

눈물이 그렁한 채로 진파를 본다.

'여기서 잘해야 돼! 근데 이거 잘 될라나……?'

진파는 조마조마한 심정으로 말을 이었다.

"그럼 니 소원이 이루어졌나 보네! 푸하하하하! 멋지구나! 넌 최초로 일곱 살에서 갑자기 열 살 더 먹은 사람이 된 거야! 멋지지? 아하하하!"

'이거 안 통하면 어쩌냐?'

내심 땀을 흘리고 있는데 이벽화의 얼굴이 서서히 밝아졌다.

"그, 그런 거야?"

'토, 통했다!'

진파는 자신의 가슴을 쾅쾅 두드렸다.

"그럼! 이 진파 오빠가 그렇다면 그런 거야! 나만 믿어!"

"그럼 왜 난 오빠를 기억 못하지?"

진파는 가슴을 두드리다 멈칫했다.

그리고는 더욱 세차게 두드렸다.

"아하하하하! 갑자기 어른이 되면 가끔 그러는 거야. 기억 못해도 괜찮아. 그러다 점점 모든 게 다 기억날 거야!"

"정말?"

"그럼! 이 천상천하 유아독존 진파님만을 믿어라!"

'이거 어디서 들어본 말인데……'

이벽화가 폴짝폴짝 뛰며 박수를 쳤다.

"와! 멋지다! 멋져!"

'이제 된 거냐?'

한숨 돌리려는데 이벽화가 진파의 팔을 잡아끌었다.

"오빠! 나 우리 집 데려다 줘! 애들한테 자랑할래!"

집? 진파의 눈이 번쩍 뜨였다.

이벽화는 기억을 완전히 잃은 상태라 했었다. 그런데 집이라니…….
어린 시절의 기억은 고스란히 돌아왔단 말인가? 그렇다면 이벽화의 기억을 완전히 돌이킬 희망이 있을지도 몰랐다.

진파는 급하게 물었다.

"집이 어딘데?"

"굉장히 큰 강물이 무시무시하게 흘러."

"지명은 몰라?"

"지명? 그게 뭔데?"

"동네 이름 말야!"

"아!"

이벽화가 고개를 치켜들고 골똘히 생각에 잠겼다.

이벽화가 머리를 쳤다.

"삼나무골!"

"뭐?"

"우리 동네 이름이야."

'그걸로 어떻게 찾냐?'

"좀 어려운 이름 아는 거 없냐?"

"우웅……."

맥이 빠지려는데 이벽화가 다시 한 번 머리를 치며 한 소리 더 했다.

"맞아! 어른들은 삼협이랬어!"

"삼협(三峽)!"

"오빠 알아?"

"삼협 중 어디인지는 모르… 나?"

"응!"

삼협이라면 사천과 호북의 경계에 위치한 구당협, 무협, 서릉협을
일컫는 말이다. 말이 삼협이지 그 엄청난 협곡의 길이가 수백여 리에

달하는 규모. 그 안에서 삼나무골이란 마을을 어떻게 찾나…….

그러나 눈을 반짝이는 이벽화에게 그 말을 또 어떻게 한단 말인가.

"나 좀 집에 데려다 줘!"

"……."

대답없는 진파의 얼굴을 보는 이벽화의 표정이 울 것만 같다.

"여기서 멀어……?"

'엄청… 멀지.'

"오빠만… 믿으랬잖아……."

그 말에 진파의 존심이 불끈했다.

'그래! 어차피 방랑 인생! 뭐가 두렵냐!'

"푸하하하하! 그럼, 그럼! 이 진파 오빠만 믿어! 내가 데려다 주지!
꼭 니네 집을 찾아주고 말 테다!"

"정말?"

"그럼!"

이벽화가 폴짝 뛰어 진파의 목에 매달렸다.

"오빠!"

'우욱!'

어린 소녀의 방향이 사정없이 진파를 덮쳤다.

뭉클 하는 가슴의 촉감이 온몸을 저리게 한다.

진파는 또 코피가 터질 뻔했다.

두리번거리며 사방을 둘러보는 진파의 곁에서 벽화는 얌전히 손가
락을 꼬물거리며 서 있었다.

흑의를 입은 뒷 잔등이 넉넉하다.

딱 벌어진 어깨가 멋지다.

벽화는 진파의 허리춤을 향해 손을 뻗었다.

톡톡.

진파가 뒤를 돌아다보았다.

"왜?"

"집에 안 가? 여기서 머 해?"

"집에 갈 준비하는 거야. 좀만 참어."

"나 배고프단 말야."

배에서 꼬륵 하는 소리가 났다.

"찾을 게 있어. 조금만."

진파는 다시 고개를 돌렸다.

벽화는 볼을 부풀렸다.

'우씨!'

다시 동천인가 뭔가 하는 데로 돌아가야 한다고 해서 물어봤다.

집으로 가는 거냐고.

아니란다.

울었다.

빡빡 우겨서 집으로 곧장 가기로 했다.

그랬는데 아까부터 계속 두리번거리기만 한다.

이젠 배도 고프다.

"오빠!"

벽화는 빽 소리를 질렀다.

그런데 진파는 손가락을 튕기더니 벽화의 허리를 감싸 안았다.

"꺅!"

갑자기 몸이 휙 날았다.

커다란 나무가 눈앞에 다가와 벽화는 눈을 꼭 감았다.

진파의 목에 매달리며 얼굴을 묻었다.

"헉!"

진파가 이상한 소리를 질렀다.

잠시 몸이 휘청였지만 다시 훌훌 나는 느낌이 들었다.

벽화는 진파의 목을 끌어안은 채 조심스레 고개를 들고 눈을 떴다.

"와아!"

날고 있다.

눈 아래로 푸른 숲이 멀어졌다 가까워졌다 한다.

"오빠 멋지다!"

진파의 얼굴을 보니 왠지 얼굴이 빨갛다.

갑자기 커서 좀 무거워졌나 보다.

벽화는 괜히 부끄러웠다.

'좀만 먹어야 될라나?'

계곡의 사면을 거슬러 오르며 휙휙 나무 사이를 박차던 진파는 깎아지른 듯 거대한 암벽 앞에 멈추어 섰다.

잠시 고개를 갸웃거린 진파가 다시 손가락을 튕겼다.

진파는 암벽의 구석으로 다가갔다. 벽화가 보니 그곳엔 넝쿨들이 뒤엉켜 마치 시꺼먼 뱀 떼가 몸을 꼬은 것처럼 보였다.

'징그러워.'

그런데 진파는 거기로 몸을 날렸다.

"꺅!"

벽화가 다시 비명을 질렀다.

암벽에 부딪칠 것만 같았다.

시야 가득 검은 넝쿨들이 다가왔다.

"괜찮아."

따뜻한 음성에 눈을 뜨니 깜깜한 바위틈을 진파는 벽화를 안은 채로 요리조리 헤치며 걸어가고 있었다.

"눈에 안 보여서 그렇지, 아까 거기에 틈이 있었어."

"응."

한 번 얼굴을 봐주면 좀 안심이 될 텐데 진파는 앞만 보고 걸었다.

벽화의 볼이 부풀었다.

다시 시야가 확 트이며 햇살이 느껴졌다.

낮은 잡풀들이 우거진 공터 같은 곳이었다.

사방엔 우뚝우뚝 솟은 암벽들로 꽉 막혀 있었다.

벽화는 탄성을 질렀다.

"히야—!"

갑자기 진파가 벽화의 허리에서 손을 떼며 얼른 앞으로 걸어갔다.

벽화는 고개를 갸웃거렸다.

'무거워서 화났나?'

진파의 귀 뒤가 빨간 것이 보였다.

'많이 무거웠나 보다. 힝, 그럼 어떡해? 갑자기 큰걸.'

벽화의 볼이 팽팽하게 부풀었다.

진파는 일 장쯤 떨어진 곳에 가더니 양팔을 벌리고 크게 숨을 들이쉬고 있었다.

몇 번을 더 하더니만 갑자기 주먹을 쥐고 자기 몸에 팍 내리꽂았다.

"컥!"

진파가 몸을 오그리며 쪼그려 앉았다.

벽화는 깜짝 놀라 쪼르르 달려갔다.

"오빠, 왜 그래?"

"끄으윽."

진파는 사타구니를 움켜잡고 그르륵거리는 신음을 내뱉더니 후후 심호흡을 했다.

그러더니 벽화를 보고 싱긋 웃었다. 이마에 작은 땀방울이 맺혀 있었다.

"아무것도 아냐."

"왜 자기 몸을 때려?"

"음. 오빠가 익히는 무공의 비밀이야. 가끔 그럴 테니까 넌 모른 척 해."

벽화는 고개를 갸웃했지만 곧 고개를 끄덕였다.

"응!"

"그래."

진파는 몸을 일으켜 후욱 기지개를 켜더니 목을 좌우로 꺾었다.

우득.

"자! 이제 우리 돈 벌자!"

"돈?"

돈이라면 벽화도 안다.

아빠 엄마도 돈을 벌어야 한다는 말을 노상 입에 달고 다녔다.

벽화는 고개를 휘휘 저었다.

"여기 돈이 어딨어?"

"이거 캐다가 밑에 내려가서 팔면 돈 돼."

진파는 손가락으로 여기저기 난 넝쿨들을 가리켰다.

분지는 온통 그런 넝쿨들로 뒤덮여 있었다.

"이게 뭔데?"

"하수오(何首烏)야. 잎하고 뿌리를 약으로 쓴단다. 여긴 터가 좋고 외진 곳이니까 큰 놈들도 많을 거야. 나도 이만한 군락은 처음 봤다. 이거 팔면 집에 갈 여비를 마련할 수 있을 거야."

"아까 이거 찾았던 거야?"

"응. 이맘때쯤엔 꽃이 피거든. 냄새가 나길래 계속 찾았어. 여기다 싶어 와봤는데 제대로 찾은 것 같다. 봐, 예쁘지?"

"와! 정말!"

가까이서 보니 넝쿨들엔 작은 꽃들이 하얗게 한 무더기씩 뭉쳐서 피어 있었다.

진파는 장삼을 벗더니 넓게 폈다.

"좀만 기다려. 잘 씻으면 먹을 수 있는 게 나오니까."

벽화는 진파가 펴놓은 장삼 자락 옆에 쪼그려 앉았다.

눈을 감고 꽃 향기를 맡아보았다. 달콤했다.

진파는 눈을 감은 벽화의 얼굴을 물끄러미 바라보았다.

'위험했어.'

희미한 냄새를 따라 하수오의 군락지를 찾다가 방향을 알아내고는 급한 마음에 벽화의 허리를 끌어안고 몸을 날렸던 것인데 갑자기 벽화가 자신을 끌어안으며 목덜미에 머리를 묻을지는 상상도 못했다.

희미한 젖내가 풍기는 뽀송한 냄새에 갑자기 가슴팍에서 뭉클하며 뜨거운 기운이 솟구쳤다. 얼굴이 붉게 달아올랐다.

가슴에 느껴지는 벽화의 봉긋한 젖무덤과 목덜미에서 느껴지는 따뜻한 숨결에 가슴이 떨려 그만 나무에서 떨어질 뻔했다.

게다가 주책없이 하반신 어딘가에 불끈 힘이 들어가는 게 아닌가.

일곱 살이야, 일곱 살!

주문처럼 외웠지만 느껴지는 몸이 일곱 살이 아닌데 뭘 어쩌라구?

될 수 있는 대로 빨리 신법을 전개해 이곳에 도착한 후 얼른 떨어졌지만 몸의 열기가 가실 줄 몰랐다.

하는 수 없었다.

진파는 눈물을 머금고 자신의 거시기를 힘껏 내려쳤다.

더럽게 아팠다.

다행히도 놈이 죽었다.

벽화가 눈을 떴다.

자신을 물끄러미 보는 진파에게 물었다.

"오빠, 왜?"

동그랗게 뜬 맑은 눈빛에 오밀조밀한 이목구비, 살짝 찌푸린 콧잔등이 정말……

'위험해!'

진파는 또 한 번 솟구치려는 열기를 직감하고 얼른 고개를 돌렸다.

"아냐……. 좀만 기다려."

"응."

진파는 최대한의 열정과 정성을 기울여 땅을 팠다.

빠르면서도 잔뿌리조차 건드리지 않는 손길이 익숙해 보였다.

손일연을 따라다니며 채약하는 법을 배운 진파였다.

'집중! 여기에 무조건 집중해야 해!'

집중력 덕분이었는지 빠르게 장삼 자락에 하수오가 뿌리째 캐내어
져 쌓여갔다.

한참 작업에 열중하고 있는데 벽화가 불렀다.

"오빠!"

고개를 돌리니 벽화의 볼이 팽팽했다.

천상 일곱 살짜리 표정이다.

"왜?"

"먹을 수 있다며?"

"응."

"이걸 어떻게 먹는지 갈쳐 줘야지!"

진파는 웃음을 머금고 하수오 한 뿌리를 톡 잘라냈다.

붉은빛을 은은히 띤 갈색 덩어리를 슥슥 소매로 문질러 대충 흙을
털어냈다.

"좀만 기다려."

진파는 왼팔에서 연혼사 하나를 뽑아내어 하수오의 표면을 훑기 시
작했다.

곧 하얀 속살이 드러났다.

진파는 주먹만한 하수오를 벽화에게 건네주었다.

"조금씩 꼭꼭 씹어 먹어. 처음엔 좀 쓴데 꼭꼭 씹으면 밤맛도 나고
고구마맛도 나고 그래."

"와!"

벽화는 두 손으로 하수오를 받더니 냉큼 한입 베어 물었다.

"으이……."

원망스런 눈초리로 진파를 노려본다.

진파가 슬쩍 웃었다.

"처음엔 쓰다고 했잖아. 천천히 씹으면 곧 단맛이 나."

인상을 쓰고 입을 오물거리던 벽화의 표정이 슬슬 퍼졌다.

진파는 다시 고개를 돌리고 굵직한 뿌리가 달렸을 법한 하수오를 찾아 빠르게 캐내기 시작했다.

예전 하(何)가 성을 가진 사내가 하수오를 캐어 먹고 나이 육십이 넘어 애까지 낳았다는 전설은 유명했다. 이름도 그래서 하수오(何首烏)다. 하가 성을 가진 늙은이 머리가 검게 되었다는 전설 때문. 자양강장제로 이름이 높아 이런 영산에서 자란 하수오는 굉장히 비싼 값을 받을 수 있었다.

자양강장제.

'일곱 살 먹은 여자애, 아니, 처녀가 하수오를 먹으면 색녀가 되려나?'

진파는 쿡쿡거리며 손을 놀리다 땅속에서 피어오르는 향기에 흠칫했다.

'이건!'

이제까지 맡은 어떤 향기보다도 진했다.

'거물이 있구나!'

진파는 조심스레 땅을 파헤치기 시작했다.

검붉게 드러나는 뿌리의 크기가 보통이 아니었다.

'이 정도면 족히 천 년은······.'

진파는 꿀꺽 침을 삼켰다.

천년하수오(千年何首烏).

무가에서도 지보로 치는 영약 중의 영약.

한 뿌리 먹고 심공만 제대로 받쳐 준다면 단숨에 이삼 갑자의 공력도 문제없다는 무가지보.

'회, 횡재다!'

진파의 손이 점점 느려졌다.

천 년의 세월을 겪었다면 한낱 식물이라도 이미 영물에 근접한 터. 진파의 손길은 조심스러울 수밖에 없었다.

'할멈이 이런 기보를 대할 땐 뭘 조심하라고 했었는데……. 기억이 안 나네…….'

숨도 제대로 쉬지 않고 조심스레 흙덩이를 파헤쳐 가니 잔뿌리까지 매달린 커다란 하수오가 점차 모습을 드러내고 있었다.

이제까지 하수오 뿌리를 오물거리며 씹느라 조용하던 벽화가 갑자기 비명을 질렀다.

"꺄아아아아아! 오빠!"

얼른 고개를 돌리니 벽화는 진파의 등 너머를 가리키며 부들부들 떨고 있었다.

진파는 코를 스치는 비린내에 번개같이 몸을 날렸다.

'뱀 냄새!'

벽화를 보호해야겠다는 생각에 우선 몸을 날렸던 것인데 그게 실수였나 보다.

등 뒤에서 슈이이익 하는 날카로운 소리가 들렸다.

'이런!'

벽화의 비명이 높아졌다.

"끼아아아아악!"

지면을 스치듯 낮은 자세로 튀어 나간 진파는 벽화를 안고 번개같이 신형을 날렸다.

왼팔을 뒤로 휘저으며 연혼사로 자욱한 방어막을 쳤지만 이미 늦은 모양이었다.

정강이가 뜨끔했다.

'으윽! 물렸나? 이런 빌어먹을!'

천년하수오에서 일 장쯤 떨어진 진파는 휘익 몸을 돌렸다.

발부리를 중심으로 벽화를 안은 진파의 신형이 완전히 한 바퀴 돌았다.

진파는 자세를 낮춘 채 날카롭게 전방을 응시했다.

과연 뱀이었다.

산야에 익숙한 진파로서도 처음 보는 뱀.

온몸이 새하얀 뱀은 빨간 눈을 번뜩이며 진파를 쏘아보고 있었다.

새하얀 몸뚱이로 뿌리가 드러난 천년하수오 위에 똬리를 튼 뱀은 진파를 쏘아보며 목을 뻣뻣이 세운 상태였다. 빨간 혀가 날름거렸다.

머리에 난 빠알간 돌기가 마치 왕관처럼 보이는 놈이었다. 어림잡아도 어른의 팔뚝 굵기 정도는 돼 보였다. 굵기가 그 정도라면 상당히 큰 뱀이었다. 똬리를 틀어 가늠할 수는 없었지만 족히 팔구 척은 넘어 보였다.

흰뱀은 마치 전장에 선 장수가 적장을 노려보듯 위세가 등등했다.

흰뱀의 주위에는 혀를 날름거리는 갖가지 뱀들이 장수를 호위하는 병졸들처럼 뒤따르고 있었다.

진파가 알고 있는 독사들이 대부분을 차지했다.

칠점화린사, 묵린사, 복사, 살모사, 화반사……. 모두 혀를 날름거리며 진파와 벽화를 향해 꾸물꾸물 머리를 흔들고 있었다.

"까아아악!"

벽화가 다시 비명을 질렀다.

갑자기 눈앞을 가득 채운 뱀 떼에 기가 질린 듯했다.

진파는 그제야 손일연의 가르침이 머리에 떠올랐다.

'병신 자식! 진정한 기물 주위에는 항상 영수(靈獸)가 있다고 그렇게 말해 주었건만……'

다리가 차츰 뻣뻣해져 오기 시작했다.

피할 수 있으면 피하고 싶었건만 뱀 떼는 진파와 벽화를 그냥 보낼 생각이 없는 듯했다.

스스 하는 뱀 특유의 비린 소리와 함께 뱀들은 진파와 벽화를 포위하고 있었다. 어디에 그리 많은 뱀들이 숨어 있었는지 주위가 온통 뱀 천지였다.

진파는 상체를 넘어 빠르게 온몸으로 퍼져 가는 차가운 기운에 정신을 바싹 곤두세웠다.

흰뱀에게 물린 것이 틀림없었다. 오른쪽 다리부터 온몸이 뻣뻣하게 굳어가고 있었다. 손발이 차갑게 마비되어 가는 것이 느껴졌다.

'이렇게 끝나는 건가?'

진파는 이를 악물었다.

"벽화야, 잘 들어라."

"오, 오빠……."

벽화는 눈물마저 그렁그렁 매달려 있었지만 진파는 그녀의 얼굴을 바라봐 주지 않았다.

서로 연결이라도 된 듯 진파와 흰뱀의 눈은 상대방만을 바라보고 있었다.

그 상태로 진파는 빠르고 낮은 목소리로 벽화를 향해 말했다.

"잘 들어. 이제 오빠가 널 입구 쪽으로 던질 거야. 그럼 넌 무조건 뛰어서 도망가. 만일 오빠가 뒤따라가지 못하면… 얼굴에 흙칠을 하고 동천으로 가. 밤이 돼도 자면 안 돼. 절대 자지 말고 무림인들은 무조건 피해! 철가장에 가서 소장주를 찾으면 돼. 내 이름 대고 부탁하면 널 돌봐줄 거야."

"오, 오빠… 는? 같이 안… 가?"

진파는 벽화의 허리를 잡은 손에 힘을 주었다.

여전히 눈은 흰뱀을 향한 채였다.

"걱정 마. 만일이라고 했잖아. 먼저 가고 있으면 곧 뒤따라갈 거야. 오빠 믿지?"

"으응……."

"그럼 됐어."

진파는 슬쩍 혀끝을 깨물었다.

비린내가 입 안 가득 퍼지며 정신이 조금 맑아졌다.

흰뱀은 꼼짝도 않고 진파를 관찰하고 있었다.

냉기를 가득 안고 있는 독(毒)의 효과를 알기라도 하듯 유리알 같은 눈알로 진파를 뚫어지게 노려보았다.

조금이라도 빈틈을 보이면 흰뱀은 그 자리에서 도약해 진파와 벽화를 노릴 것이다.

진파는 벽화를 안은 오른팔에 힘을 주며 속삭였다.

"이제 던질 거야. 좀 아프더라도 참아. 뒤를 돌아보면 안 돼. 무조건 달려가서 산을 내려가. 그 다음엔 계속 북쪽으로 가야 해. 북쪽은 알지?"

"······."

"무림인들은 무조건 피해. 마을로 내려가서 어른들에게 동천으로 가는 길을 물어봐. 명심해. 자면 안 돼. 철가장에 도착할 때까지는 절대 자지 마. 소장주를 만나면 잘 때는 꼭 수혈을 짚어달라고 해. 알았니?"

"······."

벽화는 젖은 목소리로 진파에게 물었다.

"오빠··· 꼭 오는 거지?"

"걱정 마. 만약이랬잖아. 따라갈 거야."

"얼굴 한 번만 보여주면 안 돼?"

애틋한 벽화의 목소리에 진파는 하마터면 벽화를 바라볼 뻔했다.

혀를 깨문 진파의 입에서 가는 핏줄기가 흘러내렸다.

왼편으로 흘러내려 벽화는 볼 수 없었다.

"지금 널 보면 저놈이 덤벼들 거야. 네 얼굴 안 까먹어. 너도··· 나 잊어먹으면 안 돼."

"으응······."

"약속해."

"응."

어느새 벽화의 눈에 가득 찬 눈물이 방울방울 떨어지고 있었다.

같이 가야 한다고 울어보고 싶었지만 두 눈을 부릅뜬 진파의 얼굴이 너무나 무섭고 심각했다.

"그럼··· 가!"

진파는 한쪽 무릎을 땅에 붙인 채로 빙글 회전하며 벽화를 분지의 입구로 힘껏 던졌다. 검은 옷을 입은 벽화가 뱀 떼의 포위망을 훌훌 넘어 날아갔다. 힘 조절을 잘했으니 다치지는 않을 것이다.

'너라도…….'

진파가 움직이자 주위의 뱀들이 한꺼번에 진파를 향해 돌진했다.

흰뱀이 가장 빨랐다.

천년하수오 위에서 진파를 향해 튀어 오르는 흰뱀의 움직임은 나는 새와도 같았다. 쩌억 벌린 입 안에는 독니가 번뜩였다.

'한 번, 딱 한 번밖에 펼칠 수 없어.'

뼈를 얼린 듯한 지독한 냉기.

경공을 전개할 자신이 없었다. 이미 다리에는 감각이 없었다.

진파는 자유로워진 양팔을 힘껏 펼치며 파도가 몰아치듯 덤벼드는 뱀 떼를 향해 일갈했다.

"만겁사(萬劫絲)!"

맹렬히 회전하는 양 팔목에서 스무 줄기의 연혼사가 빛살처럼 사방으로 뿜어졌다.

연혼추에 얻어맞은 뱀들이 머리가 부서지며 죽었지만 만겁사의 위력은 그 후부터였다.

진파의 주위로 갑자기 백색의 하얀 둥근 막이 생긴 듯했다. 팔이 보이지 않았다. 반경 삼 장 안에 있던 뱀들이 두세 동강이로 잘라지며 튀어 올랐다.

그러나 뱀들의 우두머리였던 거대한 백사(白蛇)는 절반쯤 파고든 연혼사를 몸에 달고도 그대로 날아와 진파의 팔뚝을 물어뜯었다.

"억!"

반쯤 잘려 덜렁거리는 몸으로도 악착같이 진파의 팔뚝을 물고 늘어졌다. 오른팔에 훌훌 뱀의 몸이 감겨왔다.

진파는 이를 악물었다.

"하아―!"

오른팔에 백사를 단 채로 진파의 몸이 팽이처럼 회전했다.

다리가 움직이지 않자 무릎을 꿇은 채 양팔만을 이용한 맹렬한 회전.

남아 있던 뱀 떼가 하나도 남김없이 폭발하듯 찢어졌다.

진파의 입에서 줄줄 피가 흘렀다.

"큭!"

진파는 떨리는 손으로 백사의 머리에 연혼사를 휘감았다.

빨간 백사의 눈은 미동도 없이 진파를 노려보고 있었다.

진파는 남은 힘을 모두 더해 연혼사를 쥔 왼손을 힘껏 당겼다.

푸학!

그제야 팔뚝 굵기의 백사의 머리가 잘렸다.

빨갰다.

진파의 얼굴을 흠뻑 적시는 백사의 피도 빨간색이었다.

몸뚱이는 투욱 떨어졌지만 아직도 진파의 팔뚝엔 백사의 머리가 들러붙어 있었다.

그러나 진파는 그것을 떼낼 힘이 없었다.

온몸이 얼음 속에라도 빠진 듯 차갑고 뻣뻣했다.

진파는 아득히 흐려지는 시야를 느끼며 그대로 바닥에 머리를 박았다.

멀리서 꿈결처럼 벽화의 목소리가 들리는 듯했지만 진파는 그대로 정신을 잃고 말았다.

"오빠아~!"

벽화는 진파의 힘으로 입구까지 무사히 갈 수 있었다.

암벽의 틈새를 빠져나가 넝쿨이 드리워진 입구까지 달려갔지만 벽화는 발걸음을 뗄 수가 없었다.

곧 쫓아오겠으니 먼저 가라고 했지만 벽화는 갈 수 없었다.

무서웠다.

혼자서 발을 동동 구르는데 희미한 진파의 고함이 들렸다.

너무나 처절하고 날카로운 목소리.

벽화는 무서웠지만 다시 암벽의 틈으로 몸을 디밀었다.

기억도 안 나는 얼굴이었지만 진파는 진심으로 벽화를 돌봐주었다.

어디선가 본지도 모른다. 그 얼굴을 보면 벽화는 왠지 모르게 마음이 편안해졌다.

진파의 고함은 뱃속에서 짜내듯 절박하게 들렸다.

그 목소리를 들으니 도망갈 수가 없었다.

벽화는 용기를 냈다.

떨리는 다리를 끌며 암벽 틈을 빠져나왔을 때, 벽화는 보았다.

진파의 주위에 잔뜩 널브러진 뱀 떼의 시체들은 보이지도 않았다.

팔뚝에는 백사의 머리를 달고, 얼굴에는 시뻘건 피를 잔뜩 뒤집어쓴 진파가 서서히 바닥에 머리를 박고 있었다.

벽화의 눈엔 마치 진파가 죽는 것으로 보였다.

벽화는 눈물이 마구 쏟아져 나왔다.

진파에게 달려갔다.

"오빠! 오빠!"

마구 흔들었지만 진파는 깨어날 줄 몰랐다.

"익!"

무서운 줄도 모르고 흰뱀의 머리를 붙잡았다.

그놈이 물고 붙잡아 진파가 깨어나지 못하는 듯했다.

얼마나 세게 물었는지 떨어지질 않았다.

두 손으로 힘껏 뱀의 턱을 벌렸다.

쩍! 하는 소리가 나며 뱀의 턱이 양 갈래로 찢어졌다.

벽화는 이상한 것을 느낄 수 없었다. 자신의 힘으로 뱀을 찢을 수 없으리라는 생각은 들지도 않았다.

다급히 진파를 흔들었으나 진파는 눈을 뜨지 않았다.

벽화의 눈앞이 뿌옇게 흐려졌다.

"오빠, 오빠, 오빠……."

목소리가 점점 떨려왔다.

갑자기 아빠의 얼굴이 떠올랐다.

아빠도 이런 얼굴이었다는 것이 갑자기 생각났다.

검은 옷을 입은 사람들이 한밤중에 집을 덮쳤다.

그들은 벽화를 데려가려 했고 아빠는 그들을 가로막았다.

아빠가 피를 흘리며 쓰러졌다.

아빠를 붙잡고 막 울던 기억이 났다.

엄마도 같이 울부짖었다.

엄마도 피를 흘리며 쓰러졌다.

그 검은색 옷을 입은 무서운 아저씨들이…….

벽화는 깨질 듯 아파오는 머리를 붙잡으며 기인 비명을 내질렀다.

"아아악—! 아빠! 엄마! 오빠—!"

벽화의 몸이 무너지듯 진파의 위로 쓰러졌다.

천년하수오의 그윽한 향기가 넘쳐 나던 분지는 토막 난 뱀 떼의 잔해들로 피 내음이 가득했다.

제11장 삼협여로(三峽旅路)

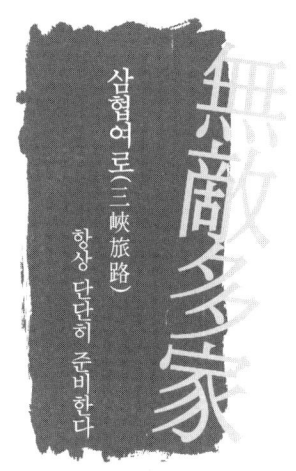

無敵商家

삼협여로(三峽旅路)

항상 단단히 준비한다

"에잉!

이렇게 미련하다니!"

"욕은 나중에 해요."

"절로 나오는 걸 어쩌겠소? 보는 사람 조마조마해서 이거야
원……."

공철은 진파를, 손일연은 벽화를 각기 돌보고 있었다.

잠자코 진파의 뒤만 따르던 음양쌍괴가 마침내 모습을 드러낸
것이다.

"소주는 어때요?"

공철은 진파의 중정혈에서 손을 떼며 고개를 설레설레 저었다.

"내 손도 얼 것만 같구려. 과연 홍관백린사(紅冠白鱗蛇)요. 우
리가 튼튼하게 키우지 않았으면 처음 물렸을 때 아마 황천으로
갔을 게요. 어찌 이리 미련하게 컸을까? 쯧쯧. 일단 중정으로 음

기를 모아놓았지만 얼마 버티지 못할 거요. 빨리 손을 써야겠소. 그 애는 어떻소?"

손일연은 아미를 찡그린 채 벽화의 수혈만을 짚은 채였다.

"놀라 기절한 것뿐이에요. 곧 깨어날 것 같아 일단 수혈을 짚었어요. 이 애 아무래도 소수마후가 맞는 것 같아요."

"얼굴이 다르지 않소?"

관제묘에서 똑똑히 소수마후의 얼굴을 본 공철과 손일연이었다.

분명히 그때 본 소수마후는 이십대 중반쯤의 성숙한 여인이었다. 벽화의 얼굴이 아니었다.

"당신도 봤잖아요? 비록 죽은 놈이었다지만 홍관백린사의 입을 두 손으로만 찢었어요. 소수마공이 틀림없어요. 그것도 상당한 화후예요."

공철의 안색이 심각해졌다.

"역시 죽여야 할까?"

"강호의 공적이니……."

그 말에 돌연 공철의 얼굴에는 싸늘한 냉기가 흘렀다.

"그럼 죽이지 말아야겠군."

"여보!"

"당신도 기억하지? 삼십 년 전에 주인이 그놈의 강호 평화 때문에 어떤 희생을 치렀는지. 지금 잠룡쟁패 같은 놀이가 가능한 게 누구 덕인가? 그게 다 주인과 무적다가의 덕이야! 그래서 주인에게 뭐가 남았는가? 주모가 뭐 때문에 그리 쇠약해졌는데? 다 그놈의 삼십 년 전 현성교와의 전쟁 때문이야! 왜 정파 놈들이 저지른 잘못의 뒤처리를 주인이 했어야 하나? 왜!"

공철의 서릿발 같은 기세에 손일연은 침묵을 지켰다. 공철의 목소리는 점점 커졌다.

"내가 뭐 때문에 소주에게 연혼사를 주었던가? 당신이 왜 옥수공을 가르쳤어? 다 정파의 그 위선에 휘둘리지 말라고 한 일이잖소!"

손일연은 한숨을 내쉬며 고개를 저었다.

"당신 맘은 알지만… 그렇다고 소주가 이런 놈들과 어울리기를 바라는 건 아니겠죠?"

손일연의 주름진 손이 갑자기 쭈욱 늘어나는 것처럼 보였다.

절정의 옥수공이 펼쳐진 것.

어느새 돌아온 그녀의 손에는 한 사람의 목이 잡혀 있었다.

"컥!"

흑의에 복면을 한 사내가 목이 잡힌 채 허공에서 몸부림쳤다.

복면의 이마에는 두 개의 검은 별이 새겨져 있었다.

흑의영주에게 명을 받고 진파와 벽화를 미행하던 그 조장이었다.

공철의 안색엔 아무 변화도 없었다. 그도 알고 있었음이 틀림없었다.

"그걸 말이라 하오?"

"이 애와 소주가 계속 같이 다니다간 지금처럼 현성교의 표적이 될 거예요. 태현 진인의 의도도 의심스럽고요. 더구나 언제 소수마후의 흉성이 폭발할지 몰라요. 현성교에서는 어쩌면 순진한 소주를 그럴듯한 말로 미혹해 현성교에 포섭하려 할지도 모르죠."

"그 정도는 무적다가의 자제라면 누구나 겪어야 할 시련이오."

손일연은 공철을 바라보며 흑의인의 목을 잡은 손에 힘을 주었다.

"끄으……."

우둑 하는 소리와 함께 흑의복면인의 꿈틀대던 몸이 추욱 늘어졌다.

손일연은 시체를 내던졌다. 한 점 망설임 없는 단호한 손속은 그녀가 지난날 음괴라 불렸던 이유를 여실히 드러내 주었다.

"시간이 없으니 우선 소주의 상세부터 치료하기로 하죠. 이 소녀의 처리는 조금 후에 다시 얘기하기로 해요."

"좋소. 내가 천년하수오를 캘 테니 당신은 그놈의 시신을 없애주구려. 아직도 그놈들은 화혈독을 갖고 다닐 거요."

공철은 너저분한 뱀 떼의 잔해를 헤치고 천년하수오의 뿌리를 정성스레 캐기 시작했다.

마땅치 않은 시선으로 벽화를 바라보던 손일연은 몸을 숙여 목이 꺾인 흑의인의 시신을 뒤졌다.

과연 공철의 말대로 금속으로 만든 듯한 녹색 병이 나왔다. 병마개를 열어 냄새를 맡은 손일연은 고개를 끄덕였다. 화혈독이 맞았다.

몸을 일으켜 세운 손일연은 흑의인의 시신에 화혈독을 들이부었다.

매캐한 냄새와 함께 흑의인의 시신이 녹아내리기 시작했다. 손일연은 가볍게 미간을 찡그렸다.

'삼십 년 만에 이 냄새를 맡는군.'

삽시간에 녹아내린 흑의인의 시신은 곧 거뭇한 자취만 남긴 채 땅속으로 사라졌다.

"준비가 다 되었소."

손일연은 몸을 돌렸다. 그녀의 안색은 싸늘히 굳어 있었다.

공철과 손일연은 진파의 양 옆에 가부좌를 틀고 앉았다.

공철의 옆에는 천년하수오의 거대한 뿌리가 통째로 놓여 있었다.

손일연이 홍관백린사의 피에 젖어 있는 진파의 얼굴을 닦아주려 하자 공철이 말렸다.

"그러지 마시오. 우리가 한 일인 걸 소주가 눈치라도 채면 어쩌려고."

"그렇겠네요."

손일연은 가벼운 한숨을 쉬었다.

진파는 그녀에게 아들이기도 했고 손자이기도 했다. 따로 자식이 없던 공철과 손일연은 정말 진파를 친자식 이상으로 귀하게 생각하며 키웠던 것. 그들 간의 정리는 육친의 그것과 다름없었다.

공철이 망설임없는 손길로 천년하수오의 상단부를 조금씩 도려내기 시작했다.

천년하수오의 향기가 이제까지와 비길 수 없을 정도로 진해졌다.

"과연 있군."

천년하수오의 뿌리를 위에서부터 잘라내던 공철은 맑게 고여 있는 액체를 보며 고개를 끄덕였다.

천년밀정(千年密精).

하수오의 뿌리 안에 고인 액체가 모이고 모인 천년하수오 약력의 결정체였다.

"양은 충분한가요?"

"홍관백린사의 독이 지독하긴 하지만 충분히 중화시킬 수 있을 게요. 아쉽군. 정신만 차리고 있어서 스스로 운공이 가능했다면 절세의 기연이 될 수도 있었을 것을."

"너무 쉽게 초절정고수가 되면 그것도 문제가 있잖아요."

공철이 흐흐 하고 웃음 지었다.

"그렇지. 우리가 따르는 데도 불편하고."

손일연과 공철은 웃는 낯으로 서로 마주 보다 웃음을 거뒀다.

진파의 몸이 말처럼 쉬운 상태는 아니었던 것.

홍관백린사는 본래 음기(陰氣)의 결정이라 할 수 있는 독(毒)을 지닌 기물이었다. 두 번이나 그 독에 노출된 진파의 몸은 차갑게 굳어가고 있었다.

공철이 빠르게 조치하여 가사 상태에 들어 있었으나 차츰 심장의 움직임도 느려지는 중이었다.

천하양기의 집약체라고도 할 수 있는 천년밀정을 먹여 음기를 제어할 수는 있겠지만 진파의 의식이 없는 이상 외부에서 양기와 음기를 이끌어 서로 중화시켜 주어야만 한다.

공철은 신중한 손짓으로 천년하수오의 가운데에 골을 팠다. 공철의 손가락을 따라 천년밀정이 흐를 수 있는 길이 열렸다. 껍질의 바로 밖까지 골을 판 공철은 손일연에게 고개를 끄덕였다.

손일연이 진파의 고개를 젖히고 기도를 확보하자 공철은 신중한 손짓으로 천년밀정을 진파의 입에 흘려 넣었다.

한 방울만 마셔도 기사회생, 장생불사한다는 영약이 세 종지 가까이 진파의 입으로 들어갔다.

손일연이 인후혈을 누르자 꿀꺽 하며 진파의 목을 넘는 소리가 들렸다.

"한 방울 정도는 드시지 그러세요?"

"이 나이에 당신 괴롭힐 일 있소?"

가벼운 농담을 나누면서도 공철과 손일연의 손은 바쁘게 움직였다.

가슴팍에 모은 손을 짜자자작 마찰해 가자 손일연의 손에서는 냉기가 공철의 손에서는 양기가 가득 모이기 시작했다.

그 상태에서 두 사람은 빛살 같은 움직임으로 진파의 전신대혈을 점혈해 갔다.

공철의 입에서 기합성이 터졌다.

"합!"

진파의 몸이 허공으로 둥실 떠올랐다.

공철과 손일연의 손이 점점 빨라졌다.

허공에 뜬 상태로 진파의 몸이 퍽퍽 요동쳤다. 몸속에서 홍관백린사의 독기와 천년하수오의 약력이 충돌하는 중이었다. 정신을 잃은 와중에도 진파의 얼굴이 고통으로 일그러졌다.

음양쌍괴의 이마에는 어느새 땀방울이 송골송골 돋고 있었다.

필생의 공력을 다 쏟아내고 있었던 것.

손일연이 낭랑한 호통을 내뱉었다.

"차앗―!"

둥실 떠올랐던 진파의 몸이 서서히 내려오기 시작했다.

진파가 바닥에 놓이자 손일연은 양손으로 진파의 단전을, 공철은 백회혈과 중정혈을 덮어 눌렀다.

각기 자신의 내공을 이용해 진파의 진력을 부드럽게 이끌어가기 시작했다.

공철과 손일연의 몸이 격랑에 마주친 조각배처럼 부들부들 떨렸다.

진파의 몸이 크게 꿈틀댔지만 공철과 손일연은 아랑곳하지 않았다.

얼굴을 가득 덮었던 홍관백린사의 붉은 피가 어느새 사라져 있었지만 공철 부부는 미처 이를 알지 못했다.

붓을 들어 선이라도 그은 듯 진파의 얼굴이 붉고 하얗게 갈라졌다.

몸 반쪽에는 서리가 내려앉고 나머지 반쪽에선 무럭무럭 김이 솟아오르기 시작했다.

진파의 몸이 크게 튀어 올랐다.

공철과 손일연의 얼굴에서 굵은 땀방울이 흘러내렸다.

일 다경이 지나자 진파의 얼굴이 다시 원래의 색깔로 돌아오기 시작했다.

잠시 후, 손을 뗀 공철과 손일연은 피곤한 기색이 역력했다.

"예상보다 약효를 꽤 많이 흡수시켰는데요?"

"좀 지나쳤는지도 모르겠소. 임독양맥을 뚫어버렸으니……. 이거 문제있구만. 쩝. 앞으론 소주의 뒤를 따를 때 좀 조심해야겠구려. 아직도 잠복된 약력이 이리 많으니 계기만 주어지면 내공이 엄청나게 높아지겠소. 어쨌든 응축시켜 몰아놓았던 홍관백린사의 독기는 완전히 해소되었구려. 천년밀정의 힘과 동화되었으니 오히려 소주에게 이로운 힘이 되어줄 게요."

"응? 얼굴에 묻어 있던 홍관백린사의 피까지 흡수했나 봐요."

"어! 정말이구려. 이럴 줄 알았으면 아까 닦아줄 걸 그랬나? 이게 어떤 효과를 보일지……."

"설마 나쁘기야 하겠어요? 어차피 홍관백린사의 독은 다 중화시켰는걸요."

"뭐… 곧 알게 되겠지."

"그나저나 힘들군요."

"소주가 캔 하수오 몇 뿌리 가져다가 보신이나 합시다."

"이대로 두고 가도 괜찮을까요?"

"소주를 잘 알잖소? 어떻게 된 일인지 좀 생각하다 자기 멋대로 결론짓고 말걸?"

손일연의 주름진 얼굴에 고운 미소가 스쳐 갔다.

진파의 얼굴과 행동이 앞에서 보듯 떠올랐기에.

"저 아이는 어떻게 할까요?"

벽화를 가리키며 묻자 공철은 고개를 저었다.

"아까 할멈도 봤잖소. 의식이 있을 때는 정말 소주를 따르고 있소. 별 걱정 안 해도 되지 않을까?"

"내 생각은 달라요."

벌떡 일어나 벽화의 머리맡에 서는 손일연을 바라보면서도 공철은 더 이상 말리지 않았다. 그녀가 얼마나 진파를 귀히 여기는지 잘 알고 있었기 때문이다.

물끄러미 벽화를 내려다보던 손일연은 옥수공을 운용한 채 손을 치켜들었다.

아무리 소수마후라도 무방비 상태일 때 목을 끊는다면 다시 회생키는 어려울 것이다.

손일연은 눈을 감고 있는 벽화의 얼굴을 물끄러미 바라보았다.

현성교의 주구가 되었을 뿐일 것이다.

어린 시절부터 소수마후로 제련되기 위해 갖은 고초를 겪었을 것이다.

그러나 손일연에게는 진파가 더 소중했다.

손일연은 냉정하게 옥수공을 운용했다.

막 손을 뿌리려는 찰나.

벽화의 입이 가늘게 열렸다.

"오, 오빠……."

벽화의 감은 눈에서 눈물이 흘러내렸다.

잠시 벽화의 얼굴을 바라보던 손일연은 긴 탄식을 내뱉으며 손을 거뒀다.

공철이 다가와 어깨를 감싸 쥐었다.

"소주는 결코 단명하거나 남에게 이용당할 상이 아니오. 우리가 그리 만만히 키우지 않았소이다."

손일연은 묵묵히 고개를 끄덕일 뿐이었다.

공철이 가볍게 손을 휘저어 벽화의 수혈을 풀어주었다.

공철과 손일연의 신형은 불이 꺼지듯 그 자리에서 사라졌다.

진파는 꿈을 꾸고 있었다.

가슴에 하얀 창이 꽂혀 있다. 차갑고 싸늘하다. 몸을 꽁꽁 얼어붙게 한다. 목소리가 들린다. 오빠…….

가슴 한 켠에서 뜨거운 기운이 치밀어 오른다.

그 때문일까.

온몸이 불덩이처럼 열을 내뿜는다.

뜨거운 지옥과 차가운 지옥이 모두 존재한다. 진파의 몸 안에 두 개의 지옥이 존재한다.

두 지옥을 오가며 진파는 고통으로 몸부림쳤다.

갑자기 무언가 뻥 뚫리는 느낌.

아련한 꿈길 속에서 진파는 시원함을 느꼈다.

이제 뜨겁지도 차갑지도 않다.

들리는 건 벽화의 어린 목소리뿐.

오빠…….

진파는 번쩍 눈을 떴다.

푸른 하늘이 보인다. 하얀 구름이 흐르고 있다.

벌떡 몸을 일으켰다.

그리고 날았다.

"어어—?"

그저 상체를 들려 했을 뿐인데 진파의 몸은 공중으로 부웅 떠올랐다.

"이거 왜 이래—?"

진파는 꽥 소리를 질렀다.

급히 바닥으로 내려앉으려 내공을 밑으로 끌어내렸더니 이번엔 쏜살같이 내리 꽂힌다.

"어—"

픽!

무릎까지 바닥에 파고든 진파는 머리를 긁적였다.

"왜, 왜 이러는 것이다냐……."

어리둥절했다.

몸 전체가 이전과는 비길 수 없이 가볍다.

내공을 슬쩍 돌려보았더니 막힌 곳 없이 임독양맥을 주우욱 회통한다.

"이거… 내가 죽었나? 갑자기 왜 이래?"

볼을 꼬집어보았다. 아프다.

고개를 휘둘러 주위를 보니 죽은 건 아닌 것 같다.

뱀들의 잔해가 여기저기 널려 있고 바로 옆에는 머리가 뻘건 흰뱀이 토막 나 뒹굴고 있었다. 천년하수오가 흰 속을 드러낸 채 갈라져 있는 것도 보였다.

'뭐가 어떻게 된 거야?'

바로 그때, 진파의 눈에 바닥에 누워 있는 벽화가 들어왔다.

"벽화야!"

쟤가 여기 왜 있나. 깜짝 놀라 몸을 날리니 쒸웅— 하고 벽화를 향해 그대로 돌진했다.

"헛!"

유혼신법의 심결대로 양팔을 휘저어 방향을 바꾸었더니 휘익 하고 오른쪽으로 쏜살같이 몸이 날았다.

"이런 빌어먹을!"

다시 꽝 하고 바닥을 파고든 진파는 인상을 찌푸리고 다리를 꺼냈다. 이번엔 신법을 펼치지 않고 천천히 걸어가기 시작했다. 힘을 쓰지 않기 위해 아주 느릿느릿.

'이거 도대체 왜 이래? 독에 당했는데 몸은 왜 이리 가벼워?'

자신의 몸이건만 도무지 적응이 되질 않았다.

겨우 벽화의 곁에 앉았다.

"벽화야!"

혹시라도 건드리면 상처라도 입을까 봐 부르기만 했다.

벽화가 눈을 떴다. 몇 번 깜박이더니 진파를 알아본 모양이다.

"오빠!"

벽화는 번쩍 몸을 일으켜 진파를 끌어안았다.

"오빠, 괜찮아? 괜찮아? 아앙—"

자신을 걱정해 울어주는 벽화를 보며 진파는 마음이 찡했다. 벽화의 등을 토닥여 주고 싶었지만 혹시나 다칠까 봐 손은 대지 못했다.

"괜찮아. 오빠 오히려 힘이 세졌어. 니가 저거 나한테 먹인 거니?"

대충 보니 벽화가 천년하수오를 먹인 모양이었다.

워낙 양기 가득한 영약으로 알려졌으니 흰뱀의 차가운 독도 단숨에 치료한 모양. 새삼 벽화가 고마웠다.

벽화는 진파의 어깨에 묻었던 얼굴을 들고 눈물 가득한 눈으로 진파를 바라보았다.

"정말 괜찮아? 오빠 죽는 줄 알았어."

"그래, 괜찮아. 네가 천년하수오를 먹여주어서 산 모양이다. 고맙구나."

벽화는 미간을 찌푸렸다.

"내가? 내가 그랬나? 아……. 오빠 쓰러진 거 본 거밖에 기억이 안나……. 또 왜 이러지? 오빠, 나 머리… 아파."

머리를 감싸 쥐는 벽화를 보고 진파는 어마 뜨거라 하는 마음에 재빨리 손을 휘저었다. 휘익 하고 경풍이 날렸다.

"새, 생각하지 마! 아무럼 어떠냐? 우리 둘 다 무사한데."

"으응……."

그래도 미간을 찌푸리고 있는 벽화가 걱정되었다.

진파는 벌떡 몸을 일으켰다.

"봐! 오빠 전보다 훨씬 세졌다구!"

진파의 몸이 휙휙 사방을 휘젓기 시작했다.

발을 땅에 대지 않고도 진파는 자유롭게 분지를 오갈 수 있었다. 내력이 끊임없이 샘솟듯 올라온다.

진파는 하수오 넝쿨 잎을 발부리로 차며 방향을 틀었다. 절정의 초상비(草上飛)!

"와!"

벽화의 눈이 동그래지더니 막 손뼉을 쳤다. 한 마리 검은 독수리처럼 사방을 제압하는 진파의 신형은 벽화가 보기에 너무나 눈부셨다.

"오빠, 멋져!"

진파는 진기를 끌어올려 위로 치솟기 시작했다.

내력이 달려 시도도 못해보았던 유혼신법의 어기충소(御氣沖霄).

진파의 신형이 끝없이 솟아올랐다.

"화아!"

바닥에 사뿐히 내려선 진파는 팔다리를 두드려 보았다. 멀쩡했다. 진기도 막힘없이 흐른다.

'양맥이 뚫린다는 게 이런 거구나. 벽화 덕에 기연을 얻었어.'

단전에 부드럽게 자리를 잡는 냉기와 양기는 진파의 본신내력에 어울려 한 점 거리낌도 없었다. 대충 생각해도 단숨에 두 배 이상 내력이 상승한 모양이었다.

'당분간 힘 조절에 유의해야겠구나.'

벽화는 아직도 입을 벌린 채 진파를 바라보고 있었다. 어느새 눈물은 그쳐 있었다.

"오빠, 사람 아니지?"

"잉? 뭔 소리냐?"

"사람이 어떻게 날아다녀?"

진파는 얼굴 가득 쭈욱 웃음을 지으며 호쾌하게 가슴을 두드렸다.

"하하하! 사람도 날 수 있어. 다 네 덕이다. 으하하하하!"

벽화는 진파와 함께 까르르 웃더니 곧 시무룩한 표정이 되었다.

"왜?"

"나는 못 날잖아."

"오빠가 안고 날면 되잖아."

"정말?"

"그럼."

"나 무겁잖아……."

"하나도 안 무거워. 니가 왜 무겁냐? 새털 같기만 한데."

"그럼 아까는 왜 얼굴이 빨개졌어?"

"어?"

진파는 당황했다.

"그땐 오빠가 배가 고파서 그랬어. 아, 아직도 배가 고프긴 하다. 넌 안 고프니?"

"고파."

새삼 생각이 났다는 듯 벽화가 볼을 불룩 부풀렸다. 긴장이 풀리니 배로 배가 고팠다.

"우리 일단 배부터 채우고 마을로 내려가자."

"이거 먹게?"

벽화가 속살을 드러낸 천년하수오를 가리키자 진파는 고개를 끄덕였다.

"그거 말고도 먹을 거 있어. 좀 기다려라."

진파는 신형을 휙휙 날리더니 마른 넝쿨 줄기들을 모아 왔다. 수북이 벽화 앞에 쌓아 올리더니 천년하수오를 통째로 가져왔다.

"이걸로 뭐 하게?"

"좀만 기다려."

진파는 마른 줄기 한 가닥을 손가락으로 잡고 내력을 끌어올리기 시작했다.

'이게 될까? 지금 공력은 이 갑자가 넘은 듯하니 될지도…….'

손가락 끝으로 양강지기를 보낸 진파는 마른 줄기에 일순 공력을 쏟아 부었다.

피싯 하더니 연기가 피어오르고 곧 마른 줄기에 불이 붙기 시작했다.

'되네? 우아—!'

절정의 공력으로 물체를 태우는 삼매진화(三昧眞火).

이제 진파의 공력은 강호에서도 절정의 반열에 들었다 할 수 있을 정도였던 것이다.

"와아!"

입을 벌린 벽화를 향해 씨익 웃어준 진파는 불이 붙은 마른 줄기를 넝쿨 더미에 집어 넣었다. 모닥불이 불타오르기 시작했다. 진파는 천년하수오를 통째로 불 위에 놓았다.

"이건 내가 먹느라 껍질을 벗겼으니 팔지도 못하겠다. 이걸로 배나 채우자."

진파는 바삐 신형을 움직여 천년하수오 위에 수북이 마른 넝쿨 줄기들을 쌓아 올렸다. 활활 불이 타며 천년하수오가 익어가기 시작했다. 슬그머니 흰뱀의 몸뚱이를 집어 든 진파는 뒤춤에 감추어둔 후 벽화에게 말을 건넸다.

"오빠 저쪽에 가서 고기 좀 구해올 테니까 넌 불 안 꺼지게 잘 보고 있어. 만지지는 말고. 덴다."

"응."

입맛을 다시느라 정신이 없는 벽화는 건성으로 고개를 끄덕였다.

진파가 휘익 몸을 날렸다.

잠시 후 돌아온 진파의 손엔 나뭇가지에 일렬로 꽂힌 동그란 고기

토막이 무더기가 들려 있었다.

"오빠, 그거 뭐야?"

"생선 잡아서 다듬어 왔다. 이거 맛있는 거야. 같이 구워 먹자."

"응!"

침을 꼴깍 삼키는 벽화를 보며 진파는 흐뭇하게 웃었다.

철우를 꺼내 천년하수오의 속을 찔러보니 얼추 익은 모양이다. 진파는 천년하수오의 한 토막을 잘라내 껍질을 벗겨 벽화에게 주었다.

"뜨거우니까 호호 불어서 먹어."

"응."

벽화는 소맷자락에 천년하수오를 받아 호호 불며 먹기 시작했다. 뜨거웠는지 하아 하는 숨을 토하기 시작했다. 입술을 동그랗게 말아 내민 벽화의 얼굴을 보던 진파는 헉 하는 심정이 되었다.

'얘가… 또 왜 이러냐?'

진파는 얼른 고개를 돌리고 벽화 몰래 껍질을 벗기고 토막을 내 온 홍관백린사의 고기들을 불 위에 얹었다.

벽화는 여전히 호호 불며 아흐흐 하는 숨을 토해내며 먹고 있었다.

입술을 내밀고 눈을 깜박이며 먹는 모습은 귀엽기 한량없어 깨물어 주고 싶을 지경.

그러나 진파는 매우매우 심각했다.

'이, 이 자식이 왜 이런 것이냐! 이 정도는 아니었잖아!'

뜨겁게 일어서는 하반신 한구석.

진파는 슬쩍 다리를 꼬으며 모로 돌아앉았다. 그 엉거주춤한 자세로 홍관백린사를 뒤집어 익히며 자꾸 벽화에게로 가는 시선을 꾹 참고 있었다.

'무, 무슨 조치를 취해야 해! 일곱 살이야, 일곱 살! 야, 이 짐승 같은 자식아!'

아무리 욕을 해도 소용이 없자 진파는 아예 눈을 감았다.

눈을 감으니 자신을 향해 내민 듯한 벽화의 도톰한 입술이 그대로 떠오르는 것 아닌가.

'부, 불경이라도……'

진파는 귀동냥으로 들은 반야심경을 무작정 외기 시작했다.

'마하반야 바라밀다심경, 관자재보살 행심반야바라밀다… 젠장! 그 다음이 뭐더라! 아아아아아악!'

내심 치열한 전쟁을 치르고 있는지도 모르고 벽화는 진파를 불렀다.

"오빠, 나 더 줘."

"어어, 그, 그래."

진파는 벽화를 감히 쳐다보지 않으려 했지만 그럴 수 없었다.

다시 천년하수오를 잘라 주는 순간 진파는 푸 하고 웃음을 터뜨렸다.

벽화의 입 주위가 온통 까맣게 물들어 있었다.

대충 껍질을 벗겨주긴 했지만 구운 하수오를 먹느라 입 주위뿐 아니라 손가락까지 새까맸다.

스르르 하초의 힘이 풀리는 걸 느끼며 진파는 내심 가슴을 쓸었다.

'뭔가 방책을 마련하자구. 제기랄! 천년하수오를 먹어서 그러나, 더 심해졌네.'

열심히 호호 불며 먹는 벽화에게 물었다.

"맛있냐?"

"응. 그냥 먹을 때는 좀 썼는데 구우니 달고 맛나."

"많이 먹어."

"오빠두."

"고기 다 익었다. 이것도 먹어. 닭고기랑 맛이 비슷할 거야."

뱀고기 맛을 모르는지 벽화는 아주 맛있게 먹었다.

"맛있다!"

"마을 가면 소금도 좀 사두자. 나중에 또 해줄게."

문젯거리가 모두 사라진 진파와 벽화는 푸짐한 식사를 즐겼다.

구운 천년하수오와 구운 홍관백린사.

천하제일이라 할 수도 있을 기물들이 진파와 벽화의 입속으로 꾸역꾸역 들어갔다.

*　　　*　　　*

"맹주님, 삼 일이 지났습니다. 이제 맹주령을 내리셔야 할 것 아닙니까?"

열정 사태의 제안에 태현 진인은 어쩔 수 없다는 듯 한숨을 토해냈다.

"그래야겠소. 종남이 문을 닫다시피 했는데, 아무 증거도 못 찾다니……. 일단 그 소녀를 심문할 수밖에 없을 듯하오."

태인 도장이 의자에서 일어섰다.

"드릴 말씀이 있습니다."

"말하게, 사제."

임시로 지은 막사에는 무맹의 주요 요인들이 빼곡하게 자리를 메우고 있었다. 그들을 일일이 응시하던 태인 도장은 다시 태현 진인에게 고개를 돌렸다. 가깝게는 사형이지만 지금은 맹주의 자리에 있는 공적인 관계. 태인 도장 또한 무맹의 장로 중 일인이었다.

"이곳에 오자마자 말씀드렸듯 그 아이는 무적가의 당대출도객입니다. 게다가 첫 출도 때 소수마후를 만나 직접 손을 섞기까지 했습니다. 그런 그가 소수마후의 얼굴을 모른다는 것은 말이 되지 않습니다. 여러분들에게 용모파기를 보여 드렸고, 여러분들도 모두 인정하신 사실이 아닙니까? 여러분들이 보았다는 소녀는 소수마후가 아니라 동천에서 행방불명되었던 이벽화라는 소저가 분명합니다."

"그래서 뭘 어쩌자는 말씀이시오?"

제갈세가의 가주인 제갈청인(諸葛淸人)이 태인 도장을 보며 학우선을 천천히 부쳤다. 제갈청인은 당대 무맹의 군사 직을 맡고 있는 실질적인 두뇌라 할 수 있는 사람이었다.

"그들은 이번 종남혈사와는 관계가 없는 이들이니 비슷한 사건이 있었던 동천과 감천, 서안에서 조사를 시작해야 한다는 말입니다."

제갈청인은 태인 도장의 말에 고개를 저었다.

"장로께서도 따로 조사하셨겠지만 저도 그 일련의 살인 사건들을 조사했습니다. 모두 소수마후의 짓으로 보이긴 합니다만 종남혈사 이후로는 아무 조짐이 없소이다. 이 상태에서 유력한 증거를 포기하라 하심은 무리올시다."

"얼굴이 다르다 했지 않소이까?"

"소수마후는 이백 년 전의 존재올시다. 지금 이렇게 우리 모두 모인 까닭이 무엇입니까? 개왕께서 전해준 바에 따르면 소수마후를 제련하고 종남을 멸문시킨 원흉은 다름 아닌 현성교라고 판단되오이다. 삼십 년 전 그들의 뿌리를 뽑았다 생각했는데 미비했던 것이 틀림없소이다. 그런 그들이 소수마후를 복원해 냈소. 어떤 일이 있었는지는 몰라도 그들 나름대로 새로운 힘을 얻은 것이 틀림없소이다. 여쭈겠소. 장로께서는 당금 무림에 소수마후에 대해 정확히 아는 자가 누가 있다고 생각하시오?"

태인 도장이 침묵을 지키자 제갈청인은 아예 자리에서 일어나 좌중을 둘러보며 강한 어조로 말을 이었다.

"소수마후가 하나가 아닐지도 모른다는 장로의 말씀도 일리가 있소이다. 하지만 우리는 소수마후가 어떤 식으로 제련되었는지, 어떤 식으로 움직이는지 전혀 모르고 있소. 소수마후가 얼굴을 바꿀 수 있는 능력이 있다면 어찌 되겠소? 그 벽화라는 소저가 사라진 그날 새벽에 동천의 살인 사건이 났소이다. 그 소저가 소수마후일 가능성 또한 결코 배제할 수 없소이다. 그렇지 않소이까?"

그때 가장 말석을 차지하고 앉아 있던 청년이 벌떡 일어섰다.

"여러 선배님께 감히 말학후배가 한말씀 올리겠습니다."

"그러게."

태현 진인의 눈길이 청년에게로 향했다.

이십대 후반으로 보이는 청년의 눈은 붉게 충혈되어 있었다. 가슴팍에 새긴 '잠'이라는 글자로 보아 잠룡쟁패 출신이 분명한 듯 보였다.

"운 좋게 사문을 떠나 있던 차라 구차한 목숨을 부지한 강철환(姜撤還)입니다. 무적다가의 자제를 감싸고자 하시는 선배님의 뜻은 잘 알고 있습니다. 하지만……."

강철환의 얼굴은 태인 도장을 향했다.

굳센 의지를 드러내듯 사각으로 각진 얼굴은 비분한 심정이 그대로 드러났다. 하루아침에 사문이 몰락해 며칠 밤을 피눈물로 지새운 강철환이었다. 종남의 이대제자 중 유일하게 살아남아 이 자리에 참석을 허락받은 처지였다. 이제 그가 종남을 일으켜 세울 사명을 어깨에 진 상태였다.

"하지만! 종남의 피도 외면하지 말아주십시오! 종남이 강호를 위해 흘린 피도 적지 않았습니다. 의혹이 있다면 당연히 조사를 해야 할 것 아닙니까? 맹에서 허락치 못한다면 남은 종남의 모든 인원을 끌고서라도 추격하겠습니다. 모두가 종남을 외면해도 종남은 다시 설 것입니다!"

주먹까지 부르르 떠는 강철환은 강한 의지를 드러내었다.

여기저기서 탄식과 함께 고개를 끄덕였다.

태현 진인이 자리에서 일어섰다.

"삼 일 기한을 주었으나 우리에게 그 소녀를 넘길 생각이 없나 보오. 이미 종남산을 벗어나 남하하고 있다는 보고외다. 우리는 반드시 그 소녀를 조사해야 하오. 맹주령을 내리겠소."

모두 자리에서 일어나 고개를 숙였다.

태현 진인은 품속에서 작은 깃발을 하나 꺼내 들고 우렁우렁한 목소리로 명을 내렸다.

"당장 무맹의 전력을 동원해 다… 진 소협과 그가 보호하고 있는 소녀의 신병을 확보하시오. 반항이 있을 시는 힘으로 제압해도 좋소이다. 충돌이 있더라도 무시할 수 없는 사안이오. 음양쌍괴가 뒤를 따르고 있을 테니 맹의 집법사령들이 직접 가주시오. 총지휘는 제갈 군사께 맡기겠소."

"존명!"

우렁찬 대답들이 막사를 울렸다.

태현 진인은 태인 도장을 따로 돌아보았다.

"자네가 진 소협과 친분이 있으니 직접 가서 잘 말해 주게. 자네가 설득하지 못한다면 힘으로라도 제압해야 하네. 이것은 사형이 아닌 맹주의 말일세."

"알겠습니다."

침중한 표정으로 태인 도장이 포권을 취했다.

"저도 가게 해주십시오."

무릎을 꿇으며 시뻘겋게 충혈된 눈을 빛내는 강철환에게 태현 진인은 고개를 끄덕였다.

"그러게."

주먹을 불끈 쥔 강철환을 바라보는 태현 진인의 깊은 눈 안쪽에서 뜻 모를 빛이 번뜩였다 사라졌다.

*　　　　*　　　　*

"자네가 웬일인가? 해동청을 이용하면 될 텐데 어째서 직접 왔나?"

공철은 손일연과 함께 나란히 서서 그들에게 공손히 포권을 취하고 있는 장년인을 바라보았다. 장년인의 어깨엔 날렵한 해동청 한 마리가 머리에 투구를 쓴 채 앉아 있었다.

손일연의 시선이 진파가 들어선 약재상을 쫓는 동안 장년인은 품속에서 쪽지 하나를 꺼내 공철에게 주었다. 어딘가 다급한 기색이 보이는 장년인은 꿀꺽 침을 삼키며 공철의 얼굴을 뚫어져라 바라보았다.

"일단 보십시오."

쪽지에는 흐트러진 글씨가 시간에 쫓겨 쓰인 듯 난잡하게 적혀 있었다.

가주님의 표지 발견. 천급(天級). 황산 광명정 운중곡.

"천급!"
공철의 놀란 소리에 손일연이 고개를 돌렸다.
"천급이라고 했어요?"
"그렇소. 주인의 신변이 위험하다는 소리요."
"천급이라면 우리도 가야 하는 거잖아요?"
공철의 얼굴에는 망설이는 기색이 가득했다.
소수마후가 확실해 보이는 벽화와 함께 있는 진파를 놔두고 가자니 불안하기 짝이 없었다.
공철이 장년인에게 시선을 던졌다.
"이 쪽지를 보낸 친구와는 계속 연락이 되는가?"
"실은… 연락이 되지 않습니다. 진위를 확인하러 갔던 이들이 모두 연락이… 끊긴 상황입니다."
"몇 명이나?"
"세 조를 보냈는데 아홉 명 모두 연락이……."
"어허! 본 가의 고수가 아홉이나!"
"예… 그들이 아니었다면 아무리 천급 소집령이라도 두 분께 오지는 않았을 겁니다. 본 가에 천급 소집령이, 그것도 표지로 발견된 것은 처음이지 않습니까? 소가주의 출도식을 지키셔야 하지만 이런 상황은 이제껏 유래가 없었는지라……."

공철은 결정을 내린 듯 단호한 얼굴로 손일연을 돌아보았다.

"황산으로 갑시다."

"소주는요?"

"그 애가 소수마후임은 확실해 보이지만 그렇다고 당장 소주에게 위해를 가하지는 않을 것이오. 현성교가 어찌 나올지 걱정이 되긴 하지만 그것도 소주에게는 수행의 일부요. 지금은 주인의 문제가 더 급하오. 느낌이 좋지 않소이다."

"하지만……."

"당신도 주인의 성격을 알잖소. 웬만한 일이 아니면 천급 소집령을 내렸을 리 만무하오. 거기다 본가로 연락한 게 아니라 표지만 남겼소이다. 황산으로 확인하러 간 이들은 소식 두절… 소주만 지키고 있을 상황이 아니오."

"그렇다면 이대로 소주를 혼자 두고 가자는 말씀이세요?"

"우리 말고 다른 이들을 남길 필요는 없지 않소? 지금 소주의 무력은 당년의 주인에 필적하오."

손일연은 망설이는 듯 진파가 들어간 약재상을 바라보다 지그시 입술을 깨물었다.

"좋아요. 다행히 황산이라면 그리 먼 거리도 아니니."

섬서의 한중과 안휘의 황산이 가깝다면 소가 웃을 일이었지만 공철이나 손일연에겐 그리 먼 것만도 아니었다.

"우리가 자리를 비운 동안 아무 일도 없어야 할 텐데……."

"흠……."

진파는 심각한 얼굴로 고개를 끄덕이고 있었다.

벽화를 데리고 종남산을 내려와 석천현에 들어선 후, 제일 큰 약재상을 찾은 터였다.

천년하수오는 다 먹어치웠지만 장삼에 가득 싸 온 하수오의 품질이 워낙 뛰어나 좋은 값에 셈을 치르었다.

내친 김에 삼협까지 가는 길을 물은 참.

좋은 물건을 구해 기분이 좋아진 주인장이 친절하게 이것저것 가르쳐 주었으나 아쉽게도 삼나무골이란 마을은 들어본 적이 없다고 한다.

"삼협을 모두 훑을 작정이 아니라면 역시 사천(四川)으로 들어가는 것이 먼저라니까 그러는구만."

진파는 미간을 살짝 찡그렸다.

"그 길밖에 없어요? 좀 편한 길 없나요? 왜 한수(漢水)를 따라 배를 타고 내려가서 의창(宜昌)으로는 못 간다는 거죠?"

약재상의 주인이 권해준 길은 검각을 통과하는 험하디험한 촉잔도.

무공도 모르는 벽화를 생각하니 너무 험한 길이 될 듯해서 선뜻 내키지 않는 진파였다.

젊을 때 근동의 온 산을 헤집고 다녔다는 노인답게 새까만 얼굴을 한 주인이 끌끌 혀를 찼다. 못마땅한 기색이 역력했다.

"쯧쯧. 어디서 주워들은 건 있나 보구만. 하수오 캐낸 품이 제대로 배웠다 싶어 자세히 가르쳐 줬더니만 뭘 그리 따져? 길 안내가 싫으면 자네 맘대로 하게. 헹!"

고개까지 확 돌렸지만 노인에게 말을 거는 진파의 목소리엔 친근함이 묻어 있었다. 곰살갑게 대해주는 것이 왠지 공철이 생각나는 노인장이었다.

"아니, 몰라서 묻는데 뭘 그러십니까? 얘가 보이지도 않으세요? 이런 가냘픈 앨 데리고 어떻게 그 험한 잔도를 넘어갑니까?"

노인은 힐끔 벽화를 보았다.

진파의 등 뒤에 꼭 붙어 노인을 살피던 벽화가 냉큼 고개를 숨겼다.

조금 있다 살짝 고개를 빼 노인을 살폈으나 아직 자신을 보고 있자 벽화는 아예 진파의 등에 머리를 파묻었다.

진파에겐 그리 살갑게 대하던 명랑한 일곱 살 벽화가 낯선 이를 대하자 잔뜩 움츠러들었던 것.

석천에 접어들며 사람들을 보자마자 등 뒤에 매달리다시피 따라오는 벽화.

그것이 또 진파의 마음을 아리게 했다. 도대체 어릴 때 어떤 일이 있었던 것일까……. 왜 낯선 이를 무서워할까. 그러나 벽화는 기억을 하지 못했다.

노인의 얼굴에 희미한 웃음이 떠올랐다.

"자네 누이인가?"

"예. 보시다시피 낯도 심하게 가리고 몸도 그리 튼튼한 편이 아니라서 되도록 편한 길로 가고 싶어서 그래요. 호북으로 내려가 의창에서 배로 삼협을 통과할 수도 있지 않나요?"

"누구한테 들었는지 몰라도 그렇게 가게 되면 자네 누이가 더 고생할 걸세."

"배가 안 다녀요?"

"배야 다니지. 팔노등선(八櫓等船)이라는 배로 삼협을 통과하는 이들이 있긴 하네."

"그럼 된 거잖아요."

"그렇지 않아. 왜 촉잔도 같은 엄청난 길을 군이 뚫었겠는가? 자네가 말한 길은 서릉협부터 구당협까지 삼협의 거센 물길을 거슬러 올라가는 걸세. 삼협에서 얼마나 많이들 죽는지 아나? 목숨 걸고 다니는 뱃길이야. 거기다 거슬러 올라가? 삼협을 우습게보면 큰코다치네."

노인의 자세한 설명에 진파는 폭 한숨을 쉬었다.

"그럼 역시 잔도를 넘어 사천으로 들어가서 가릉강을 타는 수밖에 없는 건가요?"

"그렇지. 장강과 가릉강이 만나는 남포현까지 가면 돼. 거기선 삼협을 오가는 뱃사람들도 많고 하니 삼나무골이 어딘지 아는 이들도 분명 있을 걸세. 그 길로 가는 게 순리에 맞아. 검각을 넘을 때 좀 힘들겠지만 그 길이 더 편하다네."

창밖으로 보이는 남녘은 거대한 산줄기가 마치 천상의 성벽처럼 굳건히 자리를 잡고 있었다. 진파는 남쪽에 보이는 그 거대한 산줄기를 가리키며 물었다.

"저길 넘는 게 그리 힘들어요? 보기엔 별거 아닌 것 같은데."

"쯧쯧. 약초를 캔 걸 보면 산깨나 탔을 것 같은데 어찌 그러나? 눈앞에 보이는 봉우리 하나로 끝나겠나? 저걸 넘으면 또 산, 그걸 넘으면 또 산, 첩첩산이야."

"에휴… 혹시나 하고 여쭤봤어요. 그냥 검각으로 갈게요."

"그러게."

"감사했습니다."

"잘 가게나."

진파는 노인에게 꾸벅 허리를 숙인 후 벽화를 데리고 약재상을 나섰다. 문이 닫히기 전 살짝 고개를 숙이는 벽화를 보며 자애로운 웃음을 보냈던 노인은 문이 닫히자 끌끌 혀를 찼다.

"과년한 처녀가 어찌 저리 부끄럼 타는 게 애 같을꼬."

"우웅, 오빠 업어줘!"
"좀만 더 가면 배 탈 거야. 좀만 참아."
벽화가 진파의 오른팔에 매달려 찰싹 달라붙어 있었다.
진파는 얼굴이 조금 붉었으나 벽화를 떼어놓지는 않았다.
약재상을 나와 돌아다니며 여행 준비까지 다 마치고 옷도 멋지게 새
로 해 입었지만 벽화가 문제였다.
낯선 사람이 보이면 등 뒤로 숨기 바빴지만 둘만 있을 때면 벽화의
어리광이 무척 심해졌기 때문이다.
진파를 완전히 믿어주는 것이야 진파로서는 기분 좋은 일이었지만
틈만 나면 안기는 것이 문제였다.
마음이야 일곱 살이라지만 몸은 성숙한 처녀.
천년하수오를 먹어서인지 양기가 용암처럼 들끓고 있는 진파에게
벽화의 어리광은 고문과도 같았다.
흑의복면인들이 마음에 걸려 벽화를 변장시킨답시고 남장을 해 입
혔지만 오히려 상큼한 매력이 돋보이기만 했다. 천년하수오와 홍관백
린사를 먹은 탓인지 벽화의 뽀얀 얼굴엔 윤기가 자르르 흘렀다. 바야
흐로 꽃이 만개해 절정의 향기를 뿜어낼 때처럼. 진파로서는 생각도
못한 부작용이었다. 전보다 더 예뻤다.
'아, 보호대를 마련하지 않았으면 정말 큰일날 뻔했구나. 선견지명
이야.'
진파는 오른팔 가득 벽화의 가슴을 느끼면서도 얼굴만 약간 붉히고
태연할 수 있었다.

산을 내려온 진파는 홍관백린사의 껍질을 이용해 단단한 보호 장치를 마련했던 것이다.

연혼사를 바늘 삼아 만든 엉성한 속옷이었지만 진파의 하체는 홍관백린사로 만든 속옷에 의해 단단히 보호되고 있었다.

양기가 들끓어 벽화가 덤벼들 때마다 얼굴이 붉어지고 신체의 어느 한 곳이 급격히 팽창했지만 겉으로는 전혀 티가 나지 않았다.

연혼사로도 단번에 끊어지지 않았던 홍관백린사의 질긴 껍질이 진파의 고민을 해결해 준 것.

벽화가 귀여운 표정을 짓는다거나 포옥 안길 때마다 가슴이 진탕되는 것은 여전했지만 적어도 벽화가 알아챌 정도로 신체의 변화가 겉으로 드러나지는 않았다.

그래서 이렇게 팔짱을 꼭 낀 벽화를 군이 떼어놓지 않아도 진파는 태연할 수 있었다.

"업어줘어—!"

"다 왔다니까. 저기 저 배야. 저거 타면 집으로 간다."

한중 땅을 가로지르는 한수가 눈앞에 있었다.

진파는 한수를 배로 거슬러 올라가 잔도를 넘을 결심을 굳힌 것이다.

제12장 등평도수(登萍渡水)

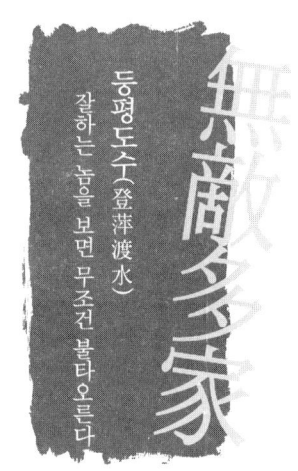

無敵商家

등평도수(登萍渡水)
잘하는 놈을 보면 무조건 불타오른다

진령산맥과

대파산맥의 중간, 황금 같은 평원으로 이루어진 한중 땅을 가로지르는 한수(漢水).

진파는 출렁이는 뱃전에 기대어 나른한 얼굴로 하늘을 바라보았다.

'바로 이거거덩!'

파랗다 못해 눈이 부신 하늘.

바람이 부는 듯 뭉게구름이 서서히 움직였다.

얼굴을 간질이는 시원한 강바람에 진파는 눈을 감았다.

이 자유스러운 느낌.

이거야말로 집 떠나며 진파가 생각했던 바로 그거였다.

잔잔한 물살을 거슬러 올라가는 과선(課船)은 위아래 양 옆으로 조금씩 흔들렸으나 멀미를 할 정도는 아니었다.

삐걱이는 노 젓는 소리에 맞춰 조금씩 흔들리는 배의 움직임마저 감미로웠다.

선실이 답답해 선미(船尾)로 나오길 정말 잘한 듯싶었다.

균형을 잡기 위해 키잡이가 지시한 대로 좌우로 나눠 앉은 선객들이 강바람을 맞으며 느긋하게 앉아 있었다.

"오빠!"

진파는 벽화의 부름에 슬그머니 눈을 떴다.

고개를 돌리니, 눈을 반짝이는 벽화의 얼굴이 보인다.

'아… 정말 심각하구나.'

쾌적하게 하체를 조이는 보호대 덕분에 조금도 당황하지는 않았지만… 느껴진다.

얼굴만 보면… 선다.

눈만 마주쳐도 이렇다.

동그랗게 눈을 뜬 벽화의 얼굴은 정말이지 너무너무 너무 아름다웠다.

'젠장… 아무리 예쁘다고 해도 얘는 지금 일곱 살이라구! 어이, 진파! 일곱 살이야! 일곱 살!'

스스로 꾸짖었으나 별 소용이 없다.

계속 느껴진다.

건너편에 무료한 듯 앉아 있는 선객들도 그녀의 얼굴을 힐끔거리기 바빴다.

물끄러미 바라보는 진파에게 벽화는 입술을 삐죽 내밀었다.

"왜 보기만 해? 얼굴에 뭐 묻었어?"

"아니."

"그럼 왜 대답 안 해?"

진파는 도톰한 벽화의 입술을 또 물끄러미 바라보았다.

맑디맑은 붉은 입술.

아랫입술이 조금 더 도톰한 벽화의 입술이 하늘거린다.

'환장하겠네.'

진파는 질끈 눈을 감았다.

안 보기라도 해야지.

"오빠! 나 안 볼 거야?"

"다 들려. 햇살이 눈부셔서 그래."

눈부신 건 햇빛이 아니다.

하늘을 바라보며 뱃전에 기대앉아 있었지만 눈부실 정도는 아니었다.

벽화의 눈이, 그녀의 얼굴이 눈부셨다.

그리 엉큼한 생각을 하는 건 아니었지만 저절로 반응하는 몸마저 부끄럽다.

벽화의 티없이 맑은 눈.

하염없이 진파를 의지하는 친근한 눈이 진파를 부끄럽게 만든다.

"오빠, 강 냄새 너무 좋다. 그지?"

"이 물 비린내가 좋니?"

"응. 굉장히 좋아. 너무 편해."

강물이 흐르는 것이라도 보는지 그 말을 끝으로 벽화의 목소리는 들리지 않았다.

삼협 어드메 삼나무골에서 자랐다는 말대로 벽화는 정말 강을 좋아했다.

징징거리며 업어달라 떼를 쓰던 벽화는 배를 보자 너무 즐거워했다.

배에 올라서도 팔딱거리며 뛰어다녀 진파를 진땀나게 했다.

노를 젓는 사공들이 질색을 하며 말리지 않았다면 조그만 과선은 뒤집혔을지도 몰랐다.

'이렇게 천진한 애한테 계속 느끼다니……. 내가 이렇게 속물이었나?'

한중을 거슬러 올라가며 진파는 그 점이 계속 고민스러웠다.

하는 행동이나 표정, 귀엽게 속살거리는 말투는 일곱 살 애가 분명했지만 문제는 그녀의 몸이었다.

너무나 아름다운 벽화.

꽃봉오리가 막 피어나려 할 때처럼 찬란한 미태를 드러낸 그녀를 보며 가슴이 진탕되지 않는다면 사내가 아닐 것이다.

그러나 어쩌리.

정신은 일곱 살인데.

벽화는 아빠나 오빠를 대하듯 진파에게 완전히 의존할 뿐이었다.

그것은 남자를 대하는 태도가 아니었다.

그런 벽화의 천진함이 진파에게 죄책감을 느끼게 했다.

게다가 천년하수오의 약력 때문이지 너무 자주… 선다.

그래서 죄책감도 너무 자주 든다.

'어쩌라구!'

결국 진파는 다른 걸 생각하기로 했다.

벽화가 어려진 후 생긴 버릇이었다.

별로 생각하는 걸 좋아하지 않는 진파였지만 다른 생각을 하면 원수 같은 놈이 수그러들곤 하니 방법이 없었다. 매번 두드려 팰 수는 없지 않은가.

'무맹과의 오해는 대충 풀렸겠지?'

맹주인 태현 진인은 삼 일의 시간을 준다 했으나 진파는 낙관적이었다.

개방 사람들이나 태인 도장이 그의 행보를 중언해 줄 터였다.

'태인 도장님께 좀 미안하네. 뭐, 할 수 없지.'

소수마후를 찾는 걸 도와준다 했는데 벽화의 집을 찾아 삼협으로 가는 중.

한 번 한 말을 못 지켜 기분이 좀 그랬지만 태인 도장은 진파가 아니라도 도와줄 사람이 많을 것이다.

'화상도 그려줬는데 알아서 하겠지, 뭐.'

불현듯 소수마후의 얼굴이 떠올랐다.

그 아련한 눈길.

진파는 고개를 흔들었다.

'그래도 그녀는 무고한 사람들을 해친 살인자야.'

마음속에서 진파의 다른 목소리가 들렸다.

'그녀한테도 사정은 있을 수 있어!'

그럴까?

차라리 그랬으면 이해라도 할 수 있을 텐데.

소수마후를 생각하니 벽화가 받는 심각한 오해까지 떠올랐다.

그도 의심한 적이 있었다.

벽화는 항상 소수마후가 출현한 곳에 나타났다.

처음 그녀를 만난 철가장도 소수마후를 만난 관제묘에서 그리 떨어지지 않은 곳이었다.

동천현에서 살인 사건이 났을 때, 벽화는 검선장에서 사라졌다.

종남파가 소수마후에게 멸문당했을 때도 벽화는 종남산에 있었다. 그것도 어디서 묻었는지 여기저기 피를 묻힌 채로.

누구나 한 번쯤 오해할 수 있는 상황.

진파도 서안으로 가는 중 직접 손으로 벽화의 볼을 만져 확인까지 했지 않은가.

아무에게도 말하지 않았지만 소수마후의 눈빛과 벽화의 눈빛이 판에 박은 듯 닮았다는 것이 자꾸만 마음에 걸렸다. 소수마후가 아닐 것이라 확신하면서도 가슴 한편이 묵직함은 그 때문이었다.

그러고 보면 진파는 벽화의 과거를 전혀 모른다.

일곱 살 기억만 갖게 되기 전에도 그녀는 자신의 과거를 기억하지 못하고 몽유병을 앓고 있었다.

이제 고향을 떠올리게 되었지만 십여 년의 기간이 텅 빈 공백으로 남고 말았다.

삼협의 삼나무골에 있던 그녀가 어째서 섬서의 동천에 있었는지 알 수 없었다.

'언젠간 기억을 찾겠지…….'

진파는 다시 눈을 떴다.

몸은 이미 잠잠해진 후였다.

힐끔 옆을 보니 배에 타고 있던 남자 아이 한 명과 나란히 강물을 내려다보는 벽화가 보인다.

낯선 이를 굉장히 꺼리는 벽화였지만 아이라서 안심한 모양이다.

천진한 얼굴에 떠오른 웃음엔 아무 구김이 없었다.

'흑의복면인들이 또 올지도 몰라. 내가 지켜야 해.'

그때 남자 아이의 목소리가 들렸다.

"누나, 봤어?"

"오마! 봤어, 봤어. 오빠! 고기야! 고기가 뛰어올랐어!"

"그래?"

진파도 고개를 들어 흐르는 강물을 바라보았다.

강물은 잠잠했다.

그러나 진파는 뜻밖의 광경을 보았다.

남자 아이가 뱃전 위에 엎어진 벽화의 손을 잡고 있었다.

'이놈이!'

진파의 눈에 불똥이 튀었다.

그냥 잡고만 있는 게 아니었다.

천연덕스럽게 벽화의 손을 꼼지락거리며 만지는 꼬마 녀석의 손은 거침이 없었다.

이제 열 살쯤 돼 보이는 녀석.

신도 신고 옷도 단정한 것이 농부나 어부의 자식 같지는 않았다.

똘망똘망한 눈매가 아주 영리해 보이는 녀석.

하지만 진파의 맘에는 전혀 안 들었다.

아니, 누구는 잘 쳐다보지도 못하는데 저 자식이 어디서!

"넌 뭐냐?"

진파는 와락 인상을 구기고 물었다.

그러나 꼬마 자식은 대답을 하지 않았다.

애처로운 표정을 짓더니 갑자기 벽화의 품에 폭 안기는 것이 아닌가!

"누나… 저 형 무서워……."

이 자식이 감히 벽화의 가슴에 얼굴을 묻고 비비적거린다.

그러면서 한쪽 눈으로 진파를 뚫어져라 바라본다.

절대 겁먹은 눈빛이 아니었다.

'어쭈!'

진파는 뚜껑이 팍 날아가는 걸 느꼈다.

"이 자식이?"

그러나 진파는 더 이상 말을 이을 수 없었다.

"오빠, 왜 그래?"

새된 목소리로 날카롭게 쏘아붙이는 벽화의 목소리.

그가 언제 이런 날 서린 말을 벽화에게 들었던가.

눈을 치켜뜨고 품속 꼬마 자식을 꼭 안고 있는 벽화는 새끼를 보호하는 어미새 같았다.

"왜 애를 겁주는 거야? 무서워하잖아!"

"아, 그건……."

"오빠, 나빠!"

벽화는 입술을 삐죽 내밀고 진파를 외면하고는 가슴속 꼬마 놈을 토닥거렸다.

나빠, 나빠, 나빠…….

벽화의 그 한마디가 천둥처럼 귓속에서 메아리쳤다.

가슴은 또 왜 이렇게 아프단 말인가. 마치 송곳으로 찌르는 것만 같다.

일곱 살 애가 하는 말인 줄 뻔히 안다.

그런데도 이 무지막지한 충격은? 이 씁쓸함은?

"그, 그게 벽화야……."

"말시키지 마! 오빠, 나빠!"

변명도 들어주지 않는다.

진파는 더 말을 할 수 없었다.

답답한 마음에 하늘을 보며 후— 한숨을 쉬는데 꼬마 놈이 또 염장을 지른다.

이 자식이 감히 벽화의 허리를 끌어안는 것 아닌가!

"우웅… 누나……."

"괜찮아. 그래, 그래."

벽화는 자신의 몸에 넝쿨처럼 찰싹 달라붙은 녀석이 귀여운지 토닥거리만 한다.

'아니! 넌 일곱 살이잖아! 그 자식 너보다 오빠라구!'

입 밖으로는 토해낼 수 없는 항변.

진파는 정말로 눈이 뒤집혔지만 꾹 참았다.

'머리를 써라, 진파!'

엄청난 인내력을 발휘한 진파는 최대한 부드러운 목소리로 꼬마에게 말을 건넸다.

"미안하다. 내가 지금 신경이 좀 날카로운 편이라서 말야. 근데 너 이 배에 혼자 탄 거니? 어른하고는 같이 안 탔어?"

보호자 곁으로 보내 버리는 거다!

근데 이 자식이 고개를 흔들었다.

여전히 두 팔로 벽화의 낭창낭창한 허리를 끌어안고 말이다!

"아니, 나 혼자 탔어."

"너 같은 어린 꼬마가?"

그 말에 녀석은 화가 났는지 팔을 풀었다. 벽화의 가슴에서 떨어졌다.

고개를 빳빳이 젖힌 게 좀 화가 났나 보다.

제깟 게 화나 봤자지! 암튼 고맙다!

"꼬마라고 부르지 마. 내 이름은 동선(東鮮)이야!"

"그래, 그래, 미안하다."

어쨌든 벽화와 떨어뜨리는데 성공한 진파는 아주 너그러운 마음이
되어 웃으며 사과했다.

벽화가 동선에게 물었다.

"얘, 너 혼자 배 타고 어디 가니?"

"큼!"

동선이란 녀석은 통통한 몸을 흔들며 기분이 나쁘다는 듯 코웃음을
쳤다.

"왜 그래? 내가 뭐 잘못했어?"

"내 이름을 밝혔으면 누나 이름도 갈쳐 줘야지!"

"오마, 미안해. 난 벽화야."

"난 진파다."

"형 이름 물은 적 없는데?"

'이 자식이!'

진파는 화가 났으나 꾹 눌러 참았다. 또 기회를 주면 안 된다.

표정도 최대한 관리했다.

"근데 어디 가?"

벽화의 물음에 동선은 진파에게서 고개를 돌렸다.

진파를 보던 그 싸늘한 얼굴이 천진난만한 아이의 얼굴로 돌아간다.

'저, 저, 가증스런 자식!'

"사천에 가려고. 검각을 넘을 거야."

"너 혼자?"

"아니, 검각에 가면 삼촌이 있어. 삼촌하고 같이 갈 거야."

"와~ 그럼 우리랑 방향이 같구나. 우리 같이 가자."

"누나도 사천에 가? 사천 어디?"

"삼협에 갈 거야. 우리 집이 거기야."

"응? 우리 집도 삼협 쪽인데? 삼협 어디 살아?"

"정말? 우리 집은 삼나무골이야."

"삼나무골? 삼협에 그런 데도 있나?"

둘이 너무 쿵짝이 잘 맞아 배가 아파진 진파가 퉁명스레 끼어들었다.

"삼협이 얼마나 넓은데 너 같은 애가 다 알겠냐?"

"무슨 소리야! 삼협은 내 안마당이나 다름없다구! 울 아버지가 선주(船主)란 말야!"

씩씩대는 동선은 열받은 게 분명해 보였다.

진파는 흐뭇했다.

"안마당이라고 다 아는 건 아니지."

"뭐야!"

동선은 자존심이 상한 듯 거세게 반발했다.

"삼협 구석구석 모르는 데가 없다구 울 아버지도 날 칭찬해! 삼협에 삼나무골이라는 데는 없다구!"

"저, 정말이야?"

벽화는 동선의 말에 겁을 먹은 듯 진파를 바라보았다.

기억나는 거라곤 삼나무골이라는 지명뿐. 삼협은 겨우 생각해 낸 기억. 동선의 말을 들으니 덜컥 겁이 났던 것이다.

"벽화야, 너무 걱정 마. 이 꼬마가 다 안다고 말할 수는 없는 거야. 가봐야 알아."

"내 이름은 동선이야! 그리고 난 다 알아!"

벽화의 얼굴이 창백해졌다.

진파는 동선을 똑바로 바라보았다.

"야."

"왜?"

"니네 집 크냐?"

"그래!"

"거기 마당 있지?"

"그래!"

"너 니네 집 마당에 있는 풀 이름들 다 아니?"

"……."

"니네 집 마당에 어떤 곤충들이 사는지 다 알아?"

"……."

"니네 집 마당에 어떤 새들이 날아오는지 다 알아?"

"…그, 그래도 삼협에 삼나무골은……."

"삼협, 삼협 하지만 구당협, 무협, 서릉협이 삼협의 전부니? 작은 협곡은 없어? 주위에 있는 산속에 흩어져 있는 작은 부락들까지 다 알아?"

"……."

"다 안다고 하지 마. 세상엔 네가 모르는 게 더 많아."

동선은 진파를 꾸욱 노려보다가 고개를 돌렸다.

승복하는 빛은 없었지만 적어도 더 우길 맘은 없어 보였다.

'할배한테 당한 게 도움이 될 때도 있군.'

내심 안도한 진파는 고개를 돌려 벽화를 위로했다.

"걱정 마. 일단 삼협에 가면 네가 본 데가 반드시 나올 거야. 구석구석 다 찾아보자."

"응!"

벽화가 환한 얼굴로 고개를 끄덕였다.

그게 진파를 기쁘게 했다.

그런데 돌연 뱃전이 꽝 소리를 내며 부서졌다.

물보라가 확 피어올랐다.

작은 과선이 이리저리 흔들렸다.

"헛!"

진파는 깜짝 놀라 번개같이 벽화의 허리를 잡고 뒤로 물러섰다.

진파의 눈앞을 홱 스치는 검은 그림자.

검은 복면을 뒤집어쓰고 검은 옷을 입은 그림자는 동선을 꿰어 차고 몸을 날렸다.

"악—! 누나!"

동선이 애처롭게 비명을 질렀다.

"동선아!"

벽화가 애타게 소리쳤지만 동선을 안은 흑의복면인은 수면을 걷어차며 강 저편으로 몸을 날렸다.

"등평도수(登萍渡水)!"

진파의 눈이 커졌다.

물 위를 걷는 경공.

초절정에 달한 무인이 아니라면 엄두도 못낼 경공이었다.

초상비까지는 진파도 가능했지만 등평도수라니…….

"오빠! 동선이 구해줘!"

"그래!"

진파는 강을 건너는 흑의복면인을 보며 힘차게 대답했다.

흑의복면인의 복색은 벽화를 납치하려 했던 바로 그놈들의 것이었다.

동선이란 놈이 예쁘지는 않았지만 그렇다고 그런 흉악한 놈들에게 납치되는 걸 뻔히 두고 볼 수는 없지 않은가.

그러나 벽화를 혼자 두고 갈 수는 없었다. 또 무슨 일이 생길지 어찌아나.

망설이는 새 흑의복면인은 강을 거의 다 건너고 있었다.

벽화가 발을 동동 굴렀다.

"오빠, 뭐 해?"

"업혀!"

"응?"

"너 혼자는 못 둬. 같이 간다."

"응!"

벽화가 냉큼 업힌다.

뭉클하는 촉감이 등을 압박했지만 그것에 신경 쓸 사이가 없었다.

진파는 발밑에 떨어져 있는 부서진 뱃전을 주워 들었다.

'벽화를 업고 가능할까? 공력이 증진되었으니 가능할지도 몰라.'

"오빠!"

벽화가 손가락으로 건너편을 가리킨다.

대파산의 가파른 북사면을 향해 흑의인이 달리고 있었다. 이미 강을 건넌 것. 동선이 흑의인의 허리춤에 매달려 바둥거리는 게 보였다.

진파는 왼손을 뒤로 돌려 벽화를 받쳐 들고 힘차게 발을 굴렀다.

쾅—!

진파가 박찬 뱃전이 콰직 하며 부서져 나갔다.

벽화를 업은 진파가 포탄처럼 강물 위를 가로질러 날아갔다.

"저럴 수가!"

선객들의 입이 쩌억 하고 벌어졌다.

쾅 소리와 함께 진파가 눈앞에서 사라졌던 것이다.

그들의 눈으론 진파의 움직임을 따라잡을 수 없었다.

"저, 저길 봐!"

키를 잡은 선부의 외침 소리에 모두 고개를 돌렸다.

강 중간에 두 줄기 물보라가 일렬로 쫘악 피어오르고 있었다.

수면을 스치며 날아가는 진파의 뒤를 따라 좌우로 자욱하게 물보라가 튀어 올랐던 것.

"꺄아—!"

등에 업힌 벽화가 비명을 지르며 진파의 목을 끌어안았다.

평소 같으면 신경 쓰일 지나친 접촉에도 진파는 반응하지 않았다. 신경 쓸 겨를이 없었다.

'역시 단번에 건너는 것은 무린가?'

흑의복면인이 등평도수로 가뿐히 건넜던 거리가 대략 삼십여 장.

아무리 진파의 공력이 늘었더라도 단번에 삼십여 장을 건너뛰는 것은 역시 무리였다. 더구나 벽화를 업은 상태.

서서히 몸이 수면에 가까워지고 있었다.

'역시 한 번에는 안 된다 이거지?'

진파는 자유로운 오른손을 슬쩍 흔들었다.

혹시 몰라 챙긴 나무판, 부서진 뱃전이 수면을 향해 피잉 하며 쏘아졌다.

'이거 안 되면 개쪽인데!'

진파는 기합성을 내지르며 수면 위에 떠 있는 나무판자를 박찼다.

"하아―!"

맑은 기합성과 함께 진파의 몸이 공중으로 치솟았다.

'오오! 된다!'

양 발을 내저으며 힘차게 도약한 진파는 아슬아슬하게 강을 건너는 데 성공했다.

이전이었다면 홀몸이었더라도 건널 수 없었을 거리인데 벽화까지 업고서 성공했던 것.

진파의 입가에 자랑스러운 웃음이 떠올랐다.

"와아~!"

뒤에서 들리는 환호성에 진파는 고개를 돌렸다.

배 위의 선객들과 선부들이 진파를 향해 소리를 치고 있었다.

어린애를 납치한 놈을 쫓는 정의로운 협객은 어디서나 존중받는 법.

진파는 오른손을 불끈 움켜쥐고 과선을 향해 힘차게 내뻗었다.

"와아~ 최고다!"

기분 좋은 환호성을 다시 한 번 들은 진파는 얼굴 가득 웃음을 띠고 몸을 돌렸다.

'이런 기분에 협객 하나? 거 기분 괜찮네.'

그사이 흑의복면인의 검은 옷자락은 대파산 자락 속으로 사라지려 하고 있었다.

"오빠! 빨리 가!"

"그래!"

진파는 땅을 박찼다.

벽화를 등에 업고도 지면을 스치고 날듯이 흑의복면인을 뒤따랐다.

가공할 속도.

진파도 곧 대파산 자락으로 접어들었다.

깎아놓은 듯 가파른 산길이었지만 진파는 거침없이 몸을 날렸다.

산을 오르는 것은 평지를 달리는 것보다 더 익숙한 진파였다.

다행히도 가파른 경사면은 숲이 무성하지 않아 흑의복면인을 놓치지 않고 따를 수 있었다.

그러나 흑의복면인과의 거리가 좀체 줄어들지 않았다.

벽화보다는 상대적으로 가벼운 동선을 안았다고 하지만 흑의복면인의 경공도 무시할 수 없는 속도였다.

오기가 발동한 진파는 속력을 높였다.

"까악―!"

얼굴을 파고드는 거센 바람에 벽화가 비명을 지르며 진파의 어깨에 고개를 파묻었다.

주위의 풍경이 무언가로 잡아당긴 듯 주욱 늘어나 진파의 뒤로 쐐액 쐐액 지나갔다.

흑의복면인과의 사이가 조금 좁혀졌다.

'조금만 더!'

진파는 이를 악물고 용천혈에 공력을 돋우었다.

파앙―!

압축된 공기가 터지는 소리가 들리며 속도가 배가되었다.

진파조차도 처음 겪는 속도.

주위의 경물이 실처럼 가늘어지기 시작했다.

그때 흑의복면인이 힐끔 뒤를 돌아보았다.

눈조차 제대로 뜰 수 없는 가공할 속도 속에서 진파와 잠시 시선이 맞부딪쳤다.

표정이 보이지 않건만 진파는 흑의복면인이 웃는 듯한 느낌이 들었다.

흑백이 선명한 눈이 살짝 가늘어졌던 것.

그와 동시에 흑의복면인에게서도 파앙 하는 소리가 터져 나왔다.

둘의 사이가 다시 벌어지기 시작했다. 흑의복면인도 속도를 높이기 시작한 것이다.

'이, 이런!'

시야에서 조금씩 멀어져 가는 동선은 정신을 잃었는지 흑의복면인의 옆구리에 매달려 추욱 늘어져 있었다.

진파는 이를 악물고 속도를 배가시켰다.

더 이상 거리가 벌어지지는 않았으나 좁혀지지도 않았다.

가파른 대파산의 산줄기를 쾌속 질주하는 두 줄기 검은 그림자.

쫓고 쫓기는 추격전이 숨가쁘게 이어졌다.

진파는 얼굴이 시뻘겋게 달아올라 있었다.

동선을 구하는 것도 중요하지만 어느덧 경공의 승부처럼 된 추격전이었다.

진파가 익힌 잡다한 무공 중에서 가장 자신있는 것이 신법.

그것에서 뒤진다는 것이, 천년하수오씩이나 처먹고도 지고 있다는 사실이 진파의 속을 뒤집었다.

흑의복면인은 어느덧 바위 산봉우리 정상에 가까워져 가고 있었다.

마침내 진파는 길게 고함을 질렀다.

"야~ 이 자식아! 도망만 가지 말고 한번 붙어보자~!"

쩌렁쩌렁한 고함이 산을 뒤흔들었다.

산비둘기가 놀라 후드득 숲에서 날아올랐다.

그 말이 마음에 안 들었던 것일까?

흑의복면인은 바위산 정상에서 우뚝 멈춰 섰다.

'그렇지!'

진파의 눈이 빛났다.

한달음에 대파산의 한 봉우리 정상까지 치달려 올라왔지만 조금도 숨이 차지 않았다. 임독양맥이 타통되어 진력이 끊임없이 질기게 흘렀던 것.

지금 붙는다면 자신있었다.

연혼사라면 두 수 위의 실력자라도 동등하게 싸움을 할 수 있다. 자신보다 반 수 정도 앞선 듯한 경공으로 보아 무공 수위도 그와 비슷할 터. 그 정도라면 연혼사로 충분히 상대할 수 있었다.

진파는 십 할의 자신이 있었다.

쏜살같이 달려 올라가는 진파의 발걸음은 자신감으로 충만했다.

그런데 산 정상에서 옷깃을 펄럭이며 내려다보는 흑의복면인의 모습 어딘가가 신경을 건드렸다.

짝다리를 짚고 어깨에 동선을 올려놓은 흑의복면인은 진파를 내려다보고 있었다.

마치 가소롭다는 듯.

오려면 오라는 듯.

그런데 흑의복면인의 그 모습이 무척 잘 어울렸다.

'저 자식…… 멋지잖아!'

오 장 정도까지 접근한 진파는 다시 흑의복면인의 시선을 느낄 수 있었다.

분명 웃고 있었다.

배알이 꼴려 더 참을 수가 없었다. 왜 저런 놈이 멋지단 말이냐!

"차앗—!"

진파의 오른손이 쭈욱 펼쳐졌다.

팔목에 차인 연혼추가 발출되며 살 떨리는 귀곡성이 끼익 울려 퍼졌다.

츄리리리리릿—

열 줄기 연혼사가 흑의복면인의 전신을 노리고 빛살처럼 내뻗었다.

그때까지도 흑의복면인은 그 오만한 눈웃음을 그치지 않고 진파를 내려다보고 있었다.

'맛 좀 봐라!'

돌연 흑의복면인이 빙글 몸을 돌렸다.

그 바람에 오른쪽 어깨에 얹어놓았던 동선의 몸이 연혼사의 공격에 고스란히 노출되었다.

"이런! 비겁한 자식!"

진파는 깜짝 놀라 다급히 손가락으로 연혼사를 튕겨내었다.

연혼사가 방향을 바꾸며 급격하게 사방으로 비산했다.

흑의복면인은 진파를 내려다보다 고개를 하늘로 젖혔다.

"하하하하."

나직한 웃음소리.

그것은 완전한 비웃음이었다. 더없이 완전한.

"너 이 자식! 죽었어!"

완벽히 꼭지가 돈 진파가 고함을 치며 몸을 날렸다.

진파의 다리가 눈부시게 움직였다.

공중으로 몸을 띄워 연파각으로 흑의복면인의 머리를 노린 한 수.

그때 갑자기 흑의복면인의 몸이 꺼지듯 시야에서 사라졌다.

"엇?"

흑의복면인이 사라진 산 정상에 올라선 진파는 나직한 탄성을 터뜨렸다.

급격한 경사로 이어졌던 바위 봉우리의 반대편은 마치 칼로 잘라낸 듯한 벼랑으로 이루어져 있었다.

"이 자식이 어디……."

주위를 둘러보던 진파는 혹시나 하는 마음에 벼랑의 아래쪽을 내려다보았다.

밉상스런 흑의복면인은 바로 그곳에 있었다.

그 가파른 벼랑을 평지 걷듯 내려가는 흑의복면인.

마치 산양이 절벽을 타듯 거리낌없이 몸을 날리던 흑의복면인이 고개를 들어 진파를 보았다.

흑의복면인은 진파를 향해 한 손을 쭈욱 뻗었다.

공격이라도 있을 듯해 진파는 움찔했다.

그러나 아무 공격도 없었다.

그렇지만 진파는 피가 거꾸로 솟는 듯한 격심한 충격에 빠졌다.

흑의복면인이 손가락 하나만 펼치더니 좌우로 까닥까닥 흔들었던 것이다.

"야~! 너 잡히면 진짜 죽었어~!"

"오, 오빠! 저, 저기 내려가게?"

당황한 벽화의 목소리가 들렸다.

진파는 품속에서 재빨리 기다란 가죽을 꺼냈다.

보호대를 만들고 남은 홍관백린사의 가죽. 인세의 무엇보다도 질긴 가죽이었다.

진파는 그것으로 자신과 벽화의 몸을 꽁꽁 묶었다.

"걱정 마! 절대 안 떨어져! 오빠가 저놈 하는 걸 못할 거 같아?"

"아, 아니. 그게 아니구, 오빠……."

"오빨 믿어!"

그 소리를 끝으로 진파는 그대로 벼랑에서 뛰어내렸다.

"꺄악―!"

벽화는 다시 비명을 지를 수밖에 없었다.

얼굴을 파고드는 바람이 장난이 아니다.

벽화는 눈도 뜰 수 없었다. 아니, 뜨고 싶지 않았다.

흑의복면인은 진파가 벼랑에서 수직으로 내리 꽂히듯 뛰어내리자 홀쩍 몸을 날렸다.

수직에 가까운 벽을 박차며 그대로 달려 내려가는 흑의복면인은 한 줌 망설임도 없어 보였다.

'저놈 장난 아니네.'

진파는 질끈 이를 물었다.

뚜껑이 날아가 무작정 뛰어내리긴 했는데 점점 낙하 속도가 빨라지고 있었다.

순식간에 십여 장을 추락한 진파는 바위벽을 향해 양팔을 맹렬히 휘둘렀다.

손일연에게 배운 옥수공이 진가를 드러냈다.

진파의 두 손은 두부를 파고들듯 단단한 바위를 그대로 뚫어버렸다.

그러나 추락을 거부한 진파의 동작은 어깨에 막대한 부담을 주었다.

'크흑!'

단숨에 거리를 좁히는 데는 성공했지만 양쪽 어깨가 시큰했다.

'몸뚱이가 단단해진 게 천만다행이군.'

벼랑에서 양손을 빼내며 가까운 틈바구니로 몸을 날렸다.

흑의복면인을 찾던 진파는 다시 한 번 눈을 크게 떠야 했다.

동선을 안은 흑의복면인은 벼랑 끝 까마득한 검푸른 숲으로 그대로 몸을 던지고 있었다.

마치 새처럼 전신을 활짝 펼친 모습은 떨어지는 것이 아니라 나는 듯했다.

이십여 장 가까이 낙하했음에도 흑의복면인은 새털 같은 움직임을 보여주었다.

마치 산보라도 하듯 조용히 숲 위에 내려앉아 진파의 시야에서 사라졌던 것이다.

진파는 쩌억 입을 벌렸다.

공력이 아무리 늘었다고는 하지만 진파는 그렇게 할 자신이 없었다.

공력의 수위가 문제가 아니라 그 수발(收發)의 능수능란함을 진파로서는 따라잡을 수 없었던 것.

분하지만 진파보다 분명 한 수 위였다.

그러나 그에 굴할 진파던가.

"젠장! 너만 잘났냐?"

진파는 벼랑의 중간에서 그대로 몸을 날렸다.

"오빠! 까아아아악—!"

진파가 멈춰 잠시 눈을 떴던 벽화가 다시 비명을 내질렀다.

이글거리는 태양 빛을 한껏 머금은 숲은 푸르름을 넘어 검은 괴물처럼 보였다.

그 괴물의 아가리에 그대로 떨어져 내리는 것만 같아 벽화는 진파의 어깨를 콰악 깨물었다. 무언가 붙들지 않으면 참을 수 없을 만큼 무서웠다.

"아야! 왜 그래?"

갑작스런 공격(?)에 어깨가 아팠지만 거기 신경 쓸 겨를이 어디 있나?

진파는 수직으로 낙하하면서 바닥을 향해 양손을 마구 휘저었다.

파파파파팡!

공기를 때리는 엄청난 폭음이 연달아 울려 퍼졌다.

그 덕에 현저하게 속도가 줄긴 했지만 여전히 숲은 가공할 속도로 진파를 삼키려 든다.

진파는 양팔을 휘두르며 전력으로 만겁사를 전개했다.

"만겁사아~!"

양 손목에서 스무 가닥의 연혼사가 발출되었다.

진파의 양팔이 눈에 보이지 않을 만큼 빠른 속도로 휘저어 내뻗었다.

백색의 막이 갑자기 나타났다.

그 서슬에 진파의 정면을 가로막고 있던 숲이 비명을 지르며 뻥 뚫어졌다.

꽈릉—

나무들이 서로 몸을 부대끼며 사방으로 잘라져 쓰러져 내렸다.

울창한 숲 속에 갑자기 훤한 공지가 생겨나며 엄청난 먼지가 피어올랐다.

"차앗—!"

쓰러져 가는 나무들을 발로 박차고 장으로 내려치며 진파는 마침내 무사히 바닥에 도착했다. 그나마 무릎까지 낙엽 속에 푸욱 박혔지만.

"우— 핫!"

바닥에서 무릎을 뺀 진파는 고함을 치며 양팔을 휘둘렀다.

그 탓에 뿌옇게 시야를 가리던 먼지가 조금 연해졌다.

'내, 내려왔다.'

뿌듯한 마음에 진파는 웃음을 터뜨렸다.

"내려왔다~! 아하하하하!"

그런데 등 뒤가 너무 조용했다.

진파는 다급히 벽화를 불렀다.

"벽화야! 괜찮니?"

"……."

"벽화야! 다친 거야? 다친 거니?"

"……."

"벽화아아~!"

"우씨! 이런 먼지 속에서 무슨 대답을 하라 그래! 나 괜찮아! 빨리 동선이나 찾아!"

불만에 찬 벽화의 목소리가 그제야 들렸다.

벽화의 안전을 확인해 가슴을 쓸어내린 진파는 터덕거리며 먼지 구름 속을 빠져나왔다.

"내려오긴 했는데……."

주위를 둘러봐도 보이는 건 흙먼지뿐. 흑의복면인의 자취는 찾을 수 없었다.

놀리듯 나타나 주지 않는다면 요원할 노릇일 듯.

진파는 빽 하고 소리를 질렀다.

"이 자식! 비겁하게 도망가냐? 빨리 나와!"

숲을 향해 소리쳤으나 아무 대답이 없었다.

하늘을 뚫듯 수직으로 자란 나무들만이 진파의 앞에 서 있었다.

'욕이 좀 모자란가?'

고개를 갸웃한 진파는 강도를 좀 올려다보았다.

"빨리 나와! 이 호랑말코 같은 개자식아―!"

사방 숲을 향해 고함을 질렀으나 흑의복면인은 나타나지 않았다.

대신 엉뚱한 사람들이 진파의 눈앞에 나타났다.

"여기 있었군."

진파도 익히 아는 인물들.

무맹의 사람들이었다.

제13장 적면초현(赤面初現)

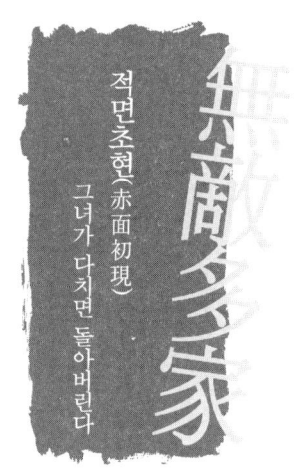

적면초현(赤面初現)

그녀가 다치면 돌아버린다

무성한

나뭇잎들의 그늘 속에 거뭇한 그림자가 바람에 따라 하늘하늘 흔들렸다.

흑의에 복면을 쓴 날렵한 사내가 어깨에 작은 아이를 얹고 있었다. 진파가 죽을힘을 다해 추적했던 흑의복면인과 동선이었다. 두 사람이나 올라가 있음에도 팔뚝 굵기도 안 되는 나뭇가지가 바람에 따라 낭창낭창 흔들릴 뿐이었다.

유유히 흔들리는 나뭇가지에 서서 부드럽게 함께 움직이는 흑의복면인의 모습은 무성한 나뭇잎 사이 그늘과 하나가 된 듯 자연스러워 바로 옆에서도 발견하기가 쉽지 않을 정도였다.

어깨에 앉아 있던 동선이 툭툭 흑의복면인의 머리를 쳤다.

"야, 그놈의 복면 좀 벗어라. 얼굴 안 보이잖냐?"

흑의복면인이 아무 대답도 없자 동선이 홀렁 복면을 벗겨 버렸다.

흑의인이 잔뜩 인상을 찌푸리며 동선을 노려보았다. 스물 남짓 되어 보이는 젊은 얼굴은 날카로운 가운데 은은한 기품이 서려 있었다. 서로 친한 사이인 듯 거리낌없는 말투가 흘러나왔다.

"아참, 동 할아버지! 조용히 좀 하세요. 저쪽에서 들을 수도 있잖습니까!"

"음파를 차단해 놨어. 걱정 마라."

"그럼 그놈의 목소리 좀 원래대로 바꾸세요!"

"이 목소리가 어때서?"

"말씀이라고 하세요? 징그러워 죽겠습니다."

"취향 한번 독특하네. 내 늙은 목소리가 그렇게 좋냐?"

동선의 목소리가 돌연 침침한 쇳소리가 섞인 음성으로 바뀌었다.

세월의 흔적이 깊이 침잠한 목소리.

그것은 열 살 정도 돼 보이는 꼬마의 목소리가 절대 아니었다.

"동괴(童怪) 할아버지, 그럼 할아버지가 어린애 목소리를 내는 게 어울린단 말씀이십니까? 저는 그 목소리 들을 때마다 소름이 돋아요."

"아까 그 처자는 좋아하기만 했느니."

"일후(一后)를 처자라고 부르십니까? 그 아이는 할아버지가 직접 제련한 소수마후입니다. 우리의 도구일 뿐입니다."

동선은 조그만 주먹을 입가로 가져가 큼큼 헛기침을 했다.

열 살 먹은 아이의 모습을 한 늙은이.

음양쌍괴와 동시대의 인물인 동괴(童怪) 동선은 흉명에 어울리지 않게 부끄럼을 타고 있었다.

"내가 잠시 실수했다. 일후의 모습이 너무 귀여워서……."

"동 할아버지가 원하셔서 모시고 온 참이지만, 배 위에서 그 치들과 어울리는 모습을 보니 진짜 아이로 돌아가신 것 같더군요. 일후의 품에 안기셔서 은근히 즐기셨던 것도 같고."

흑의인은 무언가를 움켜쥐듯 허공에 손을 들어 오므렸다 폈다 하며 동선을 바라보았다.

"뗵! 노인을 놀리다니!"

가볍게 꾸짖으며 알밤을 먹이는 모습이 무척 친근해 보였다. 흑의인도 스스럼없이 씨익 웃을 뿐이었다.

"그나저나 어떻던가요? 일후의 상태를 직접 보시고 싶어 오신 것 아닙니까?"

동선은 수염도 없는 반질반질한 턱을 심각하게 어루만졌다.

"수아 너도 봐서 알겠지만 확실히 일후는 일곱 살로 보였다. 불완전하지만 의식을 회복한 게 틀림없어. 자기 집도 알고 있더구나. 일후를 삼협에서 잡아온 게 맞지?"

수아라 불린 흑의인 임수(任遂)는 가볍게 고개를 끄덕였다.

"벌써 십 년도 더 된 일이라 저도 어릴 때였지만 확실합니다. 출신지 기록을 살펴보았습니다."

"맥도 어딘가 좀 이상하고……. 뭐가 잘못된 것인지 잘 모르겠구나. 소수마후가 스스로 의식을 회복하다니……. 있을 수 없는 일이야. 나도 소수마후의 의식을 유지시키지는 못했는데……."

"역시 잡아가서 철저히 조사해야겠지요?"

"흠……."

동선은 나무 아래 십여 장 건너편을 흘깃 바라보았다.

진파와 십여 명이 대치한 가운데 벽화는 여전히 진파의 등에 꼭 달라붙어 있었다.

동선의 눈 사이로 언뜻 희미한 망설임이 스쳐 지나갔다.

"잠시 더 지켜보자. 어차피 이번 공작의 목적은 둘이니까. 무적다가와 정파무림을 이간질시키는 게 먼저일 것 같구나. 그러려면 일후와 저 녀석을 함께 있게 하는 것이 더 유리하다. 일후를 회수하는 것은 그 일이 끝날 때 하자꾸나."

동선의 말에 수긍한 듯 임수는 천천히 고개를 끄덕이며 진파를 바라보았다. 그런 임수를 바라보던 동선이 흐흐 하고 웃음을 터뜨렸다.

"저놈한테 관심있냐?"

"예."

"별일이구나. 네가 남한테 관심을 갖다니……."

"저보다도 어린데 상당한 수준이었습니다. 교에 들어온다면 당장 내 단에서 제 몫을 할 정도더군요."

"아까 보니 흥이 난 것 같던데?"

"하하."

가볍게 웃음을 터뜨린 임수는 고개를 끄덕여 긍정했다.

"맞습니다. 교내에선 항상 소교주, 소교주하고 떠받들기만 할 뿐이지 저 친구처럼 막말을 하는 사람이 없으니까요. 오랜만에 피가 끓더군요. 재미있는 친구입니다."

"무적다가란 이름이 괜한 것은 아니니까."

"할아버지도 저 친구를 인정하는 겁니까?"

"적이지만 인정할 건 해야지. 저 나이에 저 정도면 십 년 후엔 적수를 찾기 힘들 것이다. 앞으로 어떻게 성장하냐가 문제겠지. 과연 다가

야. 더구나 적만 아니라면 성품 또한 썩 괜찮은 놈이더구나. 자기한테
솔직하고. 남을 배려할 줄도 알고. 일후를 돌보는 걸 보면 약자를 보호
할 줄도 알아."

"연적인 할아버지를 구하기 위해 절 쫓아오기도 하구요."

"떽!"

장난스런 호통을 친 동선은 빙긋 웃음을 흘렸다.

자신을 질투해 이리저리 잔머리를 쓰던 진파가 생각났던 것이다. 날
카롭게 반론을 제시하던 명석함도 인상적이었다.

"하지만 무적다가는 우리에게 씻을 수 없는 치욕을 주었습니다."

"그렇지. 그래서 이번 일을 계획한 것 아니냐. 소수마후가 통제에서
벗어난 것은 뜻밖이지만 무적다가의 자제와 어울리게 된 것은 우리에
게 좋은 기회를 주었다."

"황산의 일은 잘되고 있겠죠?"

"몰살을 시킬 수는 없겠지만 장시간 고립될 것은 틀림없다. 아무리
음양쌍괴가 고수라고 해도 수가 없을 것이다."

"풍협이 아직 살아 있을까요?"

"모르지. 그곳은 우리도 접근할 수 없는 절지니까. 어쨌든 그 인간
이 남긴 표지 덕분에 일을 수월하게 처리할 수 있었다. 지우지 않고 숨
겨두었던 보람이 있었어."

임수는 침착한 눈으로 멀리 떨어진 진파를 바라보았다.

무맹의 인물들과 대치하고도 한 치의 틈도 보이지 않는 진파의 모습
이 당당해 보였다.

"이제 완전히 고립되었군. 자… 이제 어찌할 텐가……?"

강한 바람이 불었으나 임수의 몸은 나뭇가지를 따라 잠시 흔들했을

뿐 고요히 진파를 내려다보고 있었다.

*　　　　　*　　　　　*

"이보게, 진 소협. 이러지 말게나. 무맹의 결정을 존중해야지. 자네도 정파무림의 동량이 아닌가."

간곡히 타이르는 음성은 아미파 장로인 열정 사태의 것이었다.

자신의 제자들과 세가의 자제들을 데리고 사천무림의 세를 모으려 출발한 사천행이었다. 현성교가 재발호한 것이 분명한 이상 모종의 조치를 취해야만 했기에.

진파를 추적하는 무맹의 집법사령들은 아직 사천에 들어서지 않고 검각 주변에 포진한 상태였다.

대파산을 넘어 당가로 향하던 열정 사태 일행은 난데없이 나타난 진파를 보고 깜짝 놀라고 말았다. 갑자기 굉음이 들려 와보았던 것인데, 그곳에 우연히도 진파가 있었던 것이다. 무맹의 포위망을 여지없이 돌파한 진파의 능력이 놀랍기만 했다.

열정 사태는 진파와 벽화를 본 이상 무맹의 결정을 전하지 않을 수 없었다.

이미 신호탄까지 쏘아 올리고 전서구를 날린 상태.

진파의 위치는 곧 무맹의 추격대에도 전해질 터였다.

그전에 진파를 설득해 소수마후로 추정되는 벽화를 넘겨받고 싶었다.

무적다가의 자제가 소수마후와 얽힌다는 것은 열정 사태로서는 상상도 할 수 없었다. 풍협과의 정리를 보아서도 그냥 보아 넘길 수 없는 일이었다.

"내 뜻은 분명히 말씀드렸소. 이 애는 소수마후가 아니오!"

진파는 부챗살처럼 퍼져 자신을 포위한 십여 명의 인물을 하나하나 살펴보고 있었다.

뒤는 깎아지르는 벼랑.

간신히 뛰어내렸으나 이들을 뿌리치고 다시 오르긴 힘들 듯 보였다.

벽화를 업고 어기충소를 펼칠 자신도 없었고, 그것만으로 오를 수 있는 절벽도 아니었다.

'재수 더럽군. 하필 이 사람들을 만나냐?'

앞을 막고 있는 인물들을 보니 충분히 뚫고 나갈 수 있을 것 같았다.

무맹의 주력이라 할 수 있을 만한 인물들은 아니었다.

열정 사태와 아미파의 비구니들이 몇 있을 뿐 중진으로 보이는 무림인은 없었다.

당서헌과 제갈우현, 황보근이 그들과 함께 있는 것이 눈길을 끌었다.

'저 자식들 정도는 얼마든지 뚫고 나갈 수 있어.'

서서히 공력을 돋울 때였다.

당서헌의 뾰족한 목소리가 귀를 찔렀다.

"이놈! 아직도 소수마후를 비호할 셈이더냐?"

진파의 시선이 당서헌을 향했다.

예쁘장한 얼굴이었지만 진파의 눈에는 표독하게만 보였다.

진파의 입이 천천히 열렸다.

"그렇게 죽고 싶냐?"

나직한 목소리.

당서헌은 움찔 한 걸음 뒷걸음질쳤다. 그녀의 앞을 제갈우현과 황보 근이 지켰으나 그들의 얼굴도 창백했다.

다른 이들은 진파의 손속을 겪어보지 못했으나 그들은 직접 겪어보았던 것. 진파의 말이 그저 위협만이 아님을 그들은 알고 있었다.

벽화가 진파의 어깨를 움켜잡았다.

"오, 오빠…… 무서워……. 저 사람들 왜 저래? 날 왜 소수마후라고 불러?"

진파는 전방을 노려보며 침착한 목소리로 벽화를 달랬다.

"잘못 알고 있는 거야. 걱정 마라. 아무도 널 못 건드려."

진파의 귓전에 열정 사태의 전음성이 파고들었다.

"진 소협, 내 약속하겠네. 그 소녀의 신상에 털끝만큼도 해를 끼치지 않겠네. 그 소녀가 정말 소수마후가 아니라면 왜 그리 걱정을 하는 겐가? 현성교의 발호로 모두가 긴장한 상태네. 아무것도 모르는 아이들의 실수 때문에 정파무림 전체와 등을 돌릴 셈인가?"

열정 사태의 간곡한 권유에도 불구하고 진파는 흥 하고 콧바람을 날렸다.

"당신들을 믿지 못하기 때문입니다. 저런 놈들이 후기지수라고 거들 먹거리는데 도대체 뭘로 믿으란 겁니까? 강호에 나와 본 잠룡쟁패 통과자 중 제대로 된 놈은 한 놈도 없었습니다. 그런 놈들을 키운 무맹을 제가 어찌 믿겠습니까? 그리고 왜 자꾸 귀찮게 해요? 태인 도장께서 이 애가 소수마후가 아니라고 말씀해 주시지 않았단 겁니까? 개왕 어르신과 노이각 분타주가 아무 말도 하지 않았습니까?"

"그분들이 자네를 적극 변호하긴 했지만 맹의 결정이 그리 났네. 저 소녀는 소수마후가 출현한 곳마다 계속 나타나지 않았는가? 무맹의 정보망을 무시하지 말게. 그걸 부정할 셈인가? 우리는 터럭만한 의혹도 남기고 싶지 않네. 그 소녀를 넘기게."

진파는 흠칫했다.

'그랬던가……?'

태인 도장도 그를 보호해 주지는 못했나 보다.

허전함과 서운함이 가슴속에 스며들었다. 그러나 진파는 곧 고개를 흔들었다.

'내가 언제 누구에게 의지했던가?'

황야에서도 산에서도 그는 혼자였다.

공철과 손일연은 그를 그렇게 키웠다.

사람을 강하게 만드는 것도, 약하게 만드는 것도 고독이다.

진파는 혼자 있을 때 강했다.

고독 속에서 강해지는 법을 그는 일찌감치 터득했던 것이다.

진파는 마음을 굳히고 열정 사태에게 전음을 보냈다.

"사태의 호의는 마음 깊이 새기겠습니다. 하지만 이 애를 무맹에 넘길 수는 없습니다. 이 애를 지켜주겠다 약속했습니다."

"그 소녀가 소수마후라도 말인가? 자네는 저 소녀가 소수마후일 가능성이 일 푼도 없다 자신하는가? 그렇게 저 소녀에 대해 잘 알고 있나? 자네도 오가다 만난 사이 아닌가?"

"만난 시간은 관계없습니다. 제가 분명 확인했습니다. 소수마후의 얼굴도 누구보다 잘 알고요. 이 애의 얼굴이 본얼굴이라는 것도 직접 확인했습니다."

"소수마후는 이백 년 전에 강호에서 사라진 존재이네. 어떤 능력이 있는지 자세히 알고 있는 이도 이제 없네. 얼굴을 바꿀 수 있는 능력이 있다면 어찌할 텐가?"

"그런 말도 안 되는 가정으로 절 우롱하지 마십시오. 세상에 그런 무공이 어디 있습니까?"

"소수마후는 통념이 통하지 않는 존재네. 자네는 그 소녀가 소수마후라도 끝까지 보호할 셈인가?"

진파는 말문이 막혔다.

벽화가 진짜 소수마후?

만약 그렇다면……? 아냐! 절대 그럴 리 없어!

진파는 세차게 고개를 흔들었다.

전음을 그만두고 직접 입을 열었다. 열정 사태뿐 아니라 모두를 향한 말이었다.

"제 의지는 확고합니다. 막으시는 것은 여러분의 뜻입니다. 그러나 칼에는 눈이 없습니다. 유념하십시오."

스릉 하고 진파의 손에 철우가 맨몸을 드러낸 채 쥐어졌다.

적어도 살상은 피하고 싶었다.

검푸른 검신이 햇빛에 반짝였다.

열정 사태의 안타까운 전음이 진파의 귀를 때렸다.

"자네는 그래서는 안 돼! 자네는 무맹과 등을 돌려서는 안 돼! 가문의 이름에 먹칠을 할 셈인가?"

'가문? 우리 집이 뭐 대단한 가문이라고 그래? 낙백한 무관의 집일 뿐이구만.'

진파가 고개를 갸웃할 때였다.

등 뒤의 벽화가 갑자기 높은 비명을 토했다.

"악—!"

깜짝 놀란 진파가 고개를 뒤로 돌렸다.

벽화의 얼굴이 보이지는 않았으나 어찌 된 일인지 곧바로 알 수 있었다.

비릿한 피 내음이 코를 찔렀다. 목덜미가 축축하게 젖어왔다. 벽화가 한 사발이나 피를 토한 것이다.

"벽화야! 벽화야!"

진파의 애타는 목소리가 울려 퍼졌다.

가느다란 신음 소리가 어깨 너머로 들려왔다.

"흐응…… 오, 오빠……."

"왜, 왜 그래?"

진파는 벽화를 등 뒤에 꽁꽁 묶어놓았던 홍관백린사의 껍질을 다급히 풀어냈다. 조금 느슨해지자 얼른 벽화의 몸을 끌어당기며 조심스레 바닥에 내려앉혔다.

벽화의 얼굴이 백지장처럼 창백했다.

검붉은 피가 하얀 얼굴과 대비되어 더욱 섬뜩했다.

"오빠…… 가슴, 가슴이 너무…… 아파……."

"뭐야?"

진파의 얼굴이 딱딱하게 굳었다.

벽화를 안고 있는 진파를 멀리 떨어져 있는 나무 위에서 내려다보던 동선이 혀를 찼다.

"쯧쯧, 너무 심한 것 아니냐?"

동선에게 고개를 돌리는 임수의 얼굴은 침착했다. 그의 손에는 검은 광택이 은은히 도는 호각이 쥐어져 있었다.

"뭐가요?"

"무음각(無音角)으로 피까지 토하게 할 필요는 없지 않느냐?"

임수는 아직도 어깨에 앉아 있는 동선의 얼굴을 올려다보며 피식 웃음을 터뜨렸다.

"동괴 할아버지, 오늘 좀 이상하네요."

"뭐가?"

"일후를 처자라고 부르질 않나, 진짜 애처럼 깔깔대며 좋아하질 않나, 이젠 일후를 좀 이용한 걸 갖고 절 꾸짖으시네요."

날카로운 임수의 추궁에 여유있던 동선의 어조가 급격히 떨렸다.

"꾸, 꾸짖다니…… 난 다만 소수마후를 좀 더 소중히 해야 한다는……"

온유하지만 날카로운 임수의 음성이 동선의 말을 끊었다.

"할아버지! 소수마후는 교를 위한 도구에 지나지 않는다는 것을 잊지 마십시오. 정을 품어서 어쩌자는 말씀입니까?"

"그, 그런……"

동선은 섬뜩함을 느끼고 말을 더듬었다.

임수의 침착한 목소리가 이어졌다.

"소수마후를 이용해 정파무림과 무적다가를 이간질시키는 것은 이번 계획의 핵심입니다. 저렇게 이야기를 나누다 서로 화해라도 해보십시오. 우리 계획이 물거품으로 돌아갑니다. 보세요. 반응이 좋지 않습니까?"

"……"

동선이 침묵을 지키자 임수는 빙긋 웃음을 흘렸다.

"할아버지답지 않습니다. 평정을 찾으세요."

"알……겠다."

"계속 지켜보지요. 저 친구가 드디어 흥분했군요. 잘하면 무적다가
의 인물이 무맹 놈들을 확 쓸어버리는 걸 보겠습니다."

임수의 말처럼 진파는 잔뜩 흥분한 채였다.

서둘러 벽화의 상세를 살펴보니 내부가 크게 상한 상태. 누군가 암
경을 써서 벽화의 내부를 통째로 뒤흔든 것이 분명했다.

그들을 포위하고 있는 무맹의 인물들 중 진파가 눈치 채지 못할 만
큼 은밀하게 벽화를 공격할 수 있는 무인은 열정 사태말고는 생각할
수 없었다.

전음을 주고받으며 자신을 회유하는 한편, 음흉하게도 등 뒤의 벽화
를 공격했다는 사실이 진파를 분노케 했다.

"아……."

정신이 혼미한 듯 벽화의 눈이 감겼다. 고개를 진파의 가슴에 묻은
벽화가 울컥 남은 피를 토해냈다.

바닥에 주저앉은 벽화를 보듬어 안은 채 진파는 고개를 홱 돌렸다.

시뻘겋게 달아오른 진파의 시선은 열정 사태를 향해 있었다.

"이. 제. 만. 족. 하. 십. 니. 까?"

진파의 얼굴이 돌연 붉게 달아오르기 시작했다.

진파는 의식하지 못했지만 그를 바라보는 무맹의 인물들은 피가 배
어 나오듯 붉어지는 그의 얼굴을 똑똑히 볼 수 있었다. 그와 함께 온몸
을 따갑게 압박하는 살기가 엄습했다. 열정 사태만이 느낄 수 있을 정
도의.

'이, 이런 경지까지! 저 얼굴빛은 또 뭐란 말인가?

벽화가 갑자기 피를 토하자 열정 사태도 당황한 상태였지만 진파의 따가운 살기를 접하니 정신이 번쩍 들었다.

'이러다 정말 무적다가와 무맹이 등을 돌리겠구나!'

"지, 진 소협. 이건 빈나가……."

열정 사태가 무어라 대꾸를 하기도 전에 진파의 분노에 찬 목소리가 허공을 갈랐다.

"아직도 속이려 듭니까!!"

진파의 왼손에서 연혼사 열 줄기가 한꺼번에 발출되었다.

왼손의 연혼사는 무음의 병기.

연혼사의 끝에 매달린 연혼추가 아무런 소리도 내지 않고 열정 사태의 전신을 노렸다.

"흡!"

따다다당—

열정 사태가 다급히 휘두른 검에 연혼추 열 개가 모두 튕겨 올랐다. 그녀 또한 아미를 대표하여 무맹에 파견한 장로. 급작스런 공격이었지만 완벽한 방어였다.

진파의 고함이 곧바로 터져 나왔다.

"탄(彈)!"

왼손으로 연혼사를 튕기자 열정 사태의 검에 튕겨났던 연혼추가 허공에서 급격히 방향을 바꾸어 내리 꽂혔다.

"헉!"

열정 사태의 검은 아미파의 절예 난피풍검법(亂披風劍法)의 검로를 따라 내리 꽂히는 연혼추를 일일이 찔러갔다. 그녀의 검은 사나운 폭풍우를 가르는 번갯불과도 같았다.

따다당—

네 개의 연혼추를 거의 동시에 찔러 튕겨낸 열정 사태는 검끝을 누르는 막대한 압력에 눈을 부릅떴다.

'아, 앉은 채로 어찌 이런 위력을?'

진파는 품에 벽화를 안은 채 바닥에 앉아 왼팔만을 떨치고 있었다. 그러나 열정 사태가 상대하는 연혼추에 담긴 진력은 그녀의 상상을 초월했다. 나머지 연혼추를 상대해야 하건만 벌써 내부가 흔들리고 있었다.

열정 사태는 어쩔 수 없이 보법을 펼쳐 나머지 연혼사의 공세를 빠져나가려 했다.

"어딜!"

진파의 손가락이 춤을 추었다. 칠현금을 타듯 섬세하게 움직이는 다섯 손가락이 스치기만 해도 피를 본다는 연혼사를 탄주하듯 튕겨냈다.

그 가벼운 손짓에 춤추듯 움직이던 연혼사 열 가닥이 모두 빳빳이 곤두섰다.

공력이 모자라 하나로 꼬아야만 연혼사를 칼처럼 쓸 수 있었는데, 이제는 열 줄기 연혼사를 모두 칼처럼 사용할 수 있었던 것이다.

"저, 저게 뭐야?"

얼굴이 창백히 질린 당서헌이 말을 더듬었다. 열정 사태의 측면에 빳빳이 일자로 곤두서는 연혼사는 마치 생명을 갖고 있는 것처럼 보였다. 끝에 달린 연혼추가 뱀의 머리처럼 보였다.

"이제 만족해? 이 애는 소수마후가 아니잖아! 피 토하는 소수마후 봤어?"

진파가 고함을 치며 왼팔을 휘익 흩뿌렸다.

열 개의 사도(絲刀)가 방향을 틀어 피하는 열정 사태의 전신을 향해 횡으로 그어졌다. 삼 장여에 달하는 연혼사 열 줄기가 쫙 펴진 부챗살처럼 일제히 비산하는 광경은 다시 볼 수 없는 장관이었지만 열정 사태는 그 풍취를 즐길 수 없었다.

"사부님!"

아미파 제자들의 비명이 터졌다.

열정 사태는 질끈 이를 물며 단단히 자세를 잡았다.

'피하기는 늦었다!'

전신 공력을 끌어올린 열정 사태는 난피풍검법의 절초, 법륜연환삼절식(法輪連環三絶式)을 전력으로 펼쳐 냈다. 아직 연환삼절을 완벽히 펼쳐 낼 수 없었지만 그녀가 할 수 있는 최상의 방어이며 공격이었다. 기력을 끌어올려 내뱉는 기합성이 쩌렁쩌렁 숲을 울렸다.

"타아― 앗!"

콰쾅!

힘과 힘의 대결.

불법의 거대한 바퀴를 굴려 중생을 제도한다는 법륜(法輪)이 연혼도의 위력을 견디지 못하고 산산이 부서져 나갔다.

'이, 이렇게 엄청날 수가…….'

연혼사 자체가 지닌 예리함과 진파의 공력이 한데 묶인 연혼도는 비록 한 손으로 시전한 것이었지만 열정 사태가 견딜 수 있는 무위가 아니었다.

열정 사태는 충돌의 여파를 더 이상 견디지 못하고 피를 토하며 뒤로 튕겨 나갔다.

"컥!"

"사부님!"

누구도 개입할 틈 없는 단 한 순간에 벌어진 일이었다.

아미파의 제자들이 뒤늦게 전권으로 뛰어들었다. 한 명은 열정 사태를 부축하고 나머지 네 명이 진파를 향해 검을 휘둘렀다.

"이 악적(惡敵)!"

"웃기는 소리!"

진파도 연혼사를 휘둘렀다. 아무렇게나 휘두른 왼팔의 궤적을 따라 열 개의 연혼사가 허공을 갈랐다.

챙— 챙— 카캉—!

"아악!"

검이 아니라 무슨 종잇조각 같다.

연혼사가 그대로 통과하듯 검을 지나치면 하늘로 솟구치는 잘려진 검신.

아미파의 제자들이 충격을 견디지 못하고 뒤로 나가떨어졌다.

"니들은 아예 죽어버려—!"

아미파 제자들을 격퇴한 진파의 팔이 제갈우현 등을 향했다.

이미 진파는 온 얼굴이 붉게 물들어 있었다.

홍관백린사의 피를 흡수한 부분만 붉게 달아올랐지만 마치 빨간 가면을 뒤집어쓴 듯한 몰골.

두 눈마저 붉게 충혈되어 인간의 몰골이 아니었다.

"피해!"

부끄러움을 따질 겨를도 없이 제갈우현이 바닥에 몸을 굴렀다.

파파파꽝—

연혼추가 땅을 때리는 소리가 요란하게 울렸다.

한데 모아져 쏘아 보낸 연혼추 열 개가 땅을 휩쓸며 다시 허공으로 춤추며 날아올랐다.

사방으로 뒹굴고 있는 제갈우현과 당서헌, 황보근의 안색이 창백해졌다.

비녀가 날아간 당서헌이 산발한 머리를 흔들며 품속에 손을 넣었다.

'이대로는 다 죽는다. 이걸 써야 하나?'

가주의 허가 없이는 사용할 수 없는 금용암기였지만 몰래 갖고 나온 폭우이화정(暴雨梨花釘). 그것이라면 저 괴물을 죽이지는 못해도 몸을 뺄 기회는 만들 수 있을 것이다. 그러나 당서헌은 한순간 망설였다. 아무리 피를 섞은 아비라 할지라도 가법을 어긴다면 친딸이라도 용서치 않을 분이었다. 자신이 금용암기인 폭우이화정을 사용한 것이 밝혀지는 날이면 처벌을 면할 수 없을 터였다.

그때였다.

제갈우현 등을 노리던 연혼사가 허공에서 우뚝 멈추었다. 내리 꽂힐 듯 허공의 정점에 떠올라 있던 연혼추들이 힘을 잃고 바닥에 투두둑 떨어졌다.

"오빠……."

진파의 품에 안긴 벽화는 힘겹게 진파의 옷깃을 잡고 있었다.

"오빠…… 너무 화내지…… 마……. 나…… 괜찮아……."

"벽화야……."

"오빠… 얼굴이…… 잘 안 보여……. 나…… 졸려……."

"벽화야!"

벽화는 잠이 들듯 진파의 가슴에 머리를 묻었다. 옷깃을 잡은 손에 힘이 빠져 툭 떨어졌다.

진파는 다급히 손가락으로 벽화의 목을 짚었다.

희미한 맥박이 잡혔다.

내상이 있다곤 해도 그리 위험해 보이지는 않았다. 정신을 잃었을 뿐이었다.

'다행이다. 다행이다……'

머리끝까지 솟아올랐던 열기가 점차 내려앉기 시작했다. 그와 함께 빨갛게 붉어졌던 진파의 얼굴이 차츰 제 색을 찾아갔다.

제자의 품에 안겨 있던 열정 사태가 느리게 손짓했다.

사부의 뜻을 알아차려 몸을 부축해 세우자 열정 사태의 손에 잡혀 있던 검이 쩌정 하며 균열을 일으켰다. 연혼사에 잘려 나가지 않은 것만으로도 보검이라 할 수 있었으나 끝까지 견디지는 못했던 것이다. 열정 사태의 검은 검자루만 남긴 채 검신이 조용히 부서져 내렸다.

열정 사태 또한 무사하지 못했다. 애병(愛兵)의 최후를 바라보는 눈에는 서글픔이 담겨 있었으나 그녀의 입에서도 가느다란 피가 흐르고 있었다. 열정 사태는 흐려져 가는 눈을 들어 진파를 바라보았다.

"진… 소협, 빈니가 한 짓이… 쿨럭……! 아니외… 다……."

열정 사태와 진파의 눈이 마주쳤다.

벽화의 부상으로 인해 이성을 잃었으나 벽화로 인해 흥분이 가라앉은 진파의 눈이 흔들렸다.

'저 아줌마가 벽화를 공격한 게 아니란 말야? 그럼 도대체……?'

열정 사태의 눈은 거짓말을 하는 것 같지는 않아 보였다.

무맹의 권위를 앞세우기는 했지만 그렇다고 형평에 어긋날 정도로 진파를 대한 것도 아니었다.

진파의 머리 속은 벽화에 대한 걱정과 누가 벽화를 공격했는지 알수 없다는 생각으로 복잡했다.

'그럼 이 중에 누구란 말야? 그럴 능력이 있는 사람이 없잖아? 뭐가 어떻게 된 거야?'

진파는 한숨을 내쉬며 조용히 손목을 젖혔다. 핑 하는 낮은 파공음과 함께 바닥에 떨어져 있던 연혼사가 회수되었다.

열정 사태의 입가에 가는 미소가 떠올랐다 사라졌다. 그리고 그녀는 정신을 잃었다.

"사부님, 사부님—!"

열정 사태의 제자들이 비명을 토해냈다.

제갈우현이 진파를 경계하면서 재빨리 다가섰다. 그의 날카로운 눈은 진파가 살기를 접었음을 이미 확인한 후였다. 열정 사태의 상세를 확인한 제갈우현은 품속에서 요상단을 꺼내 열정 사태의 입에 넣고 몇 군데 혈도를 재빨리 점했다.

"생명엔 지장이 없겠지만 빨리 내상을 치료해야겠습니다."

"감사합니다, 감사합니다."

열정 사태의 제자들이 불호도 잊은 채 제갈우현을 향해 연신 합장을 했다.

"천만의 말씀입니다. 같은 길을 걷는 동도로서 당연한 일이지요."

"몇 가지 물어보자."

조용한 목소리가 들리자 제갈우현은 입가에 띠었던 접대용 미소를 지웠다. 진파의 목소리였다.

제갈우현은 천천히 고개를 돌렸다.

축 늘어진 벽화를 안고 있는 진파의 모습이 눈에 들어왔다.

"물어… 보시오."

"무맹에서 결정내린 것은 벽화를 강제로라도 데려가겠다는 거겠지?"

"소수마후일지도 모르는 여인이니 조사를 해봐야 한다고 결정난 것으로 아오."

"내가 거부하면 나까지 적으로 돌리겠다고 결정했나?"

제갈우현은 진파의 얼굴을 세심하게 관찰했다.

한 번밖에 만나지 않은 사이였지만 제갈우현은 진파의 성격을 대략 짐작하고 있었다. 인성(人性)을 재빨리 파악해 그에 맞게 대응하는 것은 제갈세가에서 어릴 때부터 교육받은 바. 제갈우현이 보기에 진파는 아직 강호 경험이 부족해 노련하다고 볼 수는 없었지만 지력(智力)이 모자란 이는 아니었다. 행동은 과격하고 단순했지만 그 이전의 생각까지 단순한 사람은 아니었다.

'이런 놈이 오히려 까다롭지……'

제갈우현은 목을 가다듬고 입을 열었다.

"그런 사항은 여기 있는 사람들 중엔 열정 사태께서 유일하게 아실 게요. 우리는 그런 것까지는 알 수 없소이다."

"그래? 그렇겠군……. 나와 벽화를 쫓는 무맹의 추적대가 있나?"

"있는 것으로 아오만 누가 책임자인지, 중심 인물이 누구인지는 모르오. 우리는 그저 사천당가로 가는 길이었소. 방향이 같아 아미파 분들과 동행한 것일 뿐이오."

제갈우현은 그의 아비인 제갈청인이 소수마후의 신병 확보를 위해 직접 나섰다는 것을 알고 있었으나 진파에게 알리지는 않았다. 이 자리를 모면하기만 하면 될 뿐. 제갈우현은 얼굴에 감정이 담기지 않도록 최대한 주의했다.

진파는 제갈우현의 대답에 얼마나 진실이 담겨 있는지 별로 신경 쓰는 것 같지 않았다. 그저 몇 번 고개를 주억거리더니 제갈우현을 담담하게 바라보았다.

"너도 보았겠지?"

"뭘 말이오?"

"이 애가 피를 토하는 걸 말야."

진파는 양팔에 안겨 축 늘어져 있는 벽화를 잠시 바라보다 눈을 들었다.

"보았소."

"소수마후의 전설은 들었지? 금강불괴에 가깝다는 거. 그래서 저기 저 여자가 그거 시험한다고 전에 암기도 날렸잖아."

진파의 턱짓에 당서헌이 흠칫 몸을 떨었다. 제갈우현은 당서헌에게 안심하라는 듯 작은 손짓을 하곤 말을 이었다.

"소수마후가 아니란 거요?"

"그렇지. 소수마후가 피 토한다는 말 들어봤어? 더구나 이 애는 의식도 말짱하다구. 나한테 말하는 거 들었을 거 아냐. 이런 소수마후 애기 들어봤어?"

"······들지 못했소."

"이 애는 피를 토했어. 누군가 공격했겠지. 당신들 중 누가 어떻게 이 애를 시험했는지는 모르겠지만 말야."

"그건······."

"됐어. 누군지 따질 생각은 이미 없어."

제갈우현은 진파의 내심을 들여다보기라도 하려는 듯 유심히 바라보았다.

　"원하는 게 뭐요?"

　"이 애가 소수마후가 아니란 걸 무맹에 알려주었으면 할 뿐이야."

　제갈우현이 고개를 끄덕였다.

　"알리기는 하겠소. 판단은 그분들 몫이오만."

　"그 말로 됐어. 무맹이 날 건드리지 않는다면 나도 무맹을 적대시할 생각은 없어."

　진파는 묵묵히 벽화를 안고 몸을 일으켰다.

　진파의 눈이 원독 어린 시선으로 자신을 쏘아보는 아미파의 제자들을 향했다.

　"사태께서 깨어나시면 언젠가 찾아뵙겠다 전해주시오."

　"아미는 오늘 일을 잊지 않을 거예요."

　꽉 깨문 입이 진파를 갈아 마실 듯했으나 진파는 별 상관하지 않았다.

　"몸조리 잘하시라 전하시길. 그럼."

　가벼운 고갯짓을 끝으로 진파는 땅을 박찼다.

　멀어져 가는 진파의 뒷모습을 보며 황보근이 안도의 한숨을 쉬었다. 당서헌은 표독한 눈빛으로 진파의 등을 노려보고 있었다.

　폭풍우라도 몰아친 듯 여기저기 나무 둥치들이 뒹구는 숲 속은 정적에 휩싸였다.

　당서헌의 독한 목소리가 제갈우현의 귀를 찔렀다.

　"제갈 오라버니! 정말 실망이에요. 어쩜 그렇게 비굴할 수가 있어요?"

　제갈우현은 깊은 생각에 빠져 있다 당서헌을 돌아보았다.

"무슨 소리지?"

"그 자식한테 쩔쩔매 놓고 무슨 소리라뇨! 오대세가의 이름에 먹칠을 했어요!"

제갈우현은 입가에 웃음을 띠고 고개를 저었다.

"열정 사태께서도 그 마병을 견디지 못하시고 패퇴하셨다. 우리 중 누가 그를 제압할 수 있겠어? 그가 살기를 거두지 않았으면 우리 모두 죽을 수도 있었어. 이럴 때 한걸음 뒤로 물러서는 건 당연한 거야. 다 헌 매의 안전을 위해서 한 일이야."

당서헌의 옆에 서 있던 황보근이 나섰다.

"그래, 헌 매. 제갈 형은 최선을 다한 거라구. 이 치욕은 곧 갚도록 하지."

"흥! 겁에 질려 한마디도 못했던 주제에!"

황보근은 머쓱한 빛으로 허허 웃다가 당서헌의 어깨를 두드렸다.

"일보 전진을 위해서는 이보 후퇴할 수도 있잖아. 헌 매가 화를 풀라구. 상황이 어쩔 수 없었어."

당서헌이 삐친 듯 고개를 돌려 외면하고 있을 때 제갈우현이 황보근에게 물었다.

"황보 형이었소?"

"무슨 말이오?"

"그 여자를 암격한 게 황보 형이었나 이 말이오."

황보근이 놀란 듯 고개를 들었다.

"아니! 제갈 형이 아니었소? 난 제갈 형이 한 줄 알았는데?"

"난 아니오. 열정 사태께서도 아니신 듯하고……."

"사부님은 그럴 분이 아니세요!"

강경한 아미파 제자의 말에 제갈우현은 고개를 끄덕였다.

'이들이 한 일도 아닐 것이고……'

제갈우현은 열정 사태의 곁에 서 있는 아미파 제자들을 잠시 보다 혼자 고개를 흔들었다.

"제갈 형, 왜 그러시오?"

"알 수 없구려. 우리 중 아무도 그 여자를 공격하지 않았소이다. 그렇다면 누가……"

"누구긴 누구겠어요?"

날 서린 목소리에 제갈우현은 당서헌에게 고개를 돌렸다.

"헌 매가 짐작 가는 게 있으시오?"

"그 자식이죠! 지들끼리 짜고 피를 토한 척 기절한 거예요! 그게 아니면 뭐겠어요?"

당서헌의 말에 탄성을 발하는 일행을 보며 제갈우현은 내심 고개를 흔들었다.

'그는 아니다. 그런 쪽으로 머리를 쓸 인물이 아냐.'

제갈우현이 보기에 진파는 약간 우직한 면이 있는 소년이었다. 자신이라면 몰라도 진파가 이런 식으로 계략을 꾸미지는 않을 것이다.

'그럼 누가? 그 여자인가? 아니면 제삼의 인물이……?'

제삼의 인물이라는 데 생각이 미치자 제갈우현의 얼굴은 심각하게 굳었다.

"빨리 이곳을 벗어나야 하오!"

제갈우현의 외침이 끝나기도 전, 나직한 웃음소리가 그들의 귀를 울렸다.

"아쉽지만 늦었군 그래."

혹의복면인 한 명이 홀연히 제갈우현의 앞에 모습을 드러냈다. 그의
어깨에는 역시 복면을 한 조그만 인물이 앉아 있었다.

"누구냐!"

날카로운 호통과 함께 제갈우현 등이 몸을 일으켰다.

혹의복면인은 가볍게 고개를 흔들 뿐이었다. 그의 눈은 진파가 사라
진 숲을 바라보고 있었다.

"여려. 아직 어려서 그런가? 마무리를 할 줄 모르는군."

"무슨 소리냐!"

제갈우현의 반문에 혹의복면인이 고개를 돌렸다.

"바보 대신 뒤처리를 해주겠다는 말이지."

혹의복면인의 손이 조용히 흔들렸다.

그의 소매 속에서 번쩍하며 휘황한 붉은 광채가 폭발했다.

제14장 기억회복(記憶回復)

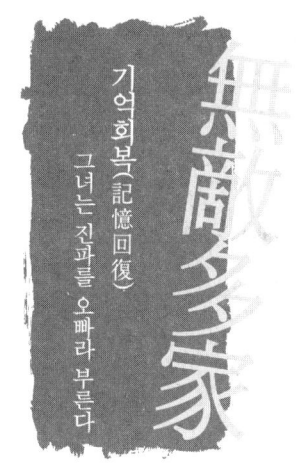

기억회복(記憶回復)

그녀는 진파를 오빠라 부른다

　벽화를

품에 안은 진파의 발걸음은 조심스럽기만 했다.

　혼이 노닌다는 유혼신법은 이름 그대로 고요하면서도 은밀한
경신법이다. 바삐 놀리는 다리를 보면 상체가 요동칠 만도 하건
만 품에 안은 벽화의 몸은 거의 흔들림이 없었다.

　장대한 운해(雲海)가 펼쳐진 바위 능선을 따라 달리던 진파가
문득 발을 멈추었다.

　'저기다!'

　하늘에서 바위 기둥이 내려와 물샐틈없이 내리 꽂힌 듯 비죽비
죽한 암석 기둥이 몸을 맞댄 채 늘어서 있는 바위 절벽. 아래로는
급류가 흐르는 듯 거센 물소리가 울렸다. 그러나 물안개에 가려
흐르는 물은 보이지 않았다.

　진파는 맞은편 절벽의 운해 끝 자락을 바라보고 있었다.

언뜻 보아서는 지나치기 십상인 작은 동혈(洞穴).

이유는 몰랐지만 암회색의 이런 절벽엔 동굴이 많다는 사실을 진파는 경험으로 알고 있었다. 전속력으로 봉우리 두 개를 넘어 이곳까지 온 이유이기도 했다.

'음… 저 경로로 가면 흔적을 남기지 않을 수 있겠다.'

진파는 품에 안은 벽화를 조심스럽게 등에 업었다. 홍관백린사의 껍질로 단단히 벽화를 여민 후 조심스레 뒷걸음질치기 시작했다.

칠 보 정도 떨어진 바위를 보며 진파는 살짝 고개를 끄덕였다. 이끼가 나지 않아 밟아도 흔적이 남지 않을 것이다. 신발에 묻은 흙을 말끔히 털어냈기 때문에 작은 흙덩이 하나도 바위엔 남지 않을 터.

식— 하는 잇소리와 함께 진파의 몸이 바위를 향해 돌진했다.

'핫!'

가볍게 바위를 박차고 허공을 날았다.

발밑의 운해에는 시선을 두지 않았다. 파라락 옷깃 날리는 소리 속에서 오 장 정도 건너편의 절벽이 눈앞에 가까워져 왔다.

턱.

눈여겨보아 두었던 지점을 단단히 움켜쥐는 양손엔 망설임이 없었다.

'됐어!'

무사히 건너편 절벽에 달라붙은 진파는 이미 보아두었던 경로를 따라 손과 발을 움직였다.

도마뱀 한 마리가 벽을 타고 이동하듯 날렵하게 손발을 놀려 무사히 동혈의 입구에 당도했다. 장정 한 명이 겨우 통과할 만큼 작은 동굴의 입구.

'뭐…… 주인이 있는 동굴은 아니겠지?'

어둠을 뚫고 주의 깊게 살폈으나 사람이나 동물의 흔적은 없었다.

'괜찮을 것 같군.'

동굴 안에 들어선 진파는 주위를 살폈다.

입구는 좁았으나 너덧 명이 뒹굴어도 넉넉할 만한 공간이었다.

이런 바위 지형에서는 입구가 좁아도 안은 넓은 동굴이 많았다. 이 동굴도 그런 곳 중 하나였던 것.

연한 연둣빛을 띤 넝쿨이 동굴 사면을 이리저리 휘달려 촘촘히 휘장을 드리우고 있었다.

"햇빛이 드나? 좀 이상하네."

진파가 본 바로는 이 절벽은 사시사철 운무가 낄 만한 환경이었다. 수량이 만만치 않은 듯한 절벽 밑의 급류가 계속 물안개를 피워내는 것으로 보았던 것이다. 이런 환경에서 동굴 속 식물이 무성하게 자란다는 것은 확실히 의외였다.

"뭔가 이유가 있겠지. 우선……."

진파는 허리춤에서 철우를 뽑아 들고 가볍게 흔들었다.

쉭쉭 거리는 소리와 함께 검날에 베인 넝쿨들이 우수수 떨어져 내렸다.

검집에 철우를 꽂고 동굴의 구석에 잘린 넝쿨들을 잘 포개놓았다.

차가운 바위로 이루어진 바닥이었으나 넉넉히 깐 넝쿨 덕분에 푹신한 침상이 곧 생겨났다.

진파는 그 위에 윗옷을 깔고 벽화를 조심스럽게 눕혔다.

옷깃에 피를 묻힌 벽화의 모습이 안쓰러웠다. 하얀 얼굴이 말라붙은 핏자국으로 인해 더 창백해 보였다.

"넌 참 지지리도 운이 없구나……."

진파는 물끄러미 벽화를 바라보았다.

만날 때부터 무언가 불안정해 보였던 여자. 그래서 끌렸던 여자.

정체도 알 수 없는 흑의복면인들에게 쫓기고 무맹의 인물들에겐 소수마후라 오해받는 여자.

기억을 잃어 과거를 모르고 그나마 찾은 기억은 일곱 살 어린애 시절인 여자.

말없이 눈을 감고 있는 벽화를 보면 일곱 살 벽화가 아니라 또래의 소녀로 보인다.

진파는 조용히 한숨을 쉬고 벽화의 맥을 짚었다.

"응?"

분명히 내상을 입었는데 어느새 맥이 안정을 되찾고 있었다.

"이상하네……."

다시 한 번 짚어보았으나 결과는 같았다.

"영약을 먹어서 그런가?"

천년하수오가 인체에 어떤 영향을 주는지 잘 알 수 없었던 진파는 쉽게 결론을 내렸다. 어찌 되었든 간에 안 아프면 되는 것 아닌가.

"그럼 자는 건가?"

코밑에 손가락을 대보니 안정된 숨결이 느껴진다.

진파는 완전히 마음을 놓고 몸을 일으켰다.

미리 보아두었던 듯 동굴의 구석으로 걸어가 큼지막한 바위에 붙은 넝쿨들을 떼어냈다.

"이 정도면 될까?"

가볍게 바위를 든 진파는 이리저리 바위를 살펴보다 동굴의 입구로 걸어갔다.

턱!

동굴의 입구에 바위를 틀어박자 조금 균열을 일으키던 바위가 수월하게 입구를 가로막았다. 어른 머리가 들락날락할 만한 틈은 있어 통풍이나 채광에는 문제가 없어 보였다.

"됐다."

진파는 다시 벽화가 누운 곁으로 돌아와 아무렇게나 자리를 잡고 털썩 앉았다.

"이놈의 배는 왜 만날 이러냐?"

혼자 투덜대더니 허리춤에서 작은 행낭을 끌렀다. 약재상에서 하수오를 팔고 받은 돈과 여행에 필요한 물건들을 챙긴 행낭이다. 물론 검은색.

손을 휘저어 곱게 포장한 육포를 꺼낸 진파는 한쪽을 주욱 찢어 입에 넣었다.

천천히 육포를 씹으며 진파는 벽화를 내려다보았다.

쌕쌕 규칙적으로 숨 쉬는 벽화를 확인한 후, 동굴 벽에 등을 기댔다.

도대체 알 수 없는 일이었다.

누가 벽화를 공격했을까? 열정 사태의 눈빛으로 보아 거짓말을 하는 것 같지는 않았다. 나머지 사람들은 분명 진파의 눈을 속이고 벽화를 공격할 능력이 없었다.

납치된 동선은 찾을 길 없고, 그 밉상스런 흑의복면인도……

"가만!"

흑의복면인에게 생각이 미친 진파는 벌떡 몸을 일으켰다.

입 안에 넣었던 육포를 질끈 물어 끊으며 자기 머리를 퍽 하고 때렸다.

"병신같이! 그 자식들 같은 편이었잖아!"

서안으로 가던 중 객잔에서 진파와 벽화를 습격했던 흑의복면인들. 똑똑히 기억난다. 그들 중 우두머리로 보이던 자의 복면에는 분명히 검은 별이 하나 새겨져 있었다. 동선을 납치했던 자가 뒤돌아볼 때도 분명 복면에 새겨진 검은 별을 보았던 기억이 선명하게 떠올랐다. 그 밉상스런 눈웃음과 함께.

"그럼 어떻게 되는 거냐? 음음……."

생각이 잘 정리가 되지 않자 진파는 동굴 벽에 기대 번쩍 물구나무를 섰다. 한 팔로는 땅을 받치고, 한 팔로는 육포를 물어뜯으며. 거꾸로 세상을 바라보면 머리가 차분해지곤 했기에 가끔 취하는 자세였다. 수련할 당시에는 힘들어서 죽을 것 같은 자세였지만.

"그 자식 복면에 검은 별이 몇 개였더라……. 분명히 한 개는 아니었구……. 검은 별, 검은 별…… 현성(玄星)… 현성교?"

꽝!

진파의 몸이 수직으로 세운 그대로 바닥에 떨어졌다.

아프지도 않은지 빙글 옆으로 돌아누워 한 팔로 머리를 받치고 다리를 까닥댄다.

"현성교일까? 이럴 줄 알았으면 노 분타주한테 현성교에 대해 좀 자세히 물어봐 둘 걸……. 할아범은 온갖 쓸데없는 걸 다 가르쳐 주면서 왜 현성교에 대해서는 안 가르쳐 준거야?"

공철에게 강호와 세상에 대해 시시콜콜 온갖 얘기를 들었지만 현성교에 대해 들은 기억은 없었다. 철정의 숙부, 철극수가 말했던 풍협 다나철에 대한 이야기도.

진파는 눈을 반짝이며 다리를 오므렸다 폈다 했다.

"그 자식들이 현성교가 맞다면 현성교도를 직접 본 사람도 내가 유일하겠군. 무맹에 알려줘야 하나?"

진파는 곧 고개를 흔들었다.

"아씨, 알 게 뭐야? 지들 멋대로 사람 귀찮게 하는데!"

밉상스런 그 흑의복면인이 떠올랐다.

눈매로 보아 나이는 별로 들어 보이지 않았지만 정말 대단한 경공이었다. 경공만 대단할지도 몰랐지만 진파 자신보다는 한 수 위일 듯했다. 분했다.

아미파의 장로라는 열정 사태도 한 손으로 격퇴했건만……

열정 사태가 생각나자 진파는 곧 침울해졌다.

하마터면 열정 사태를 죽일 뻔했다. 그 자리에 있던 모든 이들을 죽였을지도 모른다. 벽화가 말리지 않았다면 그들은 모두 죽었을 것이다.

"더 강해져야 해."

진파는 저도 모르게 혼잣말을 하곤, 흠칫 놀랐다.

동굴 천장을 바라보며 바로 누웠다.

천년하수오와 홍관백린사를 먹고 제대로 약력을 수습하지는 못했지만 내력이 두 배 가까이 늘었다. 권장각을 놀리는 박투술이나 연혼사를 다루는 것 모두 나름대로 몸에 익었다. 문제는 검법, 검법이었다.

철극수가 해준 말이 떠올랐다.

"마음껏 자기 실력을 펼치며 스스로를 담금질하는 것이야말로 무인의 보람일세. 연혼사는 분명히 죽여야 할 적을 상대할 때는 무서운 위력을 발휘하겠지만 그렇지 않을 때는 자네에겐 족쇄에 불과할 걸세."

그랬다. 연혼사는 살상력이 너무 지나치다. 그렇기 때문에 조금만 흥분해도 피를 보기 일쑤였다. 그가 연혼사를 휘두르는 것이 아니라 연혼사가 그를 휘둘렀다.

"검법이라……."

벽화와 객잔에서 공격당하던 날, 잠시 생각한 적이 있었다.

자신만의 검법.

"다시 보면 뭐가 좀 나오려나……?"

진파는 잇차 하며 다리를 팅겨 바닥에 앉았다.

누워 있는 벽화를 힐끔 바라보곤 윗옷을 벗기 시작했다.

단단히 다져진 날렵한 상체가 맨살을 드러냈다.

그런데 맨몸만이 아니었다.

심장 어림을 감싼 한 뼘가량의 얇은 가죽이 있었다.

진파는 등까지 한 바퀴 휘돌아 오른쪽 어깨에 고정된 얇은 가죽을 조심스럽게 풀렀다.

길이 오 척 정도의 얇은 가죽.

그 안엔 빽빽하게 글자가 가득 차 있었다.

진파는 잔뜩 미간을 찌푸렸다.

동굴 안은 어둑했으나 안법을 극한까지 수련한 진파에겐 그리 큰 장애가 아니었다.

다만 보기만 해도 머리가 아팠다.

그것이야말로 공철이 전해준 무적검보―진파는 아직 모르고 있었지만 무적다가를 있게 한 바로 그 검보―였던 것이다.

"젠장! 누가 만들었는지 심보 한번 고약하다니까!"

진파는 잔뜩 인상을 찌푸렸다.

왼쪽에서부터 세로로 쓰인 무적검보는 두 편으로 나뉘어 있었다.

상편은 그가 익힌 심공인 무적심공.

하편이 제목도 없는 검결이었다.

검의 뜻에 대해 어려운 말 잔뜩 써가며 은유적으로 적혀 있는지라 해석하는 데만도 몇 년이 걸린 검결.

오랜만에 다시 보니 뻔히 외우는 내용인데도 머리부터 아파왔다.

공철은 선심 쓰듯 이 가죽 두루마리를 던져 주며 말했었다.

"그걸 기초로 자신만의 검결을 만들어보쇼."

얼마나 뛰어난 검법인지, 자신만의 검결이라는 게 만들 수 있기나 한 것인지 공철은 한마디도 덧붙이지 않았다. 진파도 반문하지 않았다. 그래 봐야 돌아오는 건 핀잔 아니면 빈정댐이라는 걸 너무도 잘 알고 있었으니까. 공철과 잘 지내기 위해서는 그의 잔소리를 무시할 수 있는 굵은 신경이 필요했다.

"심공은 그렇게 이해하기 쉽게 써놓고 검결은 왜 이따위로 써놓은 거야!"

진파가 무적검보를 몸에서 떼놓지 못하고 애지중지하는 것은 공철이 기초를 잡아주었던 심공이 바로 이 가죽에 적혀 있는 그것이었기 때문이다.

심공의 효과는 탁월했다. 위력도 말할 나위 없었다. 몸에도 잘 맞았다.

그런데……

도대체 함께 써 있는 검결은 심공과 연결이 되지 않았다.

아무리 읽어도 무슨 법사나 도사 노인네가 깨달음을 빙자해 어려운 말 잔뜩 풀어놓은 것 같은 검결.

무적심공의 위력을 보면 검결도 만만치 않을 텐데.

진파는 한숨을 푹푹 쉬면서도 허구한 날 들여다보던 검결을 뚫어져라 바라보았다.

'내 검법 밑천은 이거밖에 없어. 여기서 뭔가 찾아야 해.'

그러나 아무리 봐도 여전히 이해가 안 갔다.

비어 있어 가득하니 아무리 써도 마르지 않는다.

평상심(平常心)이 곧 도(道)다.

·······.

검결을 주욱 읽어가던 진파는 천장을 바라보며 외마디 소리를 질렀다.

"도대체 이게 검법하고 무슨 상관이냐고!!"

무적검보의 검결 부분에 적힌 글들은 대부분 도가나 불가의 경구들이었다. 뜻이 이어지기도 하고 이어지지 않기도 하는. 무적심공의 흐름과 어딘가 연관이 있는 듯도 한데 가닥가닥 끊어져 도대체 하나로 연결되지가 않았다.

아무리 봐도 어딘가 초식이 있어야 적용할 수 있을 듯한데, 무적검보 어디에도 초식은 없었다.

진파는 두 손을 머리로 가져가 벅벅 긁었다.

"젠장이다! 머리만 아파―!"

그때 쿡쿡 하는 나직한 웃음소리가 들렸다.

"음?"

머리칼에 손가락을 집어넣은 채로 고개를 돌리니 벽화가 누운 채로 그를 보고 있다.

"벽화야!"

반가운 나머지 윗옷을 벗은 그대로 훌쩍 몸을 날렸다.

벽화의 머리맡에 앉은 진파는 다정스레 물었다.

"정신이 들어?"

"……으응."

벽화의 얼굴이 약간 붉어 보인다.

"어디 아파?"

"……아니."

왠지 시선을 피하는 듯해 조금 이상했다.

'얘가 삐쳤나?'

혼자서만 육포를 먹어 삐쳤을까?

진파는 얼른 행낭에서 육포 한 개를 꺼내 벽화에게 건넸다.

"배고프지? 먹어."

손을 내밀어 육포를 받은 후에 벽화는 물끄러미 진파를 바라보았다.

"왜 그래?"

"……아냐."

부스스 자리에서 일어난 벽화가 동굴 벽에 몸을 기댔다.

"일어나도 괜찮겠어?"

"괜찮아."

어딘가 모르게 차분했다.

진파는 고개를 갸웃거렸다. 뭔가 평소의 벽화와는 달랐다.

'뭐가 다르지?'

"오…빠."

"응?"

"고마…… 워."

진파는 헤헤 웃음을 터뜨리며 머리를 긁적였다.

"오빠가 널 지켜준다고 했잖아. 제대로 못 지켜줘서 미안해."

벽화가 돌연 생긋 웃었다.

평소의 그 천진한 웃음이었다.

"근데 뭐 하느라고 그러고 있던 거야?"

"아……."

어디서부터 설명을 해줘야 하나……. 진파는 조금 난감했다.

에이, 모르겠다.

"이걸 좀 봐봐."

진파는 바닥에 펼쳐 놓았던 무적검보를 벽화의 앞으로 끌어당겼다.

"이게…… 오빠가 익히고 있는 무공이란 거거든?"

"이게?"

"음음……. 벽화야, 너 아직 글자 모르지?"

"……으응."

"여기 써 있는 게 글잔데…… 이 글자들이 오빠가 익히고 있는 무공의 심공하고 검결이야. 심공은 쉽게 익혔는데 검법이 문제란다. 도대체 이해가 안 가는 거야. 여기 어디 초식이 있어야 하는데 그게 없단 말이지."

벽화는 유심히 무적검보를 들여다보았다.

열중하고 있는 얼굴이 귀엽고 예뻤다.

'윽!'

또다시 살랑 이상한 기운이 용솟음치는 게 느껴지자 진파는 얼른 고개를 돌렸다.

'그동안 잠잠하다 했더니만…… 젠장.'

벽화의 목소리가 들렸다.

"오빠, 여기 이 글자들은 좀 이상한데?"

"아, 그거?"

벽화가 가리킨 글자들은 각 구절의 맨 위에 써 있는 갑골문이었다.

"그거 갑골문이라고 옛날 글자야. 요즘 쓰이는 글자들하곤 모양이 좀 다르지. 그게 무슨 글잔지 알아내느라고 애깨나 썼단다."

"이거 꼭 사람 같애."

"그렇지?"

'천진한 녀석.'

진파는 빙긋 웃음을 머금었다.

상형(象形)에서 문자가 탄생했으니 갑골문이 무언가를 표현하는 그림처럼 보이는 것은 일견 당연했다. 모르는 사람이 보면 올챙이나 사람들이 꿈틀대는 것처럼 보이기도 하니까.

"요게 사람처럼 보이니?"

"응. 꼭 무슨 막대기를 든 사람처럼 보이는데? 여기 맨 위에 있는 이상한 글자들은 다 그래 보여."

"하하! 사람처럼 보인다는 거냐? 막대기를 든?"

크게 웃으며 벽화의 손가락을 따라 무적검보의 상단을 훑던 진파의 시선이 딱딱하게 굳었다.

막대기를 든… 사람…….

검을 든······ 사람······.

'초식이다!'

머리 속에서 진천뢰라도 터진 듯 강렬한 충격이 진파를 덮쳤다.

살갗이 파르르 떨릴 만큼 뜻밖의 깨우침.

'이게 모두 초식이라면······?'

진파는 뚫어질 듯 무적검보를 응시하며 자세를 고쳐 잡았다.

그의 곁에 앉은 벽화가 담담한 얼굴로 그런 진파를 바라보고 있었다.

*   *   *

폭풍이 휩쓸고 지나간 것처럼 잘린 나무 둥치들이 뒹굴고 있는 숲 속의 공터.

피풍의를 두른 무인들이 허리를 굽히고 분주히 움직인다.

낙엽과 나뭇잎들만이 가득해야 할 숲 속엔 짙은 피비린내가 가득했다. 여기저기 흩어진 사지(四肢)와 살점들에 절로 눈살을 찌푸릴 만큼 잔혹한 공터.

한 켠에 서 있는 제갈청인의 얼굴은 담담했지만 속내까지 그렇지는 않았다.

청수한 문사처럼 보이나 오대세가 중 한자리를 차지하는 제갈세가의 당대 가주답게 속내를 드러내지 않을 따름이다.

'삼십 년 만의······ 참사가 연이어······.'

발목까지 찰랑이는 피풍의를 펄럭이며 사십대 장한 한 명이 제갈청인을 향해 다가왔다. 무맹의 집법사령 중 한 명, 맹주인 태현 진인의 명을 받아 제갈청인을 수행하는 무인이었다.

"열정 사태와 그 제자들, 황보세가의 자제 모두 날카로운 병기에 의해 해체되듯 살해되었습니다. 이런 자국을 남기려면 역시 연혼사 같은 극도로 가는 병기여야 합니다. 나무 둥치를 벤 자국들과 시신을 벤 자국들이 일치합니다. 당가의 여식은 강력한 수공에 의해 목이 잘렸습니다. 소수마공으로 추정됩니다."

"문파와 세가별로 시신을 따로 수습하게."

"알겠습니다."

제갈청인은 가볍게 고개를 끄덕이고 옆에 서 있는 태인 도장에게 눈을 돌렸다.

태인 도장의 얼굴에는 침울한 빛이 가득했다.

"도장께서도 이제 인정하십니까?"

태인 도장이 장탄식을 토해냈다.

"허……."

제갈청인의 뒤에서 분노에 찬 음성이 튀어나왔다.

"소자는 이해할 수 없습니다. 어째서 확인까지 필요한 것입니까? 소자의 말을 믿지 못하시는 겁니까?"

제갈청인은 서서히 뒤로 돌아섰다.

여기저기 긁힌 상처가 가득한 초라한 몰골의 아들. 제갈우현이 거기 있었다.

소수마후를 나포하기 위한 무맹의 추격대는 종남산을 내려간 진파의 행적을 쫓아 석천현을 탐문하고 진파가 들렀던 약재상을 찾아내 목표물이 사천으로 향했음을 알아냈다.

곧바로 사천행의 관문인 검각으로 앞질러 가 소수마후를 나포할 준비를 하고 있었다.

그러던 차, 사천으로 먼저 떠났던 열정 사태 일행에게서 급보가 전해졌던 것.

제갈청인은 서둘러 추격대를 재촉해 이동하던 중에 피로 얼룩진 아들 제갈우현을 만났다. 대파산이 험산이었지만 발동된 무맹의 그물망은 쉽게 두 사람을 조우시켰다.

제갈우현이 전한 실상은 태인 도장은 물론 제갈청인에게도 큰 충격을 주었다.

열정 사태 일행을 진파와 소수마후가 모두 참살했다는 소식.

간신히 몸을 뺐다는 제갈우현의 비분강개한 외침에도 제갈청인은 쉽사리 수긍하지 않았다.

진파의 신분을 아는 그로서는 무적다가라는 이름이 가진 무게를 의식하지 않을 수 없었던 것이다.

그러나 이젠 인정할 수밖에 없었다.

무적다가의 당대출도객은 소수마후와 손잡고 무맹을 등졌다.

구대문파와 오대세가 모두를 적으로 돌리는 잔혹한 살인으로.

제갈우현의 곁에 있던 강철환이 눈을 빛냈다.

"이것으로 확실해졌군요. 종남의 원수가 누구인지! 소수마후……."

꽉 쥔 주먹이 부르르 떨렸다.

제갈청인은 두 사람을 묵묵히 바라보다 입을 떼었다.

"무적다가를 알고 있겠지?"

조금 의아한 빛으로 제갈우현이 반문했다.

"강호에 나선 자치고 무적다가를 모르는 무인이 어디 있습니까?"

"그 진파라는 청년이 무적다가의 당대출도객이다."

"예?"

"군사!"

태인 도장이 제갈청인의 말을 막으려 했으나 제갈청인은 가볍게 고개를 저었다.

"일이 이 지경이 되었는데도 무적다가의 전통을 존중한다는 것은 말이 되지 않습니다. 그리고 이 친구들은 알 권리가 있지요."

"으음……."

태인 도장의 말을 막은 제갈청인은 학우선을 가볍게 부쳤다. 피 냄새가 조금 덜해졌다.

"무적다가에서 어찌하여 그런 전통을 세운지는 아무도 알지 못한다. 하지만 강호에 출도하는 무적다가의 당대출도객은 자신이 무적다가의 적자임을 알지 못하고 세상에 나오지. 그 청년도 자기 신분을 모르고 있었다. 무적다가가 강호에 베푼 업적을 존중해 당대출도객이 스스로 자기 신분을 알기 전까지는 아무도 그것을 아는 체하지 않는 게 중견이 된 강호인들의 묵계다."

"그렇다면 저희 같은 젊은 세대만 모르고 모두 다 아시고 계셨단 말씀입니까?"

"그렇다."

제갈우현은 그제야 이해할 수 있었다. 종남산에서 진파와 충돌했을 때 어찌하여 무맹의 선배들이 그를 과도하게 감쌌는지를.

생각에 빠진 제갈우현과는 달리 강철환은 정면으로 제갈청인을 응시하며 또박또박 말했다.

"무적다가라는 이름만으로 종남의 복수를 막을 수는 없습니다. 그가 소수마후를 계속 감싸는 한 그는 종남의 적입니다."

"종남이라……."

"제가 살아 있고 저의 사제들이 남아 있는 한 종남은 사라지지 않습니다."

결연한 목소리로 말하는 강철환의 눈은 강한 의지로 빛나고 있었다.

제갈청인은 학우선을 가볍게 부쳤다.

'이제 아미와 당가, 황보세가도 똑같이 말하겠지. 맹주……. 그대의 뜻대로 되는가 보오.'

상념에 빠져 있을 때 아들인 제갈우현이 고개를 들었다.

"아버님."

"말해 보아라."

"이제 어쩔 셈이십니까?"

"나는 맹주령을 받은 몸이다. 맹주령은 아직 유효할 뿐 아니라 더 확고한 목적을 지니게 되었지."

제갈청인은 아들이 아닌 태인 도장을 바라보며 말을 맺었다.

"그 소녀가 소수마후라는 것은 너의 증언과 이 현장 검증으로 움직일 수 없는 진실이 되었다. 그리고 소수마후를 보호하기 위해 그 청년은 무맹의 일원들을 살해했다. 둘 다 추격해 생포해야겠지."

"생포를 목적으로 하실 겁니까?"

제갈우현의 물음에 제갈청인은 짧게 답했다. 그의 눈은 아무 감정도 담지 않고 태인 도장을 바라보고 있었다.

"가능하다면."

태인 도장의 눈이 하늘을 향해 허허롭게 깜박였다.

제갈우현은 고개를 돌려 집법사령들이 수습하고 있는 당서헌의 시신을 바라보았다. 그의 눈에 언뜻 작은 감정이 스치고 지나갔다. 곧 스러진 그 파문은 아무도 보지 못했다.

숲 속을 수색하는 무맹 인물들을 멀리서 내려다보는 네 개의 눈이 있었다.

진파가 뛰어내렸던 절벽의 가운데에 은신한 두 사람은 바로 임수와 동선. 바위와 구분키 힘든 완벽한 은신이었다.

"수색을 시작하는군요."

임수의 전음에 동선이 고개를 끄덕였다.

"저놈이 생각보다 잘하는구나."

제갈우현의 뒷모습을 바라보는 임수의 시선은 싸늘했다.

"흑혈고(黑血蠱)에 제압당했으니 시키는 대로 할 겁니다."

"그걸로 안심할 수 있을까? 제갈청인이 지 아비인데 사실을 털어놓을 수도 있지 않겠어?"

임수의 입가에 싸늘한 웃음이 떠올랐다.

"동괴 할아버지도 보셨잖습니까? 목숨을 구걸하기 위해 거래를 제안한 쪽은 저놈입니다. 저런 비굴한 놈일수록 자신의 비리를 쉽게 폭로하지 못하는 법이지요. 감출 수 있을 때까지 감추려 할 겁니다."

"그건 나도 안다. 그러나 저놈도 제갈세가의 피를 이은 놈이야. 더구나 지 목숨에 애착이 많은 놈이니 무슨 수라도 쓰려 할 게다."

"설사 지 아비한테 털어놓더라도 수가 없을 겁니다."

"무슨 소리냐?"

"저놈은 살아남기 위해 아미와 당문, 황보세가의 동료들이 죽는 걸 방관했지요. 당가의 그 여자는 정인(情人)처럼 보였는데도 그 죽음을 방치했습니다. 들으셨잖아요? 자기 말고는 모두 죽이라고 지 입으로 말했습니다. 제갈청인이 그 사실을 알더라도 우리 존재를 공표할 수는 없을 겁니다. 어떻게 말을 바꾸더라도 제갈세가의 명예를 깎는 짓이니까요. 오히려 무슨 거래를 제안하겠지요."

"그럴까?"

"명예를 중시하는 인간들일수록 보신을 위해 잔인한 짓도 서슴지 않지요. 그리고 저놈이 예상과 달리 움직인다고 해도 상관없습니다. 일단 무적단가와 무맹의 공조를 깨는 건 성공한 듯하니까요. 이 추격이 끝나기 전, 흑혈고를 발동시킬 겁니다."

"그게 가능한가? 흑혈고는 한 달이 지날 때까지는 움직이지 않잖아?"

"개량해 놓았지요."

동선은 전음을 잇지 못했다. 그도 몰랐던 사실이었다.

"……애초에 살려둘 생각이 없었구나."

"당연한 것 아닙니까?"

동선은 임수의 옆얼굴을 바라보다 시선을 돌려 버렸다.

'이 녀석이 제 아비가 어떻게 죽었는지 안 후에 너무 변했구나. 현성교는 사교(邪敎)가 아니었건만…….'

"우리도 슬슬 움직여야겠습니다."

임수의 전음에 짧은 상념에서 깬 동선은 고개를 끄덕였다.

"일후의 의식이 잡히지 않는구나. 정신을 잃은 모양이다. 추격할 수 있겠느냐?"

"가능하겠죠. 그 친구도 산에 익숙한 듯 보였지만 저도 만만치 않습니다. 이런 숲에서 한 사람을 업고 흔적을 감추는 건 생각 외로 만만치 않지요."

"저들에게 위치를 폭로해 줘야겠지?"

"그렇지요."

빙긋 웃은 임수의 몸이 절벽을 따라 소리없이 치솟았다. 동선도 아무 말 없이 그 뒤를 따랐다.

*　　　　*　　　　*

두 눈을 감고 가부좌를 튼 진파의 손가락이 조금씩 꿈틀대며 움직였다. 무아(無我)의 상태에 빠져든 듯 시간이 가도 그의 눈은 좀처럼 뜨이지 않았다.

벽화 또한 그 앞에 가부좌를 튼 채 앉아 있었다.

그녀는 반개(半開)했던 눈을 서서히 뜨며 가볍게 호흡을 내뱉었다. 서늘하면서도 지혜로운 눈빛. 그것은 일곱 살짜리가 만들 수 있는 눈빛이 아니었다.

'역시 이건 그 사람이 심어주었던 진기와 같은 심공이다.'

벽화는 눈을 감고 운공 중인 진파의 얼굴을 물끄러미 바라보았다.

벌써 하루가 지났다.

진파가 무언가 깨닫고 정신없이 검결에 심취하다 운공에 든 것이.

운공을 하며 검결을 깨우쳐 가는 듯 작게 손가락을 움직였다.

'꼭 닮았어. 바로 이 얼굴이었어.'

거의 십 년 만에 보는 얼굴이었지만 절대 잊을 수 없는 얼굴이었다.

그 지옥 속에서 자신을 지켜주었던 사람의 얼굴.

그가 아니었다면 다른 소수마후들처럼 꼭두각시 강시와 같은 존재가 되었을 것이다. 그가 심어준 한 가닥 정심한 내력이 그나마 그녀의 영혼을 지켜주었다.

'그 사람 아들일까? 심공마저 같은 걸 보니 그렇겠지?'

벽화는 진파와의 첫 만남을 떠올렸다.

소수마후의 제련 삼단계를 거친 벽화는 다른 소수마후들처럼 의식이 금제된 상태였다. 다른 마후들과는 달리 그가 심어준 한 가닥 호심진기가 혼을 지켜주기는 했지만 그녀의 의식은 바닥으로 깊이 침잠해 호각 소리에 따라 움직일 뿐이었다. 자신의 행동을 미약하게나마 알 수는 있으나 제어는 할 수 없는 상태. 그때 벽화의 상태는 그러했다.

그녀가 호각 소리와 함께 받은 마지막 명령은 섬서 북부를 돌아다니며 흡정대법을 펼치라는 것이었다. 시간은 밤. 대상은 무차별. 밤에는 변신하고 낮에는 변신을 풀어 은신할 것.

관제묘에서 철정에게 흡정대법을 펼친 것이 두 번째 시도였다.

흡정의 마지막 단계에서 인기척을 느끼고 몸을 돌렸다.

죽이기 위해 달려들었지만 치켜든 손이 저도 모르게 떨어졌다.

그 얼굴.

그 얼굴을 다시 대하는 순간 금제돼 있던 의식은 작은 균열을 일으켰다.

혼돈 속에서 바닥을 비집고 올라선 의식은 진파의 목소리를 듣고 다시 혼란에 빠졌다.

비슷하지만 달랐다.

그의 목소리는 바다를 떠올리게 하는 포근함과 넉넉함이 있었다.

그는 서둘러 떠나기 전 이마에 입을 맞춰주었다.

부드러우면서도 꺼칠꺼칠했던 그 입술.

벽화는 그를 생각하며 저도 모르게 진파의 입술을 훔쳤다.

저도 모르게 흡정대법을 펼쳤다.

저도 모르게 소수마공을 펼쳐 진파를 공격했다.

태인 도장이 끼어들어 관제묘를 떠났지만 진파를 죽일 생각은 없었다.

진정 그라면 죽지 않을 테니까.

태인 도장의 방해로 관제묘를 떠나며 진파를 보았다.

그일지도 몰랐다.

그일지도 몰랐다.

'그는 아니었지.'

벽화는 진파의 얼굴을 요모조모 꼬집듯 살펴보았다.

'이마는 그보다 잘생겼지만 코는 좀 못하네. 입술도 더 두툼해.'

아직도 상체를 벗고 있는 진파의 몸을 보면서도 이젠 부끄럽지 않았다.

하루 종일 본 몸이다.

매일 안기다시피 업혔던 몸.

'날 지켜주었지.'

낮이 되자 뇌리에 박힌 명령대로 변신을 풀었지만 벽화는 그대로 은신해 있지 않았다.

거리를 돌아다녔다.

소수마후의 의식 금제가 진파를 만난 충격으로 깨졌던 것이다.

의식 금제가 깨졌지만 아무것도 기억하지 못하는 상태.

거리에서 만난 고전륜이 이상스럽게 웃으며 괴롭히고 있을 때 선지애가 구해주었다. 그녀는 완전히 달라진 벽화의 얼굴을 알아보지 못했다. 소수마후의 변신을 푼 벽화를 알아보지 못했다.

선지애가 이름을 물었다.

이름만 기억이 났다.

이벽화.

겨우 찾은 이름.

그리고 우연히 진파를 다시 만났다.

진파도 알아보지 못했다.

그녀도 그때는 진파를 알아보지 못했다.

묘한 그리움이 기억나는, 가슴 한가운데가 아련히 아파오는 이상한 느낌만 들었다.

갑자기 머리가 아파왔다.

그날 밤, 선지애의 검선장에서 벽화는 깨어났다.

밤이 되자 다시 명을 받은 대로 소수마후의 임무를 수행했다. 깨어났던 의식은 다시 수면 밑으로 가라앉았다. 금제는 완전히 풀린 것이 아니었다.

사람들을 죽이고 흡정대법을 펼쳤다.

그리고 그 장소에서 고전륜을 만났다.

낮에 만난 아는 얼굴을 만나자 그녀의 금제가 다시 흔들렸다.

그 후 무작정 달렸다.

정신이 들었을 때는 이미 낮.

어느새 또 변신을 푼 상태.

이름만 기억하는 그 벽화의 의식이 깨어났다.

그 숲 속에서 진파를 다시 만났다.

그와 동행했지만 밤에 또 소수마후가 깨어났다.

진파와 또 헤어졌다.

그리고 종남산에서 진파를 다시 만났다.

의식이 금제된 소수마후와 간신히 되찾은 백치 같은 의식 속에서 벽화는 간신히 일부의 기억을 되찾았다. 납치되기 전의 기억. 일곱 살 때까지의 기억을.

'이젠 모두 다 기억나. 모두.'

무음각이 준 충격으로 그녀의 기억은 모두 회복되었다.

소수마후로 제련되며 밑바닥까지 가라앉아 소멸 직전에 회복된 의식.

아무것도 모를 때의 벽화도, 일곱 살 기억만 갖고 있을 때의 벽화도 모두 기억난다.

벽화는 진파를 바라보다 작은 한숨을 내쉬었다.

'이 사람은 내가 소수마후가 아니라고 믿고 있어. 사실을 말해야 할까?'

무림인도 내력을 짚어내지 못하는, 웬만한 도검은 그냥 튕겨내는 괴물.

사람의 정혈을 빨아들여 누군가의 제물이 되어야 하는 운명.

그것이 소수마후다.

'내가 소수마후인 줄 알고서도 날 지켜줄까?'

눈을 감은 진파의 얼굴이 조금 찡그려졌다.

눈꺼풀이 파르르 떨렸다.

운공에서 깨어나려는 모양이다.

'말…… 해야 할까?'

그때 진파가 눈을 떴다.

깊이 침잠한 눈빛이 서서히 제 빛을 찾아갔다.

후우우욱 하고 내쉬는 숨이 가쁘하다.

"어? 너 뭐 하는 거냐?"

가부좌를 틀었던 벽화는 얼른 자세를 풀었다.

"응?"

"내 흉내 낸 거니?"

"으…… 응."

"하하. 그 자세를 뭐 하러 흉내 내. 처음 할 땐 힘들기만 하단 말야."

"좀…… 힘드네."

진파는 대단히 기분이 좋아 보였다.

"네 덕분에 검결의 초식을 대강 파악했어."

"그, 그래?"

진파가 벌떡 몸을 일으켰다.

성큼성큼 다가오더니 바닥에 앉아 있는 벽화를 번쩍 치켜 안았다.

"니 덕분이야. 하하! 검결에 있는 건 모두 다섯 초식이었어. 밑에 있는 건 초식을 운용하며 심공을 적용하는 걸 은유한 말이었다구! 니 덕분에 알았다. 아하하하!"

진파는 벽화를 안고 동굴 안을 빙글빙글 돌았다.

낭랑한 웃음소리가 동굴을 가득 채웠다.

"하, 하지…… 마."

"음?"

진파는 회전을 멈추고 품에 안긴 벽화를 바라보았다.

"어지럽냐?"

벽화의 볼이 약간 상기되어 있었다.

"나, 나 내릴래."

"어."

벽화를 내려준 진파는 계속 웃으며 벽화의 볼을 톡톡 쳤다.

"벽화야, 정말 고마워. 이제 조용한 데서 수련만 하면 진짜 검법을 익힐 수 있게 됐다."

"잘…… 됐네."

"그럼! 근데 너 왜 그러냐?"

벽화의 태도가 좀 이상했던지 진파가 웃음을 멈추고 물었다.

"……배, 배고파서 그래."

"배? 아까 육포 하나 다 줬잖아. 그새 배가 고파?"

"……바보."

"뭐?"

벽화가 돌연 생긋 웃음을 지었다. 천진한 웃음. 진파가 귀여워하는 바로 그 일곱 살짜리 웃음이었다.

"하루가 지났단 말야! 배고파서 죽는 줄 알았다구~!"

"정말? 그새 하루가 지났어?"

진파는 멋쩍은 듯 뒤통수를 긁었다.

"미안하다. 시간이 그렇게 지난 줄 몰랐어."

"괜찮아."

벽화가 진파를 보며 활짝 웃었다.

"괜찮아, 오빠."

제15장 동혈괴인(洞穴怪人)

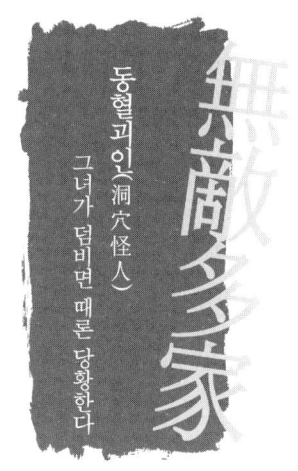

無敵商多家

동혈괴인(洞穴怪人)

그녀가 덤비면 때론 당황한다

"맛있니?"

"……."

"야! 맛있어?"

"응?"

생각에 잠겨 있던 벽화는 그제야 진파의 말을 들었다.

진파가 손가락으로 톡 벽화의 이마를 밀었다.

"아무리 육포라지만 이것도 밥이야. 밥 먹을 땐 밥에 집중해야
지. 너 이 육포가 되기 위해 몸을 불사른 소한테 미안하지도 않
냐?"

벽화의 얼굴에 묘한 표정이 스쳐 지나갔다.

"킥!"

"어허리. 웃을 일이 아냐. 밥에 고마워할 줄 알아야 한다구."

"그러는 누구도 엄청 늦게 먹으면서 뭘 그래? 전혀 맛있는 걸

먹는 사람 같지 않다구."

"한 입 한 입 씹어 먹을 때마다 소한테 감사하며 먹느라 그런 거야."

"피, 거짓말."

"정말이라니까."

벽화는 진지한 표정으로 말하는 진파에게 건성으로 고개를 끄덕였
다.

'얘가 날 정말 일곱 살 취급하네. 근데 옷은 왜 안 입는 거야?'

탄탄한 가슴.

날렵하지만 굴곡이 뚜렷한 근육의 움직임.

……꼭지.

매일 안겼던 가슴이라지만 맨살을 이렇게 가까이에서 계속 보니 좀
부담스럽다.

눈길은 자꾸 가는데 계속 볼 수도 없고…….

"오빠 안 추워?"

"아니. 왜?"

"좀 추워 보여서."

"하하! 무공을 익히면 원래 추위를 잘 안 타. 밥 먹느라 깜박했다."

진파는 육포를 입에 넣은 채로 윗옷을 들려다 아직도 바닥에 펼쳐져
있는 무적검보를 집어 들었다.

"참, 이거 먼저 입어야지."

'옷이냐? 그걸 입게?'

벽화는 웃음을 참고 물었다.

"그거 가죽이지?"

"응."

"매고 있으면 답답하지 않아?"

"아냐. 봐, 굉장히 얇잖아. 그리고 통풍도 잘 돼. 꼭 내 피부 같다니까."

진파는 혼자서 검결이 쓰인 가죽을 몸에 감기 시작했다. 익숙한 손길로 가죽을 몸에 감았지만 다 감고 나자 아차 하는 표정을 짓는다.

"이런."

"왜?"

"묶어야 하는데 손이 안 닿아."

원래 어깨 어림에서 매듭을 지었던 것인데 등 쪽에 매듭을 묶게 감았던 것이다. 몸에 감은 가죽을 다시 풀려 할 때, 벽화가 저도 모르게 나섰다.

"내가 매줄게."

"그럴래? 맬 줄 알아?"

'사람 너무 무시하네.'

벽화는 진파의 등 뒤로 돌아가 양쪽으로 늘어진 가죽의 끝을 붙잡았다.

"꽉 당겨서 묶어."

"안 답답해?"

"괜찮아. 느슨하면 더 불편해."

"응."

벽화는 진파의 몸에 묶인 가죽을 당기기 위해 제일 안쪽에 매인 가죽 끝을 잡았다. 벽화의 손가락이 진파의 맨몸에 닿았다. 겨드랑이 바로 밑.

"크크큭!"

"웃지 마. 흔들리잖아."

"간지러워서 그래. 아하하하하!"

"요기? 요기 말야?"

"아하하하…… 큭큭……. 하지 마."

진파는 두 팔을 어정쩡하니 치켜들고 웃느라 정신이 없었다.

뒤에 서 있는 벽화의 얼굴이 붉어진 것은 그래서 보지 못했다.

반응이 재미있어서 간지럼을 폈던 것인데 양팔을 들고 웃어대니 사내 냄새가 물씬 풍겼다.

벽화는 모른 체하고 가죽을 적당히 당겨 매듭을 묶었다. 마치 상반신을 다친 부상자에게 붕대를 감아준 것 같은 몰골이 되었다.

"훗! 꼭 다친 사람 같아."

"이게 몸을 보호해 주기도 해. 살아서 어떤 놈이었는지 몰라도 꽤 질긴 가죽이라구. 이걸 두르고 있으면 몽둥이로 내려쳐도 안 아프더라."

'호신갑도 되는군.'

등에서 손을 떼려던 벽화는 진파의 하의 끝선에서 밖으로 삐져 나온 흰 가죽을 발견했다.

'이건 뭐지?'

"오빠."

"응?"

"여기 이 하얀 건 뭐야?"

"뭐?"

진파가 화들짝 놀란 표정으로 얼른 돌아섰다.

"아, 아무것도 아냐……."

얼굴에 빨간 분칠을 한 것 같다.

당황해서 똑바로 바라보지도 못한다.

서둘러 윗옷을 걸치고 여미는 진파를 보며 벽화는 고개를 갸웃거렸다.

"그거 뭐야?"

"이, 이건 말이지."

"무슨 가죽 같던데?"

"이건…… 아, 아래를…… 공격에서 보호하려고 가죽을 두른 거야! 왜 그때 종남산에서 죽인 그 뱀 있지? 그거 가죽이야. 그놈도 아주 질긴 놈이었으니까 효과가 있을 거 같아서 시험 중이야."

빨간 얼굴로 정신없이 변명하는 진파를 벽화는 이해할 수 없었다.

'근데 왜 부끄러워하지? 그나저나…… 귀엽…… 네?'

벽화는 아무렇지도 않은 얼굴로 고개를 끄덕였다.

"그렇구나."

"아, 으응……."

"좋겠다, 오빠는. 위아래 모두 완벽하게 보호하고 있어서."

갑자기 진파가 손뼉을 쳤다.

짝!

"그렇지!"

의아한 표정으로 바라보는 벽화의 어깨를 와락 잡았다.

"너도 해!"

"뭘?"

행낭 쪽으로 달려간 진파는 긴 가죽 뭉치를 꺼내 들었다.

벽화를 업을 때 사용하던 홍관백린사의 가죽. 진파가 보호대를 하고 남은 바로 그 가죽이었다.

"너도 맨살에 이걸 둘러매. 다시는 안 다칠 거야. 아! 이 생각을 왜 진작 못했지? 바보같이!"

"그걸?"

"그래! 봐!"

진파는 홍관백린사의 가죽을 쭉 펼쳤다.

벽화의 몸을 모두 감고도 남을 만큼 길어 보였다. 폭 또한 만만치 않았다. 적어도 벽화의 상박 길이는 되는 듯했다.

"이게 얼마나 질긴지 알아?"

진파는 철우를 뽑아 들고 홍관백린사의 하얀 가죽을 획 그었다. 날카로운 기세였지만 흠집 하나 나지 않았다.

'나…… 그런 거 필요없는데……?'

웬만한 도검은 그대로 튕겨내는 게 소수마후의 몸.

벽화는 거절하려 했으나 진파의 얼굴을 보고는 도저히 말이 나오지 않았다.

스스로의 생각에 도취되어 정말 열심인 표정.

그 모두 자신을 위한 마음이지 않은가.

"자!"

진파는 둘둘 홍관백린사의 껍질을 말아 벽화에게 주었다.

선물치고는 굉장히 모양없는 선물이다.

그러나 왠지 가슴 한쪽이 찡해온다.

얼마 만에 받아보는 선물인가.

벽화는 가죽을 받으며 작게 말했다.

"고마…… 워."

"고맙긴. 어? 왜, 왜 그래?"

맑은 눈물이 한 방울 벽화의 눈에서 떨어져 내리고 있었다.

"……누, 눈에 뭐가 들어갔나 봐."

"에이, 조심해야지. 어서 매."

"……지금?"

"생각난 김에 해야지."

"여기서?"

"그럼 여기 말고 또 어디가 있냐?"

"오빠…… 앞에서?"

"그럼 내 앞 말고……. 컥!"

진파의 얼굴이 급속히 붉어졌다. 홍관백린사의 피를 뒤집어쓴 탓일까. 그만둘 줄 모르고 점점 더 빨개져 갔다.

진파는 홱 돌아서서 동굴 입구를 바라보며 심호흡을 했다.

"나가 있을 테니까 얼른 매. 행낭에 네 옷도 있으니까 아예 갈아입던지. 다 입으면 불러."

"이 캄캄한 동굴에 나 혼자 있으라구?"

"……."

"그냥 거기 있어. 어때? 오빤데."

컥 하는 소리와 함께 진파가 부르르 몸을 떨었다.

나가지는 않았다.

쿡, 하고 작은 웃음소리가 들렸다.

벽화가 장난스런 표정으로 진파의 등을 바라보고 있었다.

"어디 가면 안 돼! 나 무서워."

"아, 알았어."

벽화가 옷을 벗는 사르륵 하는 소리가 동굴 안에 미묘하게 울려 퍼졌다.

꿀꺽하고 침 삼키는 소리도 들렸다.

'의외네? 촉감이 좋잖아? 싸늘하면서 청정한 기운도 감돌아. 이거 기물이네.'

벽화는 왼팔부터 시작해 오른팔, 가슴, 배, 양 허벅지까지 완전히 홍관백린사의 가죽으로 몸을 감싸고 있었다.

'묶을 데가 없잖아. 끝을 양쪽으로 잘라야겠네.'

살짝 진파를 바라보았다.

꼿꼿이 동굴 입구만 바라보고 서 있었지만 딱딱하게 굳은 몸이 어색했다.

벽화는 소수마공을 운용해 살짝 홍관백린사의 가죽을 손톱으로 긁었다. 철우로 잘라도 꼼짝 않던 홍관백린사의 가죽이 거짓말처럼 갈라졌다.

'소수마공을 완성했군.'

진파가 먹인 천년하수오와 홍관백린사 덕분이었을 것이다.

그저 남보다 조금 하얗게 보이는 우윳빛 피부. 소수(素手)의 완성형은 오히려 특이함이 눈에 드러나지 않았다.

벽화는 양쪽으로 갈라진 홍관백린사의 가죽을 허벅지에 잘 동여맸다.

얼마나 얇고 정확하게 가죽을 벗겨냈는지 몸에 무엇인가 걸친 느낌이 거의 들지 않았다.

'이거 굉장하네.'

그때 뒤돌아섰던 진파가 작게 물었다.

"다… 다 맺어?"

귀까지 빨개져서 뒤에서도 보였다.

벽화는 혼자 쿡쿡 웃음을 터뜨렸다.

갑자기 놀려주고 싶어졌다.

기껏 매어 놓았던 매듭을 풀고 양쪽으로 잘라낸 홍관백린사의 껍질을 아예 끊어 손 안에 쥐었다.

벽화의 목소리가 울렸다.

"오빠!"

"어?"

"몸에 다 감았는데 이거 매듭을 묶을 수가 없어! 오빠 몸에 맨 가죽처럼 끝을 잘라야 할 것 같아. 오빠가 해줘."

"뭐?"

"아이 참, 오빠가 해줘야 옷을 입을 것 아냐? 그리고 잘 맺는지 봐줘야지!"

"헉!"

벽화는 입을 가리고 쿡쿡 웃음을 터뜨렸다.

진파는 정신이 없었다.

그냥 옷을 입으면 그 다음에 매주겠다고 했는데 매듭을 묶을 데가 다리란다. 다리……. 커헉!

벽화가 다가와 어깨를 잡았다.

"아이, 참! 뭐 해! 춥단 말야. 빨리 잘라서 매줘. 나도 매줬잖아."

"어, 그게……."

대답을 마저 하지도 못했는데 벽화가 진파를 돌려세웠다.

'컥!'

안법을 제대로 수련한 진파.

동굴은 어둑어둑하건만 잘도 보인다.

하얀 홍관백린사의 가죽을 몸에 둘렀지만 벗은 것보다 더했다.

완연한 허리의 곡선.

등에 업었던 느낌보다 훨씬 대단한 가슴.

쭉 뻗은 다리.

가슴까지 찰랑대는 긴 머리카락.

"여기야, 여기."

진파는 얼른 고개를 숙여 벽화가 가리키는 다리 쪽을 내려다보았다. 벽화의 눈을 마주 볼 자신이 없었다.

진땀이 솟구쳤다.

왼팔에서 연혼사 한 가닥을 뽑아내 홍관백린사의 가죽을 잘랐다. 공력을 주입하니 원하는 만큼 쉽게 잘렸다.

어떻게 묶었을까?

잘 기억은 안 나는데 어쨌든 묶었다.

눈앞에 벽화의 손이 보였다.

사추리를 가린 손.

왜 가렸을까?

손 저편엔 무엇이…… 있을까?

"다 묶었어?"

"으…… 응."

"그래?"

벽화는 폴짝 뛰어 진파와 조금 떨어져 섰다.

"오빠, 어때? 잘 묶였어?"

빙글 돈다.

'컥!'

뒷모습도 봤다.

미끈한 등과 한번 만져 보고 싶은…… 꿀꺽.

찰싹 몸에 달라붙은 홍관백린사의 가죽이 부럽다.

'암마! 일곱 살이야! 정신 차려!'

진파는 필사의 각오로 마음속에 갈을 외쳤다.

얼른 동굴 밖으로 눈을 돌렸다.

바위로 막아놓아 머리만 통과할 정도로 좁아진 동굴 입구에서 바람이 들어왔다.

왜 이렇게 시원하냐!

부시럭거리는 소리가 뒤에서 들렸다.

행낭에서 옷을 꺼내 입나 보다.

차츰 피가 식고…… 아래도 잠잠해지고 있는데…… 벽화가 불렀다.

"오빠, 내일 가자며? 이제 자자. 일로 와서 나 팔베개 해줘."

'……!'

잔잔해지려고 하던 심장이 다시 쿵쾅대기 시작했다.

동굴 안 넝쿨 침상 위에 벽화와 진파가 나란히 동굴 천장을 향해 누워 있었다.

진파는 나무토막을 던져 놓은 듯 딱딱하게 굳은 자세였다.

오른팔을 벽화에게 내주고 차려 자세로 굳은 채 말똥말똥 눈을 뜨고 있는 진파.

벽화는 편안한 자세로 눈을 감고 있었다.

고른 숨소리가 들린다.

그러나 진파는 잠이 오지 않았다.

벽화와 동행한 후 몽유병을 염려해서 계속 한방에서 잤지만 이렇게 나란히 누운 것은 처음이었다. 더구나 바로 옆에서 팔을 베고 자고 있다. 완전한 무방비 상태.

오늘은 수혈도 짚지 않았다. 벽화가 싫다고 했다.

분명히 동굴 천장을 바라보고 있건만 홍관백린사의 하얀 가죽을 알몸에 친친 감은 벽화의 모습만 눈앞에 아른거렸다.

'절대 옆으로 고개를 돌려선 안 돼. 절대! 벽화는 날 믿고 있어. 꼭 믿고 있다구~!'

갑자기 벽화가 옆으로 돌아눕는 게 느껴졌다.

"음냐……."

'컥!'

오른쪽 가슴팍에 따스하면서도 부드러운 무언가가 느껴졌다.

'신이시여~!'

"음……."

추웠던 것일까.

진파에게 꼭 붙은 벽화는 안기다시피 몸을 기대왔다.

오른쪽 반신에 벽화의 온몸이 느껴진다.

'헉!'

이마에서 진땀이 돈다.

볼을 간질이는 벽화의 숨결.

벽화가 한쪽 눈을 살짝 떴다 감았지만 천장을 보고 누운 진파는 그것을 볼 수 없었다. 벽화의 얼굴에 희미한 웃음이 떠올랐다가 재빨리 사라졌다.

진파는 서서히 고개를 돌려 벽화를 바라보았다.

바로 눈앞에 평화롭게 눈을 감은 벽화의 얼굴이 보인다.

조금만 얼굴을 가까이 대면 코가 스칠 듯하다.

입도……

'안 돼, 안 돼! 일곱 살이야! 일곱 살!!'

진파는 홱 고개를 돌려 다시 천장을 바라보았다.

숨이 가빠져 크게 심호흡을 했다.

눈을 감았다. 그러자…… 방금 본 벽화의 얼굴이 그린 듯 떠올랐다.

긴 속눈썹.

도톰한 붉은 입술.

'잠결에…… 나도 옆으로 돌아누운 것처럼 하면서 확…… 아, 안 돼! 무슨 생각이야!'

진파는 번쩍 눈을 떴다.

등줄기에 땀이 돋는 것이 느껴진다. 온몸이 열에 달뜬 듯 뜨겁다.

진파가 극도의 갈등에 시달리고 있는데 벽화는 태평스럽게 입맛을 다셨다.

"음냐……."

그리고는 한 팔과 다리를 진파의 몸 위에 턱하니 올려놓았다.

'어억!'

진파의 얼굴이 빨개졌다.

벽화의 다리가 미묘한 곳 근처에 올라왔다.

고개가 의지와 상관없이 돌아갔다.

눈을 감은 벽화가 바로 눈앞에 보였다.

진파는 눈을 감았다.

'일곱 살! 일곱 살!'

이제까지 그를 지켜준 가장 강력한 주문을 왼 진파는 손을 뻗어 벽화의 다리를 조금씩 밀어냈다.

그런데 바로 그때, 갑자기 동굴 천장 한구석에서 음울한 신음 소리가 희미하게 들렸다.

"크으으으으으아아아―"

땅속 깊은 곳에서 울려 퍼지는 듯한 소리. 한(恨)과 고통이 절절하게 배인 소리였다.

진파는 뜻밖의 소리에 깜짝 놀라 눈을 떴다.

벽화도 들었는지 눈을 크게 뜨고 있었다.

'엇!'

둘의 코가 맞닿을 만큼 가까웠다.

진파는 얼른 고개를 뒤로 빼며 천장을 향해 돌렸다. 얼굴이 멋대로 달아오르는 게 느껴졌다.

벽화의 목소리가 들렸다.

"오빠…… 이상한 소리 들었어."

금방 잠에서 깬 듯한 목소리.

진파는 내심 가슴을 쓸어내렸다.

"너도 들었니?"

"응."

"지옥에서 야차가 울부짖는 소리 같았는데……"

계속 귀를 기울였으나 더 이상 아무 소리도 들리지 않았다.

천장을 바라보던 진파는 이상한 것을 발견하고 크게 눈을 떴다.

"어? 벽화야, 저거 좀 봐."

진파가 가리키는 동굴 천장 구석을 향해 벽화도 고개를 돌렸다.

자연히 진파에게 기댄 몸도 떨어졌다.

알 수 없는 상실감이 진파의 가슴을 잠시 스쳤다.

둘은 똑바로 누워 동굴 천장의 한구석을 바라보았다.

막다른 동굴 벽과 천장이 맞닿아 있는 그곳에서 은은한 빛이 새어 나오고 있었다.

부드러운 금색의 빛은 점점 하얗게 변하며 동굴 천장을 따라 물결처럼 밀려들어 왔다. 마치 생명을 가진 것처럼 조심조심 밀려드는 그 빛을 맞아 천장에 붙어 있던 넝쿨 잎들이 나래를 펴듯 조금씩 움직였다.

"세상에……."

벽화의 눈이 동그래졌다. 스르르 몸을 일으켜 앉았다.

어디에 숨어 있었던 것일까.

이파리 사이사이에서 조그맣고 하얀 꽃봉오리가 나타나 빛을 향해 활짝 꽃잎을 펼쳤다.

"아름다워……."

진파는 벌떡 일어나 빛이 들어오는 동굴 천장 쪽으로 몸을 날렸다.

동굴 벽 돌출부를 붙잡은 채 천장을 바라보던 진파가 탄성을 발했다.

"하아!"

밑에서 볼 때는 천장과 이어진 듯 보였던 벽에 구멍이 있었다.

영혼을 어루만져 주는 듯한 따뜻한 빛은 그 구멍에서 쏟아져 나오고 있었다.

거의 일직선으로 뚫린 듯한 구멍.

새로운 동굴이었다.

비스듬히 아래를 향해 뚫린 동혈은 사람도 통과할 만한 넓이였다.

"벽화야, 여기 동굴이 또 있어! 여기서 빛이 나오는데?"

"나도 보여줘!"

"응!"

방금 전 극심했던 내적 갈등은 모두 잊은 듯 진파는 환한 얼굴로 내려와 벽화의 허리를 안았다.

휙—

벽화를 안은 진파가 가볍게 몸을 날려 동굴 입구로 들어갔다.

두 사람의 눈앞에 환한 빛이 하얗게 펼쳐졌다. 눈이 부시지도 않고 뜨겁지도 않은, 마음을 따뜻하게 하는 빛의 물결.

"아아……."

벽화가 꿈을 꾸는 듯한 목소리로 작은 감탄성을 흘렸다.

진파는 마치 만져 보기라도 하듯 손을 뻗치며 중얼댔다.

"무슨 빛일까?"

"오빠, 우리 여기 한번 내려가 보자."

"뭐?"

"궁금해. 오빠 안 궁금해?"

진파를 바라보는 벽화의 눈에는 순수한 호기심과 동경이 가득했다.

잠깐 망설이던 진파가 고개를 끄덕였다.

"좋아, 나도 궁금해! 아, 잠깐만."

진파는 혼자 바닥에 내려와 철우와 행낭을 챙겨 들었다.

떨어뜨린 것이 없는지 꼼꼼하게 확인한 진파는 다시 천장의 동굴로 몸을 날렸다.

"내가 먼저 내려갈게. 경사가 꽤 심하니까 잘못하면 떨어질지도 몰라."

"응."

"조심해서 따라와."

"알았어, 오빠."

"가자."

진파는 싱긋 웃고 몸을 돌렸다. 하얀 빛 속을 향해.

일각쯤 내려갔을까?

경사는 꾸준했으나 바닥이 차츰 미끄러워지기 시작했다.

"벽화야, 조심해."

"응."

벽화는 진파의 등 뒤에 바싹 붙어 걸음을 옮기고 있었다.

"이제 다 온 모양인데?"

"정말?"

"응. 어어?"

"왜?"

"이럴 수가……."

"뭔데? 나도 봐!"

벽화가 진파의 어깨 위로 고개를 내밀었다.

"엇! 조심해!"

진파의 몸이 휘청하며 아래로 미끄러졌다.

"앗!"

벽화가 엉겁결에 진파의 목을 꽉 끌어안았다.

둘의 몸이 구멍의 바닥을 타고 쭈욱 미끄러졌다.

"이런, 으~"

진파가 양팔을 떨쳤다.

팟—! 퍼픽!

진파의 양손이 벽을 뚫고 단단히 꽂혔다.

미끄러지던 두 사람의 몸이 그제야 멈췄다.

"미안해, 오빠."

"괜찮아, 저거나 봐."

고개를 돌린 벽화는 한순간 말을 잃었다.

벽화와 진파는 동굴의 끝에 도달해 있었다.

바닥을 향해 비스듬히 일직선으로 기울어졌던 동굴의 끝은 커다란 지하 광장이 내려다보이는 절벽의 한가운데였다. 지하 광장을 둘러싼 거대한 석벽 중간에 그들이 내려온 동혈이 뚫려 있었던 것.

그 거대한 지하 광장이 하얀 빛으로 가득 차 있었다.

벽화는 아래를 내려다보았다.

이십여 장 아래에 광장을 가득 채운 하얀 빛의 근원이 있었다.

그것은 호수였다.

하얗게 반짝이는 커다란 호수.

호수의 가운데에 커다란 보름달이 둥실 떠 있었다. 그 주변의 물결도 온통 하얀 빛을 반짝반짝 빛내고 있었다.

고요한 수면 위에 가볍게 찰랑이는 달빛의 춤. 온몸이 빨려들 것만 같은 포근하고도 따스한 빛…….

"달빛이었어……."

벽화가 꿈꾸듯 중얼거렸다.

"……응."

"호수가 아니라 달 같아……. 어쩜 저렇게 빛날 수가……. 너무 예뻐……."

"그래……."

진파도 홀린 듯 달빛 가득한 호수를 바라보고 있었다.

벽화는 진파의 등 뒤에 꼬옥 붙어 어깨에 턱을 괴었다.

"꿈속에 들어온 것…… 같아……."

벽화는 가늘게 눈을 뜨고 하염없이 달빛을 맞았다.

얼굴을 간질이는 부드러운 달빛은 벽화의 모든 상처를 깨끗이 씻어주는 것만 같았다. 살아 있다는 실감이 가슴 깊이 저려왔다. 달빛을 볼수 있다는 기쁨이 이렇게 소중한 것인 줄 벽화는 오늘에야 처음 알았다.

"내려가 볼까?"

진파의 목소리가 들렸다. 진파도 달빛에 무언가를 느꼈던 것일까. 평소보다 훨씬 더 달콤하게 들리는 목소리.

"……응?"

"여기는 절벽 중간이잖아. 호수는 한참 아래에 있어."

"응……. 가까이서 보고 싶어."

"잘 잡아."

벽화는 진파의 목을 단단히 잡고 깍지를 끼었다.

의식이 돌아오고 처음 업힌다.

그 등이 얼마나 든든하고 넓었는지 이제야 깨달았다.

'잘…… 잡을…… 게.'

벽화를 단단히 감싸 업은 진파가 훌쩍 몸을 날렸다.

벽화의 머리카락이 위로 솟구쳐 하늘거렸다.

진파는 벽화를 업은 채로 이십여 장을 먼지가 떨어지듯 가볍게 뛰어내렸다. 떨어졌다기보다는 허공을 부유하듯 내려섰다. 검결을 깨달으며 내력의 운용에 한층 익숙해졌던 것이다.

벽화는 등에서 내려와 진파의 옆에 섰다.

"하……. 세상이 아닌 것…… 같아."

"그래……."

둘의 눈앞엔 거대무비한 지하 광장이 펼쳐져 있었다. 성(城) 하나를 들여놓아도 남음직한 웅장한 공간. 그 한가운데에 고요한 호수가 달빛을 받아 반짝였다.

"하늘이 보여."

진파의 말에 벽화도 고개를 들었다.

오십여 장은 족히 될 듯한 높디높은 동굴 벽의 끝에는 지붕이 없었다.

거대한 우물 속에서 한 점의 먼지가 되어 하늘을 바라보는 기분. 끝없는 경외심이 밀려들었다.

반짝이는 별빛들과 그 가운데 찬란히 빛나는 보름달.

밤하늘을 바라보던 벽화가 입을 열었다.

"달이야……."

"그래……. 벽도 반짝여……."

찬연한 달빛이 뻥 뚫린 천공을 뚫고 내려와 호수를 비쳤다. 호수에 반사된 달빛은 동굴 벽을 비추고 그 동굴 벽은 또 달빛을 반사하고 있었다.

그렇게 지하 호수 광장은 달빛으로 가득 차 꿈결처럼 밝았다.

"그래서 이렇게 밝은 거구나……."

벽화가 진파의 손을 잡았다.

"오빠, 나 여기 평생 잊지 못할 거야……."

"나도……."

진파가 맞잡은 손에 힘을 주었다.

벽화는 진파의 얼굴을 바라보았다.

달빛을 흠뻑 받아 부드러운 빛이 가득한 얼굴.

진파도 벽화를 바라보고 있었다.

그 얼굴을 보며 벽화가 속삭였다.

"오빠도 평생 잊지 않을 거야……."

"나도 널……."

진파의 말이 끝나기 전, 갑자기 음울한 신음이 지하 광장에 울려 퍼졌다.

"크으으으으아아아아아!"

명부(冥府)의 영혼이 울부짖는 소리같이 섬뜩함이 가득 찬 소리.

처음 들었을 때보다 훨씬 더 선명했다. 호수의 물이 잘게 파랑을 일으켰다.

진파와 벽화는 동시에 고개를 돌려 소리가 난 쪽을 바라보았다.

"들었지?"

"응."

"저쪽에서 났지?"

"그런 거 같애."

"가보자."

진파는 벽화의 허리를 끌어안고 호수를 향해 몸을 날렸다.

수면을 박차는 발부리가 가볍기 그지없었다.

'좀…… 아쉽네……. 끝까지 듣고 싶었는데…….'

벽화는 진파의 목을 안고 그 얼굴을 부드럽게 응시했다.

삽시간에 호수를 훌훌 건넌 진파가 동굴 벽을 바라보며 발걸음을 옮겼다.

"여기 어디였던 것 같은데……."

벽화의 허리를 안은 팔을 풀고 대신 손을 잡았다.

동굴 벽을 훑어보던 진파가 손가락을 튕겼다.

딱!

"여기다. 여기밖에 없어."

진파가 가리킨 곳은 동굴 벽이 세로로 갈라진 작은 틈이었다. 몸을 옆으로 세우면 충분히 통과할 수 있을 것 같았다.

"들어가 보게?"

"그래야지. 궁금하잖아."

"저 틈…… 갈수록 좁아지면 어떻게 해? 그럼 못 나오잖아."

벽화의 말에 진파는 크게 웃음을 터뜨렸다.

"하하! 여전히 어두운 데를 무서워하는구나. 괜찮아. 몸이 끼더라도 부수고 나오면 돼."

'그게 아닌데.'

벽화는 갈라진 동굴 벽의 그 틈에서 불길한 기운을 느끼고 있었다.

마공을 익혔기에 더 민감한지도 몰랐다.

스멀스멀 피어나오는 섬뜩한 마기(魔氣).

진파가 벽화의 손을 끌었다.

"걱정하지 마. 너도 궁금하지 않니? 가보자."

어느새 진파의 몸은 벽 틈으로 들어가고 있었다.

진파의 손에 끌려 발걸음을 옮기면서 벽화는 가볍게 고개를 저었다.

'하……. 오빠를 누가 말리겠어? ……어! 오빠? 풋!'

구불구불한 동굴 벽의 틈 속은 달빛이 비치지 않아 어둠 속에 깊이 잠겨 있었다.

동굴 벽의 틈은 더 넓어지지는 않았으나 그렇다고 좁아지지도 않았다. 구불구불 굴곡이 심했으나 일정한 넓이로 갈라져 있었다.

더 이상 달빛이 들어오지 않는 것은 물론이고 빛 한 점 없이 깜깜했다.

그러나 진파는 벽화의 손을 꼭 잡고 거침없이 전진을 계속했다.

거의 일 장에 가깝게 걸어온 듯싶었다.

진파의 뒤를 따르던 벽화는 점점 강해지는 마기에 걱정스런 마음이 슬며시 들었다.

'신음 소리로 보아 사람일 거야. 이 정도 마기라면 나도 감당하기 힘들지 몰라……. 어쩌지? 돌아가자고 떼를 써볼까?'

다시 짐승의 울부짖음 같은 낮고도 긴 고함이 들려왔다. 가까이 접근했는지 처음 들었을 때보다 상당히 소리가 컸다.

진파가 뒤를 돌아보았다.

붙잡은 손을 끌어당겨 벽화를 가까이 다가오게 했다.

거의 가슴이 맞닿았다.

'왜 이러지?'

진파의 한 손이 벽화의 볼에 닿았다.

두 눈을 뜬 진파의 얼굴이 곧바로 다가왔다. 입술이 가까워졌다.

'이런 상황에서?'

잠시 망설이던 벽화는 살포시 눈을 감았다.

'응?'

진파의 얼굴은 볼을 스치고 지나가 벽화의 귀 근처에 멈추었다.

'에이……. 쳇!'

진파의 귓속말이 아주 작게 울렸다.

"……벽화야, 지금부터 전음으로 말할 테니까 놀라지 마……. 말소리하고는 좀 다르거든? 고막이 좀 간지러울 거야. 소리 내면 안 되니까 준비됐으면 고개만 끄덕여……. 오빤 깜깜해도 보이니까 말할 필요 없어."

벽화는 간지러움과 함께 살짝 달뜬 기분이 들었다. 기대(?)와는 어긋났지만 귀를 간질이는 진파의 목소리가 왠지 달콤했다. 작게 고개를 끄덕였다.

그제야 진파의 얼굴이 귀에서 멀어졌다.

그리고 전음이 들렸다.

"어때? 좀 간지럽지?"

벽화는 고개를 끄덕였다.

"지금 거의 다 온 것 같거든? 어떤 상황인지는 모르겠지만 위험한 기운이 느껴져."

'그래도 마기를 느끼긴 했나 보네……. 그걸 느끼고도 계속 가겠단 거야?

진파의 전음이 이어졌다.

"뭐가 그런 소리를 내는지 너무 궁금해. 꼭 보고 싶어. 근데 니가 좀 걱정되거든? 여기서 기다리지 않을래? 금방 갔다 올게."

벽화는 볼을 잔뜩 부풀리고 살래살래 고개를 흔들었다. 일곱 살 벽화가 삐칠 때 하던 그 버릇이었다.

난처한 음성이 들렸다.

"야, 위험할지도 모른단 말야. 그러지 말고 여기 있어라. 응?"

벽화는 세차게 고개를 흔들었다.

'바보! 오빠가 위험하단 말야!'

진파가 난감한 듯 이마를 문질렀다.

벽화는 진파에게 한걸음 다가섰다.

그리고 애처로운 표정으로 진파를 올려다보며 진파의 머리를 끌어 내렸다.

진파의 귀에 입을 가까이 한 벽화는 붉은 입술을 방긋거렸다.

"오빠…… 나 깜깜한 데 무섭단 말야. 오빠도 알잖아. 여기 어떻게 혼자 있어? 그러지 말고 돌아가자, 응?"

그런데 갑자기 진파의 등 뒤에서 고함이 터져 나왔다.

그것은 인간의 언어였다. 다급하기 짝이 없는 어조.

"거기 누구냐? 죽기 싫으면 도망 가! 어서!"

진파는 휙 고개를 돌려 소리가 들린 쪽을 바라보았다.

진파의 굳은 얼굴을 바라보며 벽화는 살며시 고개를 가로저었다.

'말려도 소용없겠군. 꼭 가보겠다는 얼굴이네…….'

"벽화야, 저 사람 위험에 처한 것 같아. 아무래도 가봐야겠다."

'휴우……. 어련하시겠어?'

"나도 가."

망설이던 진파는 결국 고개를 끄덕였다.

"음……. 그럼 뒤에 꼭 붙어. 여차하면 다시 이 틈으로 들어오고. 알았지?"

"응."

진파는 벽화의 손을 꼭 잡고 빠르게 앞으로 나아갔다. 잠시 후, 시야가 확 트이며 마침내 동굴 틈을 빠져나왔다.

주위를 돌아보았다.

커다랗게 확 트인 동굴.

달빛이 가득했던 지하 호수 광장보다 규모는 훨씬 작았지만 비슷한 구조였다.

천장에 난 작은 구멍으로 달빛이 일직선으로 내려와 비스듬히 빛의 기둥을 만들고 있었다.

그러나 그 주변은 칠흑같이 어두웠다.

방금 전의 고함 소리가 무색할 정도로 너무나 고요한 것이 진파의 신경을 건드렸다. 진파는 벽화의 손을 놓고 등 뒤에 벽화를 세웠다. 양 팔을 들어 언제라도 손을 쓸 수 있도록 자세를 갖추었다.

'굉장히 위험한 것처럼 들렸는데 왜 이렇게 조용하지? 그 사람은 어디 있는 거야?'

흔한 종유석 하나 없는 매끈한 동굴에선 전혀 인기척이 들리지 않았다.

바닥에 박쥐 같은 작은 동물의 잔해가 굴러다녔으나 어디에도 커다란 위험은 눈에 띄지 않았다. 동굴 벽의 틈을 거쳐 오며 내내 느꼈던 그 마기가 지금은 느껴지지 않았다.

그때 어둠 저편에서 무언가가 보였다. 언뜻 보면 바위같이 보이는 그것은 사람이 웅크리고 앉아 있는 것처럼 보였다. 잠시 후, 그것이 꿈틀하고 움직였다.

'사람이다!'

"이봐요!"

아무 대답도 없었다.

어둠 속에 있던 사람은 대답 대신 웅크렸던 몸을 일으켜 세웠다.

낮은 웃음소리가 들려왔다.

"크크크……."

진파는 온몸에 소름이 쭈욱 돋는 것을 느꼈다.

동굴 벽을 통과하며 내내 느꼈던 그 마기.

그것이 폭발하듯 진파를 향해 밀려들었다.

'괴성(怪聲)의 주인은 이놈이었구나! 오지 말라고 고함쳤던 그 사람은 어디 있는 거야?'

빠르게 주위를 훑어보았으나 동굴 속에는 그 괴인 이외엔 아무도 없었다.

'그새 죽인 건가?'

살기가 피부를 뚫을 정도로 압박해 왔다.

몸을 움직이기 힘들 정도의 마기.

진파는 공력을 있는 대로 끌어올렸다. 전신을 압박하던 마기가 조금 느슨해졌다.

'대체 어떤 놈이야?'

철컹. 스르르.

무언가 끌리는 소리와 함께 괴인이 천천히 한 걸음씩 다가왔다.

'쇠사슬?'

철컹거리는 귀를 자극하는 소리는 괴인이 끌고 있는 쇠사슬 소리였다.

괴인은 양 발목에 족쇄가 채워진 상태였다.

팔목에도 쇠사슬이 달린 족쇄가 채워져 있었다.

얼마나 오랫동안 동굴 속에 있었는지 괴인의 옷은 너덜너덜하게 삭아 거지의 누더기를 걸친 듯했다. 신발도 신지 않은 맨발에다 헝클어진 머리가 허리까지 내려와 괴인의 얼굴은 보이지 않았다. 검은 머리로 보아 중년을 넘지는 않아 보였다.

괴인이 돌연 오른손을 뻗었다.

벽을 향해 아무렇게나 뻗은 오른손.

피잉—

그 손 안에 한 자루의 검이 빨려들듯 날아와 잡혔다. 칙칙한 묵빛을 띤 검은 예사로운 물건이 아닌 듯 어둠 속에서도 섬뜩한 예기를 발하고 있었다.

'검? 더구나 허공섭물?'

진파는 슬쩍 한걸음 물러섰다. 심상치 않았다.

혼자라면 모르겠지만 벽화가 있었다.

'성급했구나…… 벽화를 두고 올 걸……'

괴인의 마기가 점점 강해졌다.

달빛 기둥 바로 앞에서 괴인은 걸음을 멈추었다.

"도망가긴…… 늦었…… 다. 크크."

'이 목소린!'

도망가라고 외쳤던 바로 그 목소리. 괴인이 바로 그 목소리의 주인 공이었던 것을 진파는 뒤늦게 깨달았다. 그리고 그 한순간의 동요로 말미암아 동굴 벽의 틈으로 후퇴할 수 있는 기회를 놓치고 말았다.

"카아—"

괴인의 몸이 빛살처럼 진파를 향해 돌진했다.

오 장이나 떨어져 있었는데도 괴인은 단번에 그 거리를 도약해 검을 휘둘렀다. 일도양단(一刀兩斷)의 기세로 칼처럼 내려치는 극히 단순한 초식. 그러나 그 위력은 결코 단순하지 않았다.

부욱—

검이 떨어져 내리는데 바람을 가르는 소리가 아니라 천이 찢어지는 소리가 들렸다. 공기를 압축해 찢어발기며 내리 꽂히는 가공할 검세. 미세하게 떨리는 검끝에서 산악이라도 뭉갤 만한 무시무시한 검풍이 피어올랐다.

"이런!"

진파는 재빨리 벽화의 허리를 잡고 좌측으로 몸을 날렸다. 뒤로 몸을 날린다고 피할 수 있는 검세가 아니었다. 사방이 온통 괴인의 검세 아래 노출되어 있었다.

콰아앙—!

괴인의 검은 진파가 서 있던 자리에 그대로 내리 꽂혔다.

우르릉—

검세의 여파에 진파가 들어왔던 동굴 벽의 틈이 그대로 무너져 주저 앉았다.

'낭패다!'

퇴로라고는 천장에 난 구멍밖에 없었다. 진파는 힐끔 높이를 가늠하고는 암담한 기분에 빠졌다.

'삼십 장! 벽화를 안고는 오를 수 없어!'

괴인을 제압하지 않고서는 결코 동굴을 빠져나갈 수 없었다.

'선공이다.'

진파는 마음을 먹자마자 양 팔목을 떨쳤다.

스무 줄기의 연혼사가 한꺼번에 발출되었다.

츄리리리리리릿—

연혼추 스무 개가 괴인의 전신 대혈을 노리고 쏜살같이 쇄도했다.

'중검(重劍)을 쓰는 자니까 쉽게 막을 수는…… 헉!'

진파의 예상을 비웃기라도 하듯 괴인의 검이 허공에서 춤을 추었다.

따다다다당—

연혼추를 튕겨내는 괴인의 검은 좀 전에 보여주었던 무지막지한 검격이 아니라 세밀하기 짝이 없는 연환쾌검이었다. 섬전같이 찔러오는 검끝에 연혼추 스무 개가 모두 허공으로 튕겨 올랐다.

'이잇!'

진파의 열 손가락이 춤을 추었다.

연혼사를 튕겨내자 허공으로 튀어 올랐던 연혼추가 방향을 바꾸어 내리 꽂혔다. 연혼탄이었다.

"크크……."

괴소가 터져 나오며 괴인의 신형이 그 자리에서 사라졌다.

진파는 강호에 나오고 난 후 연혼탄을 피하는 상대를 처음 만났다.

한 번 튕겨낸 연혼추가 허공에서 회전하는 것을 이렇게 쉽게 피하는 상대는 상상도 못했던 진파.

경험 부족이었다.

그 찰나의 틈을 놓치지 않고 괴인의 검이 진파의 전신을 쓸었다. 어느새 진파의 좌측에 나타나 자욱한 검영(劍影)을 흩뿌렸다.

"헛!"

진파는 피할 수 없었다.

등 뒤엔 벽화가 있고 그 뒤엔 동굴 벽이 있었다.

"타핫!"

진파는 양팔을 괴인을 향해 그대로 휘둘렀다.

피이이이잉—!

허공에 물결치던 연혼사 스무 줄기가 꼿꼿이 곤두서며 그대로 괴인의 검과 몸을 휩쓸어갔다.

연혼사를 칼처럼 사용하는 연혼도!

내력의 운용도 더욱 능숙해져 연혼도의 기세는 날카롭기 짝이 없었다.

"캇!"

카카카카캉!

진파는 눈을 부릅떴다.

열정 사태의 검도 조각 내버렸던 연혼도가 괴인에게는 통하지 않았다. 하늘을 덮을 듯 불규칙하게 쇄도하는 연혼도 스무 개를 괴인의 검은 놀라운 변화를 동반한 채 모두 튕겨냈다.

"젠장!"

진파는 벽화의 허리를 안고 다시 우측으로 도약했다. 연혼사로 다시 공격하기 위해서는 거리를 두어야 했던 것. 진파는 우측 구석으로 몸을 날렸다.

긴 타원형으로 이루어진 동굴의 가장 안쪽. 괴인에게서는 제일 먼

곳이었다.

괴인이 진파를 따라 몸을 날렸다.

텅!

"큭!"

진파를 따라 몸을 날리던 괴인의 몸이 허공에서 멈추었다 떨어졌다. 마치 무언가 괴인의 몸을 잡아끈 것처럼.

"크아아아아아아!"

바닥에 선 괴인이 다시 고함을 쳤다.

동굴 안을 웅웅 울리는 고함 소리가 진파의 청각조차 마비시킬 지경이었다.

'뭐야?'

괴인은 허공에서 떨어진 그곳에서 마구 소리를 치며 몸을 흔들었다. 그러나 철컹대는 소리만 요란할 뿐 괴인의 몸은 더 이상 진파에게 접근하지 못했다.

'쇠사슬에 제압당해 있는 거구나.'

연혼사도 튕겨낼 정도로 강한 검이건만 괴인은 쇠사슬을 끊을 수 없었던가 보다. 시도조차 하지 않고 허공을 바라보며 울부짖을 뿐이었다.

전신을 속박하는 쇠사슬에 대한 분노인지 괴인은 잠시 진파를 잊은 듯했다.

그의 고함이 오래도록 동굴 안을 가득 메웠다.

한동안 정신없이 고함을 질러대던 괴인은 그 자리에 우뚝 서 하얀 달빛 기둥을 하염없이 바라보고 있었다.

진파와 벽화가 있는 곳에서 동굴 천장으로 가기 위해선 반드시 괴인이 있는 곳을 통과해야만 했다. 그래서 한 식경이 지나도록 진파는 괴인을 관찰만 하고 있었다.

제정신이 아닌 듯했다.

미처 날뛸 때는 그렇게 무섭도록 마기를 뿜어대더니 지금은 고요한 것이 마치 석상과도 같았다.

'이상해……'

진파는 괴인을 관찰하며 고개를 갸웃거렸다.

괴인의 몸에선 아직도 조금씩 마기가 새어 나오고 있었지만 그의 검에는 확실히 어떤 품격이라는 것이 있었다.

그것은 결코 마인의 검이 아니었다.

명사의 기품이 물씬 나는 중후한 검.

괴인이 진파를 공격한 검은 세 가지 초식이었다.

처음 공격했던 중검(重劍)과 연혼추를 튕겨낼 때 사용한 연환쾌검, 마지막으로 연혼도를 가로막았던 그 현란한 변검.

각기 다른 지향을 갖고 있는 검초들이 괴인의 검에는 자연스럽게 녹아들어 있었다. 그것은 마인의 검이 분명 아니었다. 고된 수련의 결과, 뼈를 깎는 고통으로 성취한 것이 분명했다.

'비슷해.'

진파는 고개를 다시 한 번 갸웃거렸다.

괴인의 검초는 진파가 깨달은 검결의 다섯 초식 중 세 초식과 놀라울 만큼 흡사했다.

'첫 초식은 쾌검. 발검을 이용해 검격을 떨치고 그 후에 연환해서 사용하지.'

비슷했다.

'두 번째 초식은 변검이야. 일검에 삼십팔변을 담아야 해. 그것이 끊임없이 이어져야 하지.'

역시 비슷했다.

'세 번째 초식은 중검……. 확실히 비슷해…….'

공철이 무적검보를 넘겨주면서 출처를 확실히 가르쳐 주지는 않았다. 그러나 기록된 검보라면 누군가 진파처럼 해석해 익혔을 수도 있었다.

'같은 검결을 익힌 사람이란 말인가?'

비슷한 점도 있었지만 다른 점도 있었다.

진파는 자신이 깨달은 검초들을 하나하나 떠올려 보았다.

'사초부터는 어렵겠지만 삼초까지는 펼칠 수 있어.'

괴인에게 연혼사가 소용이 없다는 사실은 이미 깨달은 진파였다.

이 동굴을 빠져나가려면 괴인을 뚫고 나가는 수밖에 없었다.

진파는 마음을 다졌다.

'좋아, 해보자!'

등 뒤의 벽화를 바라보았다.

겁에 질린 것 같지는 않았다.

벽화도 열심히 괴인을 지켜보고 있다 고개를 돌린 진파를 바라보았다.

벽화가 입을 뻥긋거렸다.

"오빠, 왜?"

진파는 피식 웃고 전음을 보냈다.

"아무래도 저 사람 제정신이 아닌 것 같다. 누구한테 제압당해 강금

당한 것 같아."

"저 사람 이길 수 있겠어?"

벽화가 걱정스러운 얼굴로 물었다.

진파는 고개를 끄덕였다.

"이기진 못하더라도 지지는 않을 거야. 저 사람은 묶여 있어서 행동 반경이 제한되어 있어. 그걸 이용해야지. 탈출을 목적으로 하면 불가능하진 않을 것 같아."

벽화가 살짝 진파의 소매를 잡았다.

"조심해."

"걱정 마. 근데 좀 이상한 게 있어. 저 사람 검이 내가 깨달은 검식하고 굉장히 비슷해. 넌 여기 좀 있어. 여긴 닿지 않으니 안전할 거야. 저 사람과 검을 섞어봐야겠어."

벽화의 눈이 동그래졌다.

'뭐라고! 그렇다면⋯⋯!'

그때 갑자기 괴인이 신음을 토해냈다.

"끄ㅇㅇㅇㅇ."

달빛 기둥을 바라보던 괴인이 지면을 향해 쾅쾅 발을 굴렀다. 주먹으로 자기 머리를 마구 쳤다.

수차례 자신을 구타하던 괴인이 천천히 고개를 들어 진파를 바라보았다.

"크크크크⋯⋯."

괴인이 검을 치켜 올리자 진파도 검을 뽑아 들었다.

챙—

철우가 검집을 벗어나 진파의 손에 잡혔다.

우웅—

진파는 머리 속에서 검명을 들으며 고개를 끄덕였다.

'처음 잡았을 때 후로 처음이구나, 철우. 잘해보자.'

진파는 혀를 내밀어 윗입술을 핥았다.

그리고 괴소(怪笑)를 흘리는 괴인을 향해 돌진했다.

"하아아앗!"

진파의 낭랑한 기합 소리가 동굴 안을 가득 채웠다.

제16장 무적검법(無敵劍法)

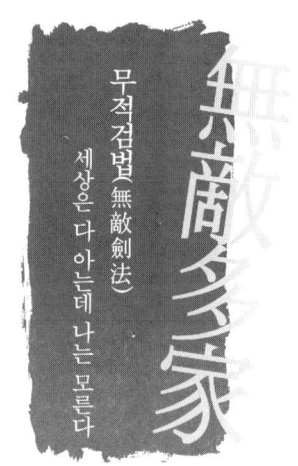

무적검법(無敵劍法)

세상은 다 아는데 나는 모른다

챙—

채챙— 차르르—

진파와 괴인의 검이 빛살처럼 번뜩이며 엉켜 돌아갔다.

'굉장하다.'

직접 검을 맞대고 보니 괴인의 검공이 얼마나 대단한지 머리끝
이 다 서늘해져 왔다.

아직 이름도 붙이지 못한 검결의 일초식, 연환쾌검을 구사하는
진파의 검에 괴인도 쾌검으로 맞섰다.

진파가 해석한 검결의 일초식은 모두 스무 개의 변초를 담고
있었다.

발검부터 이어지는 연환쾌검.

'비어 있어 가득하니 아무리 써도 마르지 않는다!'

진파는 검결의 첫 구절을 되뇌었다.

검결에 써 있던 첫 구절은 연환쾌검 전체의 흐름을 하나로 집약해 설명한 것이다. 검결을 해석할 수 없을 때에도 뜻만은 항상 염두에 두었던 진파. 머리로만 이해하고 체화하지는 못했던 일초식의 뜻이 괴인과 검을 섞으며 점점 선명하게 다가왔다.

'초식은 분명히 조금 달라. 그런데 검의 뜻은 비슷해. 비어 있다…….
비어 있다…….'

괴인의 검은 항상 허허롭게 시작되었다.

어깨의 움직임이 거의 없는 안정된 자세에서 그의 검은 뜻밖의 지점으로 날아들었다. 전혀 사전 예고 동작 없이 뿌려지는 괴인의 검은 그래서 더욱 날카로웠다.

'비어 있다는 건 알겠어. 전혀 검을 내칠 것 같지 않은 자세에서 시작되니까……. 그런데 가득하다는 건 뭘까……? 헉!'

진파는 괴인의 검이 철우의 검로를 끊으며 전혀 뜻밖의 허점을 파고들자 다급히 전권에서 물러났다.

철컹—!

쇠사슬의 범위 밖으로 물러난 진파를 잡지 못하자 괴인이 고함을 터뜨렸다.

"카아아아—"

진파는 꿀꺽 침을 삼켰다.

'정말 날카롭고 빠르다……. 어째서 저렇게 빠를까?'

같은 연환쾌검식이었지만 괴인의 연환 속도는 진파에게 비길 수 없었다. 초식의 정묘함은 진파가 조금 앞서 있는 듯했지만 연환의 묘리를 알지 못하는 한 괴인의 쾌검을 감당하기는 힘들어 보였다.

'잘 봐야 해!'

진파는 연환쾌검을 완성하는데 있어 괴인의 검이 결정적인 단서를 제공해 줄 수 있다는 것을 깨닫고 동굴을 빠져나가야 한다는 사실마저 잊었다.

철우를 고쳐 잡고 괴인을 향해 쇄도했다.

"핫!"

진파의 검이 괴인의 허리를 노리고 쏘아졌다.

챙!

섬전을 방불케 하는 쾌검이었지만 괴인은 수월하게 진파의 검을 막아냈다.

'지금부터야.'

진파는 오감을 모두 열어 괴인의 검로를 주시했다. 괴인의 검은 이제부터 연환을 시작할 터였다.

진파의 검을 튕겨낸 묵빛 검끝이 곧바로 진파의 목을 노렸다.

아무런 예비 동작 없이 휘청 휘어져 들어오는 검.

'어떻게 이럴 수 있지?'

진파는 눈을 부릅뜨며 고개만 틀어 검을 피했다. 최소한의 동작으로 피하며 괴인의 연환검을 끝까지 관찰할 생각이었다.

"억!"

진파의 입에서 당혹성이 터졌다.

목을 스쳐 지나친 검이 곧바로 머리를 노리며 궤도를 틀었던 것.

진파는 다급히 몸을 숙이면서도 여전히 괴인을 뚫어져라 바라보고 있었다.

'어디에서 변하는 거야? 가득 차 있다는 건 뭐야!!'

괴인의 검이 휘릭 방향을 틀어 어깨의 견정혈을 노리고 떨어졌다.

그 순간 진파는 눈을 빛냈다.

'손이다!'

분명히 보았다.

검의 궤도를 바꿀 때 괴인은 전혀 어깨와 팔을 움직이지 않았다. 손목을 비튼 것도 아니었다.

'손가락으로만 잡고 움직이고 있어!'

철우를 들어 어깨에 꽂히는 묵빛 검을 튕겨냈다.

챙—!

괴인의 검을 막아내고 재빨리 좌측으로 몸을 이동했다. 기본적인 삼재보를 응용한 것이었지만 괴인의 옆구리에 순간 허점이 생겨났다.

쉬익—

철우의 검풍이 매섭게 울렸다.

그때 괴인의 몸이 시야에서 사라졌다.

'헉! 엄청 빠르다!'

뒷덜미에 써늘한 검기가 느껴지자 진파는 홱 몸을 낮추었다.

샤각—

진파의 머리카락이 검풍에 휘말려 잘려 나갔다.

'비어 있어 가득하다—!'

진파는 자신의 머리카락이 잘려 허공에 뿌려지는 것을 보는 순간 연환쾌검식의 뜻을 깨달을 수 있었다.

손가락으로 잡고 악력의 힘으로 검을 쳐내는 것. 그렇기에 괴인의 검은 기척도 없이 시작될 수 있었고, 그렇기에 그렇게 빠를 수 있었던 것이다.

빈 것과 가득한 것은 따로 떨어져 있는 것이 아니었다. 비어 있기에 가득할 수 있는 것이다. 비어 있다는 허함이 검기로 세상을 가득 채울 수 있는 가능태의 원형인 것이다!

뒷덜미가 싸늘해졌다. 괴인의 검 때문이 아니라 깨달음의 환희 때문에.

"핫—!"

진파와 괴인의 신형이 뒤섞여 잔영만이 난무했다.

유혼신법을 최대한 펼치며 괴인의 빠른 신법과 맞선 채로 진파는 방금 깨달은 연환검의 묘리를 마음껏 펼쳤다.

챙챙챙챙—

진파도 손가락으로만 검병을 잡고 철우를 움직이고 있었다.

공철의 훈련으로 인해 한 손가락만으로도 물구나무를 설 수 있었던 진파, 열 손가락 모두 그렇게 단련했던 바 손가락으로만 검을 잡고도 마음껏 쾌검을 펼칠 수 있었던 것이다.

진파의 입에서 맑은 웃음이 터졌다.

"된다, 돼! 아하하하하!"

진파의 웃음소리를 들으면서도 벽화는 조마조마했다.

'두 사람 검이 너무 비슷해.'

진파가 펼치는 쾌검식이 괴인의 쾌검식에 비해 초식이 좀 더 복잡하고 정묘해 보이기는 했다.

그러나 현란하게 얽혀 돌아가는 두 사람의 연환쾌검식은 검이 가진 뜻이 너무나 비슷해 보였다.

소수마후로 본격 제련되기 전, 끝없는 무공 수련을 받았던 벽화는 그것을 너무나도 확연히 느낄 수 있었다.

'저 사람이…… 그 사람일까? 아니면 같은 검법을 익히기만 한 걸까?'

어두운 동굴 안이었지만 벽화는 모든 사물을 정확히 식별할 수 있었다.

그러나 괴인의 얼굴은 얼마나 오랫동안 감지 않았는지 너무도 긴 머리카락이 뻣뻣하게 얼굴에 달라붙어 버려 알아볼 수가 없었다.

언뜻언뜻 드러나는 부분만으로는 확인할 수가 없었다.

이름도 모르는…… 얼굴과 목소리만 기억나는 생명의 은인, 벽화의 정신을 지탱해 주었던 바로 그 사람……. 오랫동안 마음에 품고 있었던 그분…….

벽화는 두 주먹을 꼭 쥐고 괴인과 진파의 대결을 안타깝게 바라보고 있었다.

'진짜 그 사람이면…… 부자 간일 수도 있어. 오빠! 아버지일 수도 있다구!'

괴인의 검이 진파의 철우에 의해 자주 막히기 시작했다.

진파가 갈수록 초식의 운용에 익숙해져 가자 정묘함에서 열세를 드러내기 시작했던 것이다.

괴인이 쇠사슬을 철컹대며 울분에 찬 고함을 터뜨렸다.

"크아아아."

순간 괴인의 검이 변했다.

섬전 같은 속도로 진파를 난도질해 오던 검이 화려한 변화를 동반한 검무(劍舞)로 바뀌었다.

'변검(變劍)이다!'

진파의 눈이 빛났다.

괴인의 검이 눈덩이처럼 불어나기 시작했다.

검은 하나건만 보이는 검끝은 점점 늘어났다.

'한 개 한 개가 모두 실초야!'

진파는 동작을 작게 움츠려 괴인이 어떻게 검을 펼치는가를 최우선으로 관찰하려 했다. 잘만 하면 두 번째 초식까지도 깨우칠 수 있을 터.

그러나 그것은 진파의 오만이었다.

"큭!"

진파가 팔을 감싸며 전권에서 도망쳐 뒤로 물러났다.

"크오오오―"

진파를 놓친 괴인이 다시 쇠사슬을 철컹대며 분노를 터뜨렸다. 검을 홱 흩뿌리자 선명한 붉은 피가 바닥에 뿌려졌다.

"오빠!"

진파는 힐끔 뒤를 돌아보며 벽화를 안심시켰다.

"괜찮아, 스친 거뿐이야."

"그만 해, 오빠!"

"아냐, 이런 기회는 다시 오지 않을 거야. 이 사람과 검을 섞는 것은……."

진파는 혈을 눌러 지혈하며 벽화를 향해 웃음 지었다.

"정말 재밌어!"

진파가 다시 괴인을 향해 달려들었다.

"오빠―!"

벽화의 부름에도 진파는 뒤를 돌아보지 않았다.

그의 얼굴엔 정말로 즐거운 웃음이 가득 피어올라 있었다.

"헉… 헉……!"

진파는 숨을 헐떡였다.

철우로 동굴 바닥을 짚은 채 한 무릎을 꿇고 있는 진파.

벽화는 진파의 곁에 쭈그려 앉아 걱정스러운 얼굴로 진파를 바라보았다.

"오빠…… 그만 하지?"

진파는 고개를 흔들었다.

"오빠, 꽤 많이 다쳤어. 이 피 좀 봐."

괴인의 날카로운 검에 진파의 옷깃이 여기저기 갈라져 있었다. 몇 군데는 상처가 꽤나 깊어 지혈을 해도 쉽사리 피가 멈추지 않을 정도였다. 그러나 진파는 고개를 흔들었다.

"아직 변검을 파악하지 못했어."

"그러다 더 심하게 다치면 어쩌려고? 그럼 조금 쉬기나 해."

진파는 벽화의 말에는 대답하지 않고 달빛 기둥 너머에 서서 자신을 바라보는 괴인을 응시했다. 나직한 괴소를 흘리며 처음과 똑같은 자세로 바라보는 괴인. 둥글게 검을 휘젓는 게 빨리 오라고 부르는 것만 같다.

"벽화야……."

"응?"

"너 혹시 '움직이면 움직일수록 더 많이 변한다' 는 말이 무슨 말인지 알겠니?"

잠시 침묵하던 벽화가 짧게 물었다.

"그게 뭔데?"

진파는 벽화를 보고 있지 않아 그녀의 얼굴에 서린 표정을 보지 못했다.

"오빠가 알고 있는 변검의 첫머리에 적힌 말이야. 아주 쉬운 말이라고 생각했는데 그게 아니었나 봐. 아무리 검을 움직여도 저 사람같이 검식에 변화를 줄 수가 없어. 그냥 삼십팔변만 일검에 담으면 성공이라고 생각했는데 그게 아닌가 봐. 아무래도 잘 모르겠다."

벽화의 대답을 기다린 것이 아닌 듯 진파는 끄응 소리를 내며 몸을 일으켰다. 무릎 관절에서 우득 하는 소리가 났다.

"쉬라니까?"

벽화가 진파의 옷깃을 붙들었으나 진파는 조용히 그 손을 떼어냈다.

"뭔가 잡힐 듯 잡힐 듯한데 잡히지 않아. 지금 쉬면 이 느낌마저 놓칠 거야."

벽화를 보며 진파는 씨익 하얀 이를 드러냈다.

"걱정 마. 하다 안 되면 잠깐 물러나서 쉴게."

벽화는 진파의 어색하기 그지없는 웃음을 바라보았다.

'그게 지금 나 안심시키겠다고 하는 말이야? 바보! 얼굴은 절대 안 물러날 거란 표정이잖아!'

그러나 벽화는 진파를 말리지 못했다.

그녀가 보기에도 진파의 변검은 괴인의 변검에 비해 확실히 모자랐다. 속도나 변화의 문제가 아니라 근본적인 차이가 있었다. 그것을 알려줄 수 없는 것이 벽화는 안타까웠다. 일곱 살 벽화가 알려줄 수 있는 그런 게 아니었던 것.

'아닌 척 가르쳐 주는 무슨 방법 없나?'

아까부터 생각했지만 좀체 떠오르지 않는다.

벽화가 아미를 찡그리며 생각에 잠기려는데 진파가 한걸음 앞으로 나섰다. 더 말릴 기회를 놓친 벽화는 불쑥 입술을 내밀었다.

'으유! 저 쇠고집!'

"많이 기다렸죠? 다시 한 번 놀죠."

진파의 말에 괴인은 마치 기쁘기라도 한 듯 큭큭 웃음을 터뜨렸다. 묵빛 검을 빙글빙글 회전시키는 손짓엔 언뜻 장난스런 기쁨마저 엿보였다.

진파는 철우를 고쳐 잡으며 괴인이 정말 자신과 놀고 있다는 생각이 얼핏 들었다. 처음과 같은 살기가 괴인의 검에 실리지 않고 있었던 것이다.

'저 사람, 저런 꼴로 변한 걸 보면 이곳에 한참 갇혀 있었나 봐. 되게 심심했겠네. 나 같아도 미쳤겠다.'

진파는 어느덧 괴인에게 친근함마저 느끼게 되었다. 검식이 비슷해서만은 아니었다. 뭔가 마음을 잡아끄는 인연의 끈이 느껴진달까.

진파는 괴인을 향해 조용히 검을 겨누었다.

괴인을 향한 철우의 검끝을 바라보면서 진파는 살짝 미간을 찌푸렸다.

'아아… 움직일수록 더 많이 변한다……. 그건 당연한 거 아냐? 근데 왜 뭔가 모자란 것 같은 거야? 저 사람 검하고 어디가 틀린 걸까?'

검을 섞으며 아무리 눈을 부릅뜨고 바라보아도 괴인의 검이 어떻게 그렇게 많은 분열을 일으키는지 파악을 할 수 없었다.

허초를 섞나 생각했지만 그도 아니었다. 자신의 핏빛 상처들이 바로 그 증거였다.

진파는 철우를 고쳐 잡으며 무릎을 낮추었다.

'별수없어. 뭔가 떠오를 때까지 부딪쳐 보는 수밖에.'

안 될 때는 몸으로 때운다.

공철에게 수련받으며 어느새 몸에 익어버린 버릇.

'하다 안 되면… 그래도 하는 거야!'

진파의 입에서 우렁찬 기합이 터져 나왔다.

"이야아아아—"

다시 괴인과 진파의 검이 수없이 많은 변화를 일으키며 얽혀 돌아갔
다.

벽화는 괴인과 진파의 비무를 보며 내심 혀를 차고 있었다.

'정말 왜 저러는 거야!'

이제 슬슬 짜증까지 난다.

벽화가 보기에 진파는 좀 이상한 면이 있었다.

사람은 좋아 보이는데 어딘지 외골수 기질이 있다.

머리는 좋은데 어떨 때 보면 눈치가 정말 황이다.

지금만 해도 그렇다.

벽화가 보기에 진파의 변검이 제 모습을 찾지 못하는 이유는 정말정
말 간단했다.

'오빠 검법은 하나라구. 두 개, 세 개가 아니라구우~!'

진파는 초식을 익힘에 급급해 자신이 깨달은 검법이 하나의 뜻을 따
르는 전체임을 잊고 있었다.

나무만 보느라 숲은 보지 못하는 꼴.

처음 익힌 쾌검의 뜻과 연결만 하면 풀릴 수 있는 문제를 진파는 전혀 감도 잡지 못하고 있었다.

'아! 또 다쳤네? 저 답답이!'

벽화의 말을 진파는 물론 들을 수 없었다.

"큭!"

또 베었다.

팔뚝에 새로 생긴 상처가 벌어져 불덩이로 지지는 고통이 느껴졌다.

진파는 이를 악물었다.

괴인에 대한 친근감은 여전했지만 슬슬 열불이 나기 시작했다.

이제 괴인은 진파를 갖고 놀고 있었다.

큭큭대는 웃음 속엔 분명히 가학적 유쾌함이 짙게 묻어났다.

화려하기 짝이 없는 변검.

괴인의 검은 진파가 해석한 이초식처럼 일검에 수많은 실제 변화를 동반하는 변검의 일종이었다. 그러나 진파가 펼치는 변검과는 분명히 달랐다.

그 유연한 변화의 폭을 진파로서는 도저히 따라잡을 수 없었다.

대가리 깨지더라도 부딪쳐 알아내겠다는 정신으로 끝까지 변검을 펼칠 뿐이었다.

그런데 갑자기 괴인의 검이 느릿해졌다.

'응?'

괴인의 검에선 어딘가 자애스러운 느낌이 묻어났다. 마치 따뜻한 친구가 어깨를 감싸주는 듯한.

진파는 어느새 손을 멈추었다.

괴인의 검은 진파를 노리지 않고 있었다.

마치 홀로 연무라도 하듯 느릿하게 검무를 추고 있을 뿐이었다.

진파의 눈이 커졌다.

그토록 현란하게 눈을 빼앗던 괴인의 검은 천천히 하나로 움직일 뿐이었다. 그 움직임의 궤적이 진파의 눈을 붙들었다.

허허롭게 시작되어 느릿하게 뻗어가는 괴인의 묵빛 검.

'가만, 가만.'

어깨와 손의 움직임을 따라 눈을 돌리던 진파는 검병을 움켜쥔 괴인의 손에 눈을 고정시켰다.

'어!'

그 많은 검의 변화에 가려 진파는 보지 못했었다.

더 많이 변화를 주려고 있는 힘껏 검병을 움켜만 쥐고 있다 생각했었다.

그러나 괴인의 손은 검병을 쥐고 있지만은 않았다.

굳게 움켜쥐고 있다 생각한 괴인의 손이 검이 궤도를 바꾸는 그 찰나의 순간, 미묘하게 움직이고 있었다.

'손가락을 움직이잖아?'

괴인의 손가락이 미세하게 움직이며 검의 궤도를 조금씩 틀고 있었다. 그것은 연환쾌검을 시전할 때와 비슷한 출발이었다. 손목과 팔꿈치, 어깨와 몸 전체가 손가락에서 출발한 움직임을 따라 하나로 꿰어 새로운 동작과 방향을 만들고 있었다.

'비어 있어 가득하니 아무리 써도 마르지 않는다……. 움직이면 움직일수록 더 많이 변한다……!'

진파는 쩍 하니 입을 벌렸다.

그제야 자신이 무엇을 놓치고 있었나 깨달을 수 있었다.

일초식과 이초식을 완전히 따로 떼어놓고 생각했던 것. 이초식인 변검 또한 일초식인 연환쾌검과 같은 선상에 놓인 검법이었다. 하나의 검법에 속한 초식이 완전히 다른 뜻을 갖고 있을 수는 없었던 것.

쾌검과 변검이라는 그 엄청난 외견상의 차이점 때문에 까맣게 놓치고 있던 부분을 진파는 그제야 깨달았다.

"에구, 에구!"

진파는 자신의 머리를 쥐어박았다.

몸에 가득히 난 상처가 그렇게 미련스러워 보일 수가 없었다.

"완전히 생고생했네."

괴인이 어느덧 검을 멈추고 진파를 보았다.

큭큭 하고 웃음을 터뜨리더니 진파를 향해 다시 검을 들었다.

까닥까닥 검끝을 흔들었다.

진파도 고개를 끄덕였다.

"이제 알았다구요. 두고 봐요. 내 몸에 난 것만큼 잔뜩 상처를 만들어줄 테니까!"

진파가 눈을 빛내며 괴인을 향해 뛰어들었다.

괴인의 묵빛 검이 화려하게 번뜩이며 진파를 반겼다.

"어! 아! 에……. 아!"

벽화는 진파와 괴인의 대결을 바라보며 계속 이상한 소리를 내고 있었다. 얼굴엔 조바심이 가득했다.

진파가 불리할 때는 빨리 검법의 속뜻을 깨닫지 못해 답답하기만 하더니 이제 와 서로 대등하게 변검을 겨루게 되자 다른 걱정이 물밀듯 밀려들었다.

괴인은 진파의 아버질지도 모르고 그녀의 은인인 그일지도 몰랐다. 아니, 괴인이 진파의 아버지라면 그녀의 은인인 그일 것이다.

진파가 서툴 때에는 사정을 두며 장난을 치듯 하던 괴인의 검이 이제는 날카로운 살기를 뿜어내며 세차게 진파를 몰아치고 있었다.

조금씩 변검에 익숙해져 가는 진파 또한 이를 악물고 괴인의 변검에 대항하는 중이었다.

누가 다치거나 죽어도 이상하지 않을 흉험한 격투.

검에는 눈이 없다.

검에 빠진 자는 마음도 눈도 모두 검에 빼앗긴다. 검과 자신이 하나가 되는 것이 아니라 검 속에 자신을 묻어버리고 마는 것.

그렇게 된 자를 검귀(劍鬼)라 부른다.

진파와 괴인이 지금 그와 같았다.

상대를 노리는 검끝에 혼을 싣는 것이 아니라 검끝에 그들의 혼이 따라가고 있었다.

"아!"

벽화가 벌떡 몸을 일으켰다.

괴인의 검이 다시 변했다.

산악같이 내려치는 일도양단의 중검(重劍).

동굴 안에는 허공을 찢는 육중한 굉음이 가득 찼다.

"카아아―"

살기에 가득 찬 괴인의 고함이 동굴을 떨어 울렸다.

부우웅―

수천 마리의 벌떼가 일제히 비산해 덤벼들면 이런 소리가 날까.

새파란 검기가 서린 묵빛 검이 끊임없이 흔들리며 진파를 덮쳤다.

그 흔들리는 묵빛 검첨을 노려보며 진파의 검도 좌에서 우로 힘차게 올려 뻗었다.

진파의 입에서도 기합성이 터져 나왔다.

"타아!"

꽝―!

검과 검이 부딪치는 맑은 쇳소리가 아니라 커다란 무쇠덩어리끼리 부딪치는 육중한 소리가 동굴 안을 울렸다.

"컥!"

"크악!"

진파와 괴인 모두 뒤로 튕겨나고 말았다.

"끄으으……."

괴인이 신음을 흘렸다.

진파와 검을 섞은 후 처음으로 괴인이 열세에 몰렸던 것.

진파는 자신이 알고 있는 중검(重劍)과 괴인이 구사하는 중검이 서로 다르다는 것을 깨달았다.

'심법이 다른 거였구나!'

연환쾌검과 변검의 유사함 때문에 중검마저 같을 거라 생각했던 진파의 오해였다.

'같은 검보를 익힌 게 아니군.'

진파는 좀 맥이 풀렸다.

진파가 검보에서 해석한 삼초식 중검은 무적심공을 바탕으로 한순간 모든 내공을 검에 응집해 터뜨리는 것이다. 삼초의 뜻을 설명한 구절들은 하나같이 내력의 운용에 대해 설명한 것이었고, 맨 위의 갑골문이 뜻하는 초식 또한 내력의 운용과 검의 움직임이 가져야 할 조화에 초점을 맞춘 것이었다.

진파는 아쉬운 마음에 입맛을 다셨다.

괴인을 통해 중검의 묘리까지 전부 배울 수 있다 여겼는데 괴인의 중검은 진파가 해석만 한 중검보다 못했던 것이다.

'어떻게 중검을 쓰는지나 관찰할까? 뭔가 배울지도 몰라.'

하지만 괴인의 모습을 보니 그도 불가능할 것 같았다.

괴인의 검에 진파가 당한 상처는 피류의 상처에 불과했지만 괴인이 이번에 입은 부상은 내상이었다.

무적심공을 바탕으로 한순간에 내력을 폭발시켜 터뜨리는 중검의 위력에 괴인은 아직까지 바닥에서 일어나 똑바로 서지 못하고 앉은 채 신음 소리만 흘리고 있었다.

"이, 이봐요. 괜찮아요?"

진파는 철우를 늘어뜨리며 걱정스러운 말투로 물었다.

괴인이 어깨를 들썩하는 것을 보니 피라도 토하는 모양이었다.

'꽤 친해진 느낌이었는데 좀 심했나?'

갑자기 괴인이 머리를 뒤로 젖히고 천장을 바라보며 포효했다.

"크아아아아아—"

울분이 짙게 배인 고함에는 비감마저 섞여 있었다.

"너무 그러지 말아요. 봐요? 나도 많이 다쳤……."

진파는 입이 얼어붙은 듯 말을 끊었다.

괴인이 천천히 몸을 일으키고 있었다.

괴인의 몸에선 엄청난 마기(魔氣)가 흘러나와 동굴 안 공기마저 질식시키는 듯했다.

"카하하하—"

진파는 고막이 찢어지는 듯한 충격에 저도 모르게 얼굴을 찡그렸다.

"욱!"

괴인의 웃음소리에 동굴 전체가 흔들릴 지경이었다.

마기는 점점 짙어져만 가 이제는 호흡마저 불편할 지경이었다.

'크, 큰일이다. 벽화가…….'

벽화가 걱정되어 뒤를 돌아보려는데 괴인이 진파를 향해 뛰쳐 들었다.

"이런!"

뒤로 물러나 벽화부터 돌보려 했으나 진파는 뜻을 이루지 못했다.

괴인의 검에서 새빨간 검기가 쭈욱 치솟아올랐던 것이다. 악귀가 혀를 쭈욱 내밀듯 소름이 돋을 정도로 기분 나쁜 그것.

진파는 경악성을 내뱉었다.

"거, 검강(劍罡)!"

소수마후를 격퇴할 때 태인 도장이 시전한 것을 보고는 처음 본다. 한 치에 이르는 시뻘건 검강. 검을 잡은 자 누구나 꿈꾸는 그 완성의 경지. 지금 강호에 검강을 이룬 검사가 몇이나 될 것인가.

진파는 뒤로 물러날 수 없었다.

벽화를 안고 피할 틈이 없었다.

이걸 어떻게 해서든 이 자리에 서서 막아야 한다.

'벽화를 지켜야 해!'

진파의 검, 철우가 웅혼한 검명을 떨어 울리며 괴인의 검에 맞서갔다. 괴인의 검은 검강이 뻗치는 것만 다를 뿐, 한 번 맞서본 그것, 중검의 초식이었다.

"하앗—!"

동굴 바닥을 굳게 디딘 진파의 두 발이 푸식 하며 바닥을 파고들었
다.

철우에 새파랗게 맑은 검기가 어려 검신을 물에 담근 것처럼 보였
다.

푸르게 변한 철우가 둥글게 회전하며 수없이 많은 분열을 일으켰다.

괴인의 검강을 맞아 처음 펼쳐 보는 사초식.

아직 제대로 깨닫지 못한 초식이었지만 중검보다는 검강에 맞서기
에 더 적합한 초식임에 분명했다.

그러나 진파의 몸이 익숙지 않은 내력의 운용에 진동을 일으켰다.

'큭!'

아직 검이 부딪치지도 않았건만 울컥 속이 뒤집어졌다.

'참아야 돼!'

군데군데 빈틈이 있었지만 진파의 전면을 푸르게 감싼 검기의 장막
과 괴인의 시뻘건 검강이 정면으로 충돌했다.

쾌릉—

엄청난 굉음과 함께 진파가 펼친 검막이 산산이 부서졌다.

괴인의 검강도 씻은 듯 사라졌다.

"쿠엑!"

괴인이 피를 토하며 뒤로 날아가 동굴 벽에 쑤셔 박혔다.

진파 또한 무사하지 않았다.

바닥을 파고들었던 진파의 발이 허벅지까지 동굴 바닥에 틀어박혔
다.

"오빠!"

벽화가 발을 구르며 달려오는 것을 느끼며 진파는 그대로 정신을 잃고 말았다.

진파의 몸이 바닥에 뉘어져 있었다.

정신을 잃은 것을 안 벽화가 서둘러 진파의 몸을 동굴 바닥에서 빼냈던 것이다.

진파의 기혈을 더듬는 벽화의 얼굴엔 다급함이 가득했다.

'말려야 했는데……. 말려야 했는데……!'

말릴 수 없었다.

말릴 기회를 놓쳤던 것이 너무나 후회스럽다.

처음에 모든 것을 말하지 못한 것이 이런 결과를 초래할 줄은 벽화도 몰랐다.

바삐 손을 놀리는 벽화의 하얀 손이 우윳빛 광채를 내뿜었다.

소수공을 운용한 상태에서 벽화는 빛살같이 추궁과혈을 시도했다.

채 깨닫지 못한 초식을 펼쳤던 진파의 기혈이 크게 뒤틀려 있었다.

벽화의 눈에 눈물이 고였다.

찰랑이던 눈물이 뚝뚝 진파의 옷깃에 떨어졌다.

'미안해! 미안해, 오빠.'

뿌옇게 흐려지는 시야가 방해되어 벽화는 거칠게 눈을 훔쳤다.

계속해서 흐르는 눈물 때문에 손길이 점점 늦어졌다.

떨리는 손으로 추궁과혈을 하는 것이 얼마나 위험한지 벽화도 알고 있었지만 마음은 급하고 눈물은 멈추지 않는다. 진파가 왜 피하지 않고 바보 같이 정면으로 검강에 맞섰는지 벽화는 너무나 잘 알고 있었다.

'나 때문이야, 나 때문이야!'

진파의 기식이 점점 희미해져 갔다.

"오빠—!"

벽화의 외마디 비명이 동굴을 울렸다.

그때였다.

조용한 음성이 벽화의 등 뒤에서 들렸다.

"그 친구를 죽일 셈인가? 손을 멈추시게."

벽화는 눈물로 범벅이 된 얼굴을 하고 뒤를 돌아보았다.

치렁치렁한 머리카락을 잔뜩 헝클인 채 서 있는 사람.

진파와 격돌했던 바로 그 괴인이었다.

괴인의 손이 진파의 몸에서 떨어졌다.

철컹 하는 쇠사슬 소리가 미약하게 울렸다.

진파가 나직하고도 규칙적인 호흡을 시작했다.

괴인이 조용히 고개를 돌려 벽화를 바라보았다.

"이제 괜찮을 걸세."

벽화는 새빨개진 눈을 숙이며 고마움을 표시했다.

괴인은 전혀 미친 사람 같아 보이지 않았다. 두 다리와 두 팔에 쇠사슬을 얽어매고 세상을 뒤엎을 듯한 마기를 뿜어내던 그 사람같지 않았다.

얼굴은 보이지 않으나 온유한 음성은 괴인의 성정이 어떠한지 단적으로 드러내 주었다.

'이 사람…… 정말 그인 걸까?'

의식도 없는 제물이 될 운명에서 그녀를 지켜준 은인. 벽화는 괴인의 얼굴을 뚫어져라 바라보았다.

엉망으로 엉킨 머리카락 때문에 괴인의 얼굴은 코밖에는 보이지 않았다. 얼굴 전체를 점령한 짙은 수염으로 인해 입도 보이지 않았다.

괴인의 입이 열렸다.

여전히 온유한 음성.

"그런데 왜 풍협의 자식과 자네가 같이 있는 건가?"

괴인의 눈빛이 머리카락 사이를 뚫고 벽화의 얼굴에 박힐 듯 꽂혀 있었다.

이어진 괴인의 말에 벽화는 얼어붙었다.

"소수마후가 어찌하여 무적다가의 자제와 어울리지? 의식이 있는 소수마후도 처음 보는구나. 네 정체는 도대체 무엇이냐?"

벽화는 한동안 괴인의 얼굴을 응시했다.

여러 가지 표정이 벽화의 얼굴에 떠올랐다가 곧 사라졌다. 벽화의 손에서 하얀 광채가 빛을 발했다 꺼졌다 했다. 벽화가 괴인을 그렇게 바라보는 동안 괴인도 침착하게 벽화를 바라볼 뿐이었다. 안정된 진파의 숨소리만 동굴 안에 나직하게 울렸다.

"후……."

가볍게 한숨을 쉰 벽화가 천천히 입을 열었다.

"당신은…… 미친 게 아니었군요. 당신은 누구세요……?"

"질문은 내가 먼저 했다."

"대답에 따라 제게 손을 쓰실 작정인가요?"

"아니. 내가 왜 그럴 것이라 생각하지?"

"당신은…… 오빠와 굉장히 가까운 사이인 듯하니까요. 오빠와 내가 함께 있는 것이 오빠에게 해를 끼친다고 생각하는 것 같아요."

괴인은 벽화를 바라보다 고개를 끄덕였다. 벽화는 괴인이 웃었다는 느낌이 들었다. 딱히 얼굴 표정이 보이지는 않았으나 무성한 수염이 가볍게 흔들거렸다.

"이 친구와는 분명히 가까운 사이라 할 수 있지. 하지만 자네가 이 친구한테 해가 될지 득이 될지 그런 건 관심없어. 그저 궁금할 뿐이야. 무적다가의 당대출도객이 어째서 전설의 소수마후와 동행을 하는 건지. 어째서 소수마후가 무공도 모르는 소녀인 것처럼 행동하는지. 왜 이 친구는 자네 정체를 모르는지. 그런 게 궁금할 뿐이다."

"많은 것을 짐작하시는군요."

"난 미친 게 아니니까."

벽화는 괴인에 대한 경계심이 점차 흐려짐을 느꼈다. 처음 그녀의 정체를 단번에 짐작해 냈을 때는 말도 못할 경계심과 살기까지 치솟았으나 묘하게 편안한 괴인의 말투가 그녀의 마음을 풀리게 했다.

"그럼…… 호기심인가요?"

"그렇다고 해두지."

"제가 고의로 오빠에게 접근해 정체를 숨기고 오빠를 타락시키려 했다고 생각하시나요?"

"그런 건가?"

"그렇다면요?"

"나야 알 바 아니지. 속은 건 이 친구 뜻이고 속인 건 자네 뜻이니까. 그건 두 사람 문제지 내 문제는 아냐. 하지만 그렇게 보이진 않더군."

"당신은 알기 어려운 사람이군요."

"원래 알기 쉬운 사람이란 없는 법이야. 그리고 사람을 알려고 한다는 건 피곤한 일이지."

벽화는 가볍게 머리카락을 쓸어 올렸다. 진파가 고르게 호흡하는 것을 잠시 바라보던 벽화의 입이 열렸다. 긴 이야기가 시작되었다.

"맞아요. 전 소수마후예요. 제가 원해서 된 것은 아니지만……."

벽화의 이야기가 끝날 때까지 괴인은 가볍게 고개만 끄덕이며 듣고 있었다.

그런데도 벽화는 괴인이 자신의 마음을 잘 이해하고 있다는 생각이 들었다. 왠지 편안했다. 괴인은 아무 말도 하지 않았지만 가벼운 고갯짓만으로도 벽화의 이야기에 여러 대답을 해주었다.

어린 시절 현성교에 납치되었던 이야기에는 동정을, 그 사람에게 진기를 주입받아 의식을 유지할 수 있었다는 이야기에는 탄성을, 강호에 나와 사람들을 죽인 이야기에는 안타까움을, 진파를 만나 여러 우여곡절 끝에 의식을 회복한 이야기에는 기쁨을.

괴인은 정말 사람의 말을 들을 줄 아는 사람이었다.

그래서인지 벽화의 이야기는 아주 길어졌다.

모든 이야기가 끝나고 어쩐지 허한 마음에 한숨을 쉬는 벽화에게 괴인이 물었다.

"왜 그렇게 자세히 이야기해 준 거지?"

"……모르겠어요. 그냥 이야기가 하고 싶었나 보죠."

"이 친구는 하나도 모르나?"

"얘기할 시간도 없었어요. 저도 모든 걸 다 기억해 낸 건 하루밖에 되지 않았으니까."

"시간이 없었다는 건가?"

벽화는 고개를 끄덕이려다 멈칫했다. 벽화의 어깨가 아래로 쳐졌다.

"용기가 없었군."

"당신은 사람 마음을 참 잘 파악하는군요."

"그런가?"

"그래요."

괴인은 바닥에 누워 있는 진파의 얼굴을 내려다보다 벽화에게 다시 고개를 돌렸다.

"이 친구 좋아하나?"

벽화가 고개를 끄덕였다.

"은인이라서?"

"아뇨."

"풍협의 아들이라서?"

벽화는 고개를 흔들었다. 여러 정황으로 보아 자신에게 호심진기를 주입해 주었던 그 사람이 진파의 아버지인 풍협이라는 것은 틀림없어 보였지만 그 때문에 진파에게 마음을 연 것은 아니었다.

잠시 생각하던 벽화는 역시 제대로 된 대답을 못하고 말았다.

"왜인지는…… 모르겠어요. 다만 지금 저한테 유일하게 의미있는 사람은 이 사람…… 오빠뿐인 것 같아요."

"그럼 얘기를 해."

"두려워요."

벽화는 자신도 모르게 말을 내뱉곤 흠칫했다.

괴인은 나직한 목소리로 물었다.

"자네가 소수마후인 걸 알면 이 친구가 자넬 버릴 것 같나?"

벽화의 고개가 툭 떨어졌다.

"그렇다면 이 친구가 그런 친구일 뿐인 거지……. 하지만 풍협의 자식이라면 그러지 않을걸?"

"그럴까요?"

"그건 알 수 없지."

"무책임하네요."

"책임은 자신이 지는 거야. 원래 그런 거지."

벽화는 풋 하고 웃음을 터뜨렸다.

"말투가 원래 그러세요?"

"내 말투가 왜?"

"좀 이상하잖아요. '원래 그런 거지' 세상을 다 아는 것처럼 말씀하시면서 세상사가 전부 귀찮은 것처럼 말씀하세요."

"그렇게 들렸다면 그런가 보지."

벽화는 이 이상한 괴인에게 확실히 호감이 가는 것을 느꼈다.

"머리카락 좀 들어서 얼굴을 보여주세요."

"왜? 나한테 반했나?"

"훗! 얼굴 보고 나서 말씀드리죠."

"난 풍협이 아냐."

벽화는 신기한 표정으로 괴인을 바라보았다.

"당신은 확실히 제 마음을 귀신같이 알아채는군요. 모든 사람한테 다 그러세요?"

"미인한테만. 남자는 별 관심 없어."

벽화는 웃음을 터뜨렸다. 나이도 꽤 들었음 직한 이 괴인에게는 그런 거리감마저 느껴지지 않는 무언가가 있었다.

"제 얘기는 다 해드렸으니 당신 얘기나 해보세요."

"그러지. 그전에……."

괴인은 진파의 몇 군데 혈을 가볍게 두드렸다.

"두 번 얘기하기는 귀찮아."

진파가 신음 소리를 냈다.

"으음……."

정신을 차린 진파가 자리에 앉자 벽화의 표정은 예의 일곱 살짜리의 그 표정으로 돌아갔다.

"오빠……. 괜찮아?"

다소 멍한 표정으로 앉아 있던 진파가 벽화를 바라보았다.

"응. 좀 쑤시긴 하는데 괜찮아. 넌 어때?"

"나도 괜찮아."

벽화에게 고개를 끄덕인 진파는 시선을 돌려 괴인을 바라보았다. 진파는 괴인을 응시하다 가볍게 두 손을 말아 쥐었다. 몸이 완전히 회복되지 않아서일까? 약간 기운이 없어 보였다.

"고맙습니다."

"아니. 고마워할 사람은 나지. 마기에서 벗어나게 해준 건 자네니까."

"누구한테 갇히신 건가요?"

"내가 누구에게 제압당해 유폐될 사람으로 보이나?"

"누구나 당할 수 있는 거지요. 완벽한 사람은 없잖아요."

"제법 그럴듯하게 말을 할 줄 아는군."

"후훗! 제가 좀 그런 편이죠. 그럼 스스로를 가두신 겁니까?"

괴인이 가볍게 고개를 끄덕였다.

"욕심이 좀 과했지. 통제할 수 없는 마기를 몸에 담았으니까. 자네 덕에 그게 깨졌네. 그놈의 마기…… 정말 지독했지. 그대로는 악귀가 될 것 같아 내가 날 가뒀네."

"의지가 정말 대단하군요."

"별로. 누구나 자기를 잃고 싶지는 않은 거니까. 그냥 있었다면 마기 때문에 나를 잃었을 거야."

진파는 괴인의 담담한 대답을 듣다 불쑥 물었다.

"근데 누구십니까? 굉장히 유명했던 분일 거 같던데요."

"자네한테 깨질 정도인걸 뭐."

진파가 뒷머리를 긁었다.

"어쩌다 운이 좋았을 뿐이지… 봐주신 거잖아요. 마지막엔 제가 깨진 거구요."

"겸손할 줄도 아는군."

"상대에 따라서요."

진파와 괴인은 서로 마주 보며 큭큭 웃음을 터뜨렸다.

"맘에 드니 가르쳐 주지. 난 유현(留顯)이라고 하네. 강호에선 보통 검치(劍痴)라고 하지."

진파의 눈이 커졌다.

"검치 유현! 바로 그분이시란 겁니까? 안 익힌 검법이 없다는?"

"그건 좀 곤란한 평이군. 하지만 내 이름이 유현이고 나를 검치라고 부르는 건 맞아. 어디에서 들었는지는 몰라도 그런 듣기 좋은 소리만 듣진 않았을 텐데?"

유현이라 자신을 밝힌 괴인의 눈이 초승달처럼 가늘어졌다. 웃는 것일까.

"어차피 들은 건 들은 것일 뿐이죠. 검에 미쳐서 다른 건 신경도 안 쓴다는 그런 분 같지는 않은데요."

"상당히 유하게 말하는군. 하지만 나 그런 사람 맞아. 그래서 날 좋아하지."

"자신을 좋아하세요?"

"당연하지. 안 그러면 뭐 하러 이곳에 웅크리고 있었겠나. 마기 때문에 날 잃는 게 싫어서 그런 거야."

"여기서 얼마나 계신 거예요?"

"글쎄……. 그런 건 별로 신경 쓰지 않아서 모르겠군. 꽤 오래되긴 했어."

진파는 검치 유현에게 이것저것 궁금한 것을 물어보았다. 대화를 그리 즐기지 않는 듯 보였던 유현은 상당히 재미있게 말을 하는 사람이었다. 그동안 벽화는 진파의 곁에 다가와 편하게 앉고서 둘의 대화를 듣고 있었다.

"대충 들어보니 유 대협께서 이곳에 계신 지 십 년이 훨씬 지난 모양이군요. 잠룡쟁패를 모르시는 걸 보니 최소 그 정도 기간은 계셨나 봐요."

"그랬군."

잃어버린 십 년이 아깝지도 않은지 유현의 음성은 담담하기만 했다.

진파는 드디어 정말 묻고 싶던 것을 유현에게 물었다.

"그런데…… 유 대협의 검법은 어디서 배우신 거지요? 제 검법과 상당히 비슷하던데요?"

"알고 싶나?"

"예."

"그럼 우선 대협이라고 부르지 마. 난 협객도 아니고 '대(大)' 자는 더더구나 좋아하지 않아. 남자가 커서 좋은 건 하나밖에 없지. 그리고 나같이 점잖은 사람은 그걸 자랑하지 않아."

진파가 큰 소리로 웃음을 터뜨렸다.

"그럼 뭐라 불러 드릴까요?"

"유 숙(留叔)이라 부르게. 동생 삼기엔 좀 그러니까 조카로 해주지."

"그럼 울 아버지 동생이 되시는 건데요?"

"뭐…… 상관없어. 자네 아버지라면."

"아버지를 아세요?"

진파의 목소리가 가볍게 떨려 나왔다.

유현은 물끄러미 진파를 바라보다 말을 돌렸다.

"그 검법…… 익힌 지 얼마나 되었나?"

"뜻을 새긴 지는 오래되었지만 제대로 파악한 건 하루밖에 되지 않았어요. 그것보다 저……."

"하루라……. 너무하는군."

"예?"

"겨우 하루 익힌 검법에 깨졌다는 게 너무 허무하다 그런 말이야."

진파가 뒤통수를 긁었다.

"자네가 쑥스러워할 건 없어. 원래 그런 검법이니까."

진파의 눈이 동그래졌다.

"제 검법을 아세요?"

유현의 눈이 진파를 관조하듯 바라보았다. 깊은 눈매 속에 여러 가지 감정이 스쳐 지나갔다.

"어디서부터 이야기할까……?"

진파는 침을 꿀꺽 삼키며 유현을 바라보았다. 그의 눈 속엔 어떤 열망같은 것이 꿈틀거렸다.

유현의 이야기는 천천히 시작되었다. 진파에게서 눈을 돌려 아직도 동굴 천장에서 쏟아지고 있는 달빛 기둥을 바라보며.

"날보고 검치…… 라고들 하지. 그 별호 그대로 난 검에 미친 바보야. 다른 걸 돌본 적도 없고 다른 게 재미있었던 적도 없어. 여자도 별로. 가족도 별로. 검만 있으면 난 행복한 사람이야."

유현은 어깨를 으쓱했다.

유현의 수염투성이 옆모습을 바라보는 진파의 얼굴에 웃음이 떠올랐다.

유현이 진파를 돌아보았다. 눈이 마주쳤다. 진파는 유현의 눈 속에서 한 가닥 불길을 발견할 수 있었다.

"하지만 내게도 이기고 싶은 필생의 적수가 있었어. 그 사람이 바로 풍협 다나철이야. 들어보았나?"

진파는 고개를 끄덕였다. 강호에 나와 몇 차례나 들었던 이름. 정말 대단한 사람이라는 생각이 들었다. 철정의 숙부인 철극수가 그의 검에 반해 광풍검을 창안했다고 했던가. 동시대의 무인들에게 절대의 영향을 끼칠 수 있는 존재. 풍협은 바로 그런 무인이었던 것이다.

유현은 진파의 얼굴을 조용히 바라보다 다시 고개를 돌렸다.

"풍협과 나는 다섯 번 겨루었고 다섯 번 모두 내가 졌네. 결국 그는 나를 돌이킬 수 없는 검의 바보로 만들고야 말았지. 그를 이기지 않고서는 한걸음도 앞으로 나갈 수 없을 것 같더군. 미친 듯이 그의 검법을 연구했고 그의 검을 흉내 내 펼칠 수 있을 정도로 연마했네. 자네와 검을 섞었던 세 초식은 바로 그 결과물일세."

진파의 눈이 커졌다.

무적검보를 연구하며 겨우 알아낸 초식들과 거의 비슷했던 유현의 초식들. 그것들이 풍협의 검을 연구하며 얻어낸 부산물이라면 풍협의 검은……?

진파의 생각을 끊고 유현의 말이 이어졌다.

"쾌검과 변검의 묘는 간신히 파악했지만 세 번째 초식인 중검은 나로선 시전할 수 없는 검법이더군. 심공 자체가 중검의 핵심인데 내가 가진 심공은 그리 강한 것이 아니었네. 네 번째 초식인 검막 또한 그러했지."

유현의 눈은 잔잔했지만 그의 주먹은 어느새 굳게 움켜쥐어 있었다.

"다섯 번째 초식도 있다고 들었지만 난 그걸 보지도 못했네. 한심한 일이야."

남의 이야기라도 하듯 조용히 말하던 유현의 눈이 깊이 가라앉았다.

그의 목소리가 꿈결을 거닐 듯 낮아져 갔다.

"정말 한심하지……."

원래 내가 익힌 검법은 환검(幻劍)의 일종일세.

풍협을 만나기 전까진 그것만으로도 족했지.

하지만 내 환검은 그에게 통하지 않았어.

다섯 번을 싸우는 동안 내 환월십오식(幻月十五式)은 십성의 경지에 다다를 수 있었지만 그래도 그를 이길 수 없었네.

그는 내게 절망의 벽 그 자체였지.

하지만 나는 포기하지 않았어.

그의 검을 학습해 내 검을 재구성하기로 했네. 그의 검을 펼칠 수 있을 정도로 철저히 익히고 그걸 뛰어넘는 검결을 새로 만들겠다고 다짐했지. 적의 검을 흉내 낸다는 건 참을 수 없었지만 그렇게 하고서라도 이기고 싶었어.

그런데 겨우 삼식에서 딱 막힌 거야.

중검을 풀어내지 못하는 이상 검막에 도달할 수는 없었네. 풍협의 검들은 전혀 다르면서도 하나로 이어진 이상한 검법이었거든.

그래서 부족한 심공을 보충하려고 미친 듯 방법을 찾아 돌아다녔지. 그러다 마정(魔井)에 대해 알게 되었어.

사천의 전설 중에 '마정의 노래'라는 것이 있네. 끝을 알 수 없는 우물 속에서 마기가 꿈틀거린다는 거야. 마기로 인해 우물이 노래를 한다 하더군. 한 번 그 노래를 접한 생물은 모조리 마정에 뛰어들어 생명을 바친다는 게야. 하지만 그 마기에 접하고도 살아남을 수 있다면 마신(魔神)이 될 수 있다더군.

……

난 인간이 아닌 채라도 풍협을 이기고 싶었네.

그래서 전설에나 나오는 마정을 찾아다녔지. 찾긴 어려웠지만 없는 건 아니더군.

그곳이 바로 여기네.

유현의 이야기는 어느새 멈추었다.

점점 낮아지던 그의 목소리는 과거의 회상에 잠겨들었는지 더 이상 진파와 벽화를 향해 있지 않았다.

진파가 조심스럽게 입을 떼었다.

"유 숙."

"……."

"유 숙!"

"……음?"

그제야 상념에서 깨어난 유현이 진파를 향해 고개를 돌렸다.

"아…… 이거 미안하군. 남과 이야기해 본 지 너무 오래돼서 말이야. 깜박 말하는 걸 잊었네. 어디까지 얘기했지?"

"이곳이 마정이었다는 얘기까지요."

"그렇군……."

고개를 끄덕이더니 다시 말이 없었다.

유현이 또 생각에 잠기자 답답한 나머지 진파가 질문을 하기 시작했다.

"이곳이 마정이라고 하셨지만 그런 마기는 전혀 느껴지지 않는데요?"

"그건…… 내가 그 마기를 모두 흡수했기 때문이지."

"그럼 유 숙은 마신이겠네요?"

무거운 분위기를 깨고 싶었던지 진파가 장난스럽게 물었다. 하지만 유현의 얼굴은 진지했다.

"마신이 될 뻔했지."

"아까우시겠어요. 풍협을 이길 수 있었잖아요."

"아니."

유현은 고개를 흔들었다. 눈빛에 언뜻 쓸쓸한 기색이 스쳤다.

"난 이곳에 오기 전에 미리 풍협에게 전갈을 띄웠어. 마정을 찾았으니 그곳에 들겠다고. 내가 살아남으면 결투를, 내가 죽으면 검무나 한 바탕 추어달라고 부탁했네."

"서로 연락이 되셨어요?"

"음. 우린 적이었지만 꽤 친했으니까. 아마 내가 끝까지 포기하지 않았다면 진작 친구가 되었겠지."

"그럼 여기로 풍협이 왔겠군요."

진파는 입가에 침을 묻혔다.

"음."

"싸우셨어요? 여섯 번째로?"

"그랬겠지."

"무슨 말씀이 그래요?"

"난 기억을 못하거든."

"예?"

"마기를 흡수하는 데는 성공했지만 내 의식은 완전히 사라졌었어. 정신이 들었을 때는 몸이 만신창이더군. 마정 속은 지금처럼 아무것도 남아 있지 않았지. 그리고 내 앞에 풍협이 있었네. 그는 마신이 된 나도 이긴 거야."

유현의 음성은 허탈했다.

벽화가 손을 내밀어 유현의 손을 살짝 잡아주었다. 유현이 벽화를 향해 빙긋 눈으로 웃어주었다.

"그럼 그 쇠사슬은 어떻게 된 거예요?"

진파의 질문에 유현은 담담히 대답했다.

"풍협이 준비해 온 것이지. 원래 준비성이 대단한 사람이거든. 날 해치고 싶지 않았던 모양이야. 내가 잠시 정신이 들자 그가 묻더군. '정신도 없는 자네랑 싸우는 건 정말 허무한 일이야. 자네도 그건 싫지 않나?' 라고. 싫다고 했지. 내가 나를 모른다는 것처럼 슬프고 허무한 게 세상에 어디 있나?"

벽화가 연신 고개를 끄덕였다. 그녀는 진파가 안 보는 틈을 타 얼른 눈시울을 닦아냈다.

유현의 말이 이어졌다.

"그가 선택하라 하더군. 자기 손에 죽던가, 십 년쯤 이 동굴에서 마기와 싸워보라고. 그러려면 나를 이곳에 가둬야 한다 하더군."

"마기와 싸우기로 하신 거군요."

"그렇지. 나로선 당연한 선택이었지. 풍협이 그때 말했어. 지금으로선 자기도 내 마기를 깨뜨릴 수 없노라고. 내가 싸우고 싸워 마기 자체가 둥글게 깎이고 닳지 않으면 안 된다 하더군. 그런 후에는 무적심공으로 내 마기를 깨뜨릴 수 있다고 다짐했지."

"잠깐요!"

진파의 목소리가 동굴 속에 크게 울렸다. 그의 목소리가 떨리고 있었다.

"지금, 지금 무적…… 심공이라고 하셨어요?"

"그랬네."

"제, 제가 익힌 심공 이름도 그것인데요?"

"그랬겠지. 그랬으니까 내 마기를 깨뜨렸겠지."

진파의 눈이 더 이상 크게 뜰 수 없을 정도로 커졌다.

벽화는 그런 진파를 보며 주먹을 꼭 쥐었다.

'그래, 오빠! 오빠 풍협의 아들이야!'

진파의 흥분한 목소리가 동굴을 울렸다.

"그럼 그분도 무적검보를 익히신 거군요! 세상에! 내가 익힌 무공이 풍협의 무공이었다니!"

벽화의 얼굴이 울긋불긋하니 이상한 표정으로 바뀌었다.

진파가 못 보게 몸을 돌린 벽화는 제 가슴을 퍽퍽 쥐어박았다.

유현은 그런 진파를 조용히 바라보고만 있었다.

제17장 장부비감(丈夫悲感)

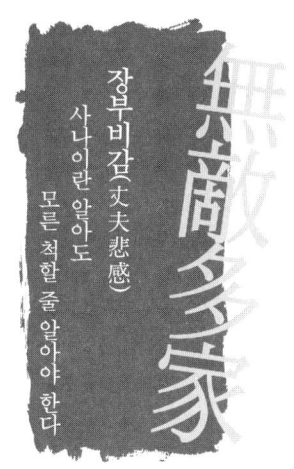

풍협과

같은 무공을 익혔다는 사실에 진파의 흥분은 잔뜩 고조된 듯했다. 붉게 상기된 진파의 얼굴을 물끄러미 바라보다 유현이 돌연 질문을 던졌다.

"자네, 어디서 컸나?"

"예? 소화산에 있는 우리 장원에서 자랐는데요."

"계속 거기서 살았나?"

"예."

"부모님은?"

"기억에 전혀 없는데요. 할배랑 할멈이 절 키웠구, 부모님은 두 분 다 제가 아주 어릴 때 돌아가셨다고 들었습니다."

부모의 이야기가 나오자 진파의 표정이 가라앉기 시작했다.

차분한 얼굴 한구석에 어쩐지 아련한 상처가 보이는 것만 같아 벽화는 마음이 아팠다.

'오빠는…… 자기가 고아인 줄 아는구나.'

유현의 차분한 질문은 계속되었다.

"부모님에 대해선 듣지 못했나?"

"아버님은 평범한 무관이었다고 들었는데요. 강호와 무슨 인연이 있었다는 말씀은 못 들었어요. 어머님도 그저 마음 고운 분이었다는 것 말고는……."

"정말 그거밖에 몰라?"

벽화가 끼어들어 진파에게 물었다.

진파는 고개만 끄덕였다.

"응……. 할배랑 할멈은 부모님 얘기만 나오면 한숨 푹푹 쉬고……. 집 안 분위기만 망가지고 해서 더 안 물어봤어. 잠룡쟁패 통과하면 자세하게 얘기해 준다고 했었는데……."

"평범한 무관이라는 자네 아버지가 어째서 풍협의 무공이 담긴 비결서를 갖고 있었을까?"

"그건…… 모르겠네요. 그게 아버님 것이라는 얘기도 듣지 못했거든요. 공철 할배가 그냥 휙 던져 주면서 익히라고 한 게 전부예요."

"그분들은 친조부모인가?"

"아뇨. 아버님 종이라고 하던걸요. 저를 소주라고 불러요."

"종복이 주인의 유산을 간직했다가 소주인에게 돌려주는 건 당연한 것 아닐까?"

"그랬다면 아버님이 남기신 거라고 밝혔겠죠. 그 노인네 성질은 더러워도 그런 걸 속일 사람은 아니에요."

벽화는 진파에게서 고개를 돌리고 몰래 미간을 잔뜩 찌푸렸다.

답답하기도 하고 짜증도 나고 진파가 안됐기도 했다.

'어쩜 이럴 수가 있어! 뭐 이런 집안이 다 있냐구우~!'

그때 유현의 음성이 고요히 울렸다.

"그랬군."

특유의 무심한 어조로 말한 유현이 진파에게 뜬금없는 말을 던졌다.

"목이 마른데 물 좀 떠다 주겠나?"

"물이라면 제 행낭에도 물주머니가 있는데요. 그걸 드릴까요?"

"아니. 내가 처음 서 있던 곳에 작은 샘이 있다네. 아주 물맛이 좋지. 거기서 좀 떠다 주겠나?"

"예."

유현이 더 할 말이 없어 보이자 진파는 무언가 아쉬운 듯 조금 망설이다 걸음을 옮겼다.

그런 진파의 뒷모습을 바라보다 벽화가 유현에게 전음을 던졌다.

"아저씨, 왜 안 가르쳐 주시는 거예요?"

"유 숙이라 해야지. 아저씨가 뭐냐?"

"아이참! 유 숙! 왜 오빠에게 풍협이 아버지라는 걸 안 가르쳐 주시는 거냐구욧!"

"니가 말해 주면 되잖아."

"정말 이러실 거예요! 제가 어떻게 말해요! 제 사정 아시잖아요!"

"이런, 이런. 울지 마라. 난 여자 눈물은 질색인 사람이야."

벽화의 큰 눈망울에 눈물이 고이려 하자 유현은 얼른 손을 내저었다. 철컹 하며 쇠사슬 소리가 낮게 울렸다.

"무적다가에는 전통이란 게 있어. 좀 웃기는 전통이긴 한데, 무적검법을 완전히 깨우치기 전에는 자기 신분을 전혀 모르지. 처음 출도해서 검법을 깨달을 때까지 완벽하게 주위에서 그 신분을 감춰준단다."

"그게 무슨 개 꼬랑지 같은 전통이예욧! 당하는 사람 생각은 안 해요? 오빠 좀 봐요. 자기가 고아인 줄 알잖아요! 불쌍하지도 않아요?"

"글쎄, 별로."

"유 숙!"

"넌 강호인들이 전통이란 걸 얼마나 존중하는지 몰라서 그래. 장난삼아 무적다가의 그 비밀을 알려주려 한 사람들이 어떤 곤욕을 치렀는지 아니? 지금은 웬일인지 따르는 사람이 없지만 무적다가의 당대출도객이 강호에 나다닐 때에는 항상 초절정에 달한 고수들이 그 주변을 수호한단다. 한마디라도 신분의 비밀을 폭로하려는 자는 곱게 강호를 다니길 포기한 것이야. 게다가 지금 좀 불쌍해 보이긴 하겠지만 저 녀석은 천하에서 가장 막강한 배경을 가진 진짜 행복한 녀석이다. 무적.다가라는 이름이 얼마나 무거운 이름인지 아니? 산천초목이 떤다는 말이 과장이 아닐 정도야."

"그래서 안 가르쳐 주시겠다는 거예요?"

"못 가르쳐 주는 거야."

"그게 말이 되요? 그냥 말씀하시면 되잖아요!"

"풍협은 내 생명의 은인이다. 필생의 적수라지만 그에게 진 빚은 목숨으로 갚아야 하는 것이야. 그런데 그가 지키는 전통을 나보고 부수라는 말이냐?"

"하지만……!"

벽화의 전음을 끊고 유현의 전음이 이어졌다.

"상황을 좀 더 지켜보고 밝혀야 할 상황이면 내가 밝히겠다. 네가 네 비밀을 저 녀석에게 말하면 나도 말하마. 이제 공평하지?"

"유 숙!"

"저 녀석 온다."

벽화는 어쩔 수 없이 입을 다물었다.

"물맛이 정말 좋은데요. 드시죠."

물주머니를 건네받으며 유현이 대답했다.

"고맙네."

유현의 눈은 좀 전까지 장난스레 전음을 주고받던 것과는 달리 고요하기만 했다.

"못 하신다구요?"

"못 하네."

"제가 하면 안 될까요?"

"내 검도 굉장히 예리한데 이놈만은 자르지 못했어. 그렇게 단단한 놈이 아니었다면 제정신이 아닐 때 진작 여길 나섰겠지. 마기가 폭주할 때도 이놈은 어쩌지 못했네. 자네 검이라고 별수 있을까?"

진파와 유현이 쇠사슬 뭉치를 내려다보며 이야기를 나누고 있었다.

벽화는 좀 떨어져 그들을 바라보고만 있었다.

진파는 유현의 사지를 구속하고 있는 쇠사슬을 난감한 눈으로 바라보았다.

손목과 발목에 채워진 철갑은 어떻게 만들었는지 이음새조차 보이지 않았다. 쇠사슬도 마찬가지였다. 대단한 솜씨로 제련한 것이 분명했다.

"이걸 도대체 어떻게 채운 겁니까?"

"나도 잘 모르지. 채우기 전엔 분명히 떨어져 있었는데 채우고 나니 이렇게 변하더군."

"쇠사슬이 벽에 박혀 있으니 벽을 허물면 되지 않을까요?"

"잘 모르겠지만 풍협이 무슨 진법 같은 걸 설치한 모양이네. 저 벽은 부서지지 않아."

"혹시 모르니 연혼사로 베어보죠."

진파가 손목을 떨쳐 내 스무 가닥의 연혼사를 모두 뽑아냈다. 양 손목을 휘돌려 한 가닥으로 연혼사를 꼬았다. 그 상태에서 연혼도를 시전했으나 쇠사슬은 가는 흠집만 그어졌을 뿐 잘리지 않았다.

"정말 대단한 놈이군요."

진파가 혀를 내둘렀다.

유현이 고개를 갸웃했다.

"왜 그렇게 휘두르나?"

"예?"

"검이나 도나 베는 용도로 쓸 때는 똑같아. 왜 중검의 초식을 쓰지 않는 거지?"

"연혼사는 너무 가늘어서요. 가능할까요?"

"한번 시도해 볼 가치는 있지 않을까?"

"그렇네요."

기대를 품고 바라보는 유현을 보며 진파는 연혼사에 무적심공의 진력을 싣기 시작했다. 팽팽하게 곤두선 연혼사가 우우웅 하는 진동음을 내뱉기 시작했다.

'이 가는 실로 중검을 시전할 수 있을까?'

잠시 망설였지만 진파는 무적심공의 진력을 연혼사에 돌려 폭발시켰다.

"타아아아압!"

슈우웅—

연혼사답지 않은 묵직한 소리와 함께 쇠사슬에서 불똥이 튀었다.

쾅!

"오!"

유현이 탄성을 내뱉었다.

발목에 묶인 쇠사슬 한 가닥이 잘려 있었다.

연혼사의 날카로움에 중검의 위력이 실리자 엄청난 위력이 생겨났던 것이다.

진파가 신이 난 듯 다시 양 손목을 맹렬하게 휘돌렸다.

"타핫—!"

'자유군.'

유현은 사지를 구속하던 쇠사슬이 잘려 나가는 것을 보며 짧은 감상을 내뱉었다. 십 년 만의 자유였다.

*   *   *

우르릉— 꽈릉!

동굴 벽을 울리는 굉음과 함께 흙먼지가 자욱하게 피어올랐다.

햇빛이 일직선으로 내려와 빛의 기둥을 만든 그곳은 유현이 십 년간 갇혀 있던 그 동굴, 마정이었다.

검은 옷을 걸친 두 명의 크고 작은 그림자가 흙먼지를 뚫고 동굴 안으로 들어섰다.

"여기에는 없는 것 같다."

"지금은 그렇군요."

동선의 말을 임수가 간단하게 뒤집었다.

햇빛이 비친다곤 하지만 아직도 어둑어둑한 동굴 속을 임수의 눈빛이 번개같이 훑어갔다.

"여기서 누군가와 그 친구가 싸웠군요."

임수의 뒤를 따르던 동선도 고개를 끄덕였다.

"그랬군."

"빠져나간 지 반나절은 된 것 같습니다."

"이놈의 동굴을 찾느라 너무 시간을 지체한 것이 이렇게 되고 말았구나."

"할 수 없지요. 제가 그 친구를 얕본 탓이니까요. 바위를 골라 다닐 것은 예상했지만 흙덩이 하나 안 흘리고 다닐 줄은 몰랐습니다."

"그런데도 여기까지 따라온 네가 더 대단해."

임수의 얼굴에 자신감 넘치는 미소가 흘렀다.

"별로 걱정은 하지 않았습니다. 그들을 놓쳐도 그들의 목적지는 너무나 확실하니까요."

"삼협 말이냐?"

"맞습니다. 아마 삼나무골을 수소문하겠지요. 남포현으로 향할 가능성이 제일 높으니까 최악의 경우 그곳에서 기다려도 되겠지요."

"그렇지. 일후는 아직 어린애 지력만 갖고 있는지라 삼나무골이 어딘지 찾아갈 수는 없을 게다."

"어쨌든 이들의 행적을 찾았으니 무맹에다 흘려야겠군요."

"그러자꾸나. 그 둔한 놈들은 계속 헤매기만 하고 있으니……."

"딱히 그렇지는 않을 겁니다. 누군가 방해하고 있겠지요. 무적다가의 편은 무맹에도 많으니까요."

임수의 얼굴에 흰 선이 드러났다. 싸늘한 미소를 지으면서도 임수의 목소리는 너무나 평온했다.

"저는 천장으로 나가 이들의 행적을 쫓겠습니다. 동 할아버지는 돌아가서서 제갈우현에게 이쪽을 가르쳐 주세요."

"그놈한테 말이냐?"

"지금쯤 초조해서 애가 탈 테니까요. 이 정도쯤에 한번 놀려먹는 것도 재미있지 않겠습니까? 똥줄이 타도록 그 친구를 죽이려 할 겁니다."

동선은 고개를 끄덕이고 몸을 돌려 임수가 부수고 들어온 동굴 벽의 틈으로 되돌아갔다.

동선의 얼굴에 한 가닥 어둠이 깔려 있었다.

'이렇게 잔인한 아이가 아니었는데……. 허, 하긴 내가 누구에게 잔인하다 말할 수 있는 놈이던가…….'

동선의 몸이 어둠에 잠기고, 임수는 천장을 향해 몸을 날렸다.

삼십 장 높이를 단숨에 뛰어오르는 놀라운 경공술이었다.

＊　　　＊　　　＊

진파는 끝없이 펼쳐진 원시림을 바라보며 연신 고개를 끄덕이고 있었다.

유현이 손가락을 들어 전방을 가리키며 진파에게 산세를 설명하는 중이었다.

"저 자락만 따라 달리면 꼭 남쪽을 향해 개 떼들이 달리는 듯한 취발산(聚犮山)을 만날 수 있네. 삼협의 첫 관문인 서릉협이 바로 취발산 너머에 있지."

"취발이요? 이름 한번 재미있군요."

"올라가 보면 왜 이름이 그따위인지 곧 알 수 있네. 정말 개 떼들이 돌진하는 것 같지."

"이쪽이 더 빠른 건 확실하겠죠?"

"서쪽으로 하루쯤 내려가서 가릉강을 타고 배로 가도 되지만 산에 익숙한 무림인이라면 이편이 훨씬 빠르지. 직선 거리거든. 사흘 정도면 가뿐하게 도착할 수 있네. 웬만한 능선이나 절벽 사이야 건너뛰면 그만이니까."

"삼나무골이 서릉협에 있는 것도 확실하구요?"

"그렇다니까. 마정을 찾느라 사천에서 안 다녀본 곳이 없어. 뭘 그리 꼼꼼히 확인하나?"

"돌다리도 두드려 보고 건넌다. 제 신조입니다."

유현의 눈가에 희미한 잔주름이 생겨났다. 진파는 열심히 산세를 관찰하느라 그것을 보지 못했다.

"그렇군. 훌륭하네."

사지에 쇠사슬을 친친 감은 유현이 눈을 감으며 고개를 크게 끄덕였다.

진파가 잘라주긴 했지만 어쩐지 정이 들었다며 쇠사슬을 몸에서 떼지 않은 유현이었다. 철컹 하며 쇠사슬 울리는 소리가 유현의 고갯짓과 박자를 맞추어 묘하게 울렸다. 진파의 말에 조금 과장스런 고갯짓을 하는 유현의 곁에서 벽화는 고개를 돌려 입을 삐죽 내밀고 있었다.

'돌다리 같은 소리 하고 있네. 신중은 무슨…… 답답이 주제에. 쳇!'

진파의 목소리가 들렸다.

"마음이 든든하네요. 유 숙이 동행해 주신다니까. 길 잃을 염려는 없겠습니다."

"달리 할 일도 없는걸, 뭐."

벽화가 둘 사이에 끼어들었다. 유현을 바라보는 시선에는 뾰로통한 분기가 섞여 있었다. 동굴에서 유현과 전음으로 나눈 대화에 벽화는 아직 삐친 상태였다. 왜 진파에게 풍협이 아버지라 가르쳐 주지 않는 것인지 벽화는 이해할 수 없었다. 게다가 무슨 어른이 그런가? 니가 가르쳐 주면 나도 가르쳐 준다니!

"풍협하고 싸우신다면서요? 필생의 적수시라면서요?"

유현은 예의 그 담담한 눈빛으로 벽화를 바라보았다.

"십 년 후에 온다고 했는데 약속을 지키지 않았어. 아무래도 십 년은 지난 것 같으니까. 풍협의 성격으로 보아 그건 못 지켰다고 보아야겠지. 무슨 일이 있는 모양이지만 걱정할 만한 사람은 아니고. 그러니 잠시 놀아도 괜찮아. 십 년 만에 산이나 마음껏 달리는 것도 좋지."

벽화는 무어라 더 쏘아붙이려다 입을 다물었다.

진파가 벽화의 머리를 쓰다듬었기 때문이다.

"유 숙이 함께 다니는 게 싫어?"

"……아아니."

붉어진 얼굴을 감추려 벽화는 얼른 고개를 숙이고 조그마하게 대답했다.

"잘됐잖아. 삼나무골도 알고 계시고. 곧바로 갈 수 있게 됐어. 이젠 헤매지 않아도 된다구."

'삼나무골은 나도 기억났어! 서릉협에 있다는 건 나도 안다구!'

진파는 싱글싱글 웃으며 벽화의 머리를 쓰다듬다 냉큼 벽화를 등에 업었다.

"오빠!"

벽화의 얼굴이 붉어졌다. 유현의 눈치를 살짝 보았으나 유현은 여전히 담담하게 바라볼 뿐이었다. 귓전에 작은 전음이 울린다.

"이제 보니 업히는 게 좋아서 말을 안 하는 게로군. 그렇지. 제 기억을 찾았다 하면 그렇게 막 업히진 못하겠지."

"유 수욱!"

벽화의 뾰족해진 전음이 유현의 귀를 울렸다.

"뭘 걱정하고 뭘 두려워하는지는 잘 알아. 하지만 모든 일엔 때가 있는 법이야. 명심하게. 풍협이 아비란 걸 밝힐 때는 아직 되지 않았지만 자네가 소수마후라는 것을 밝힐 때는 이미 지났어. 망설일수록 점점 때를 놓치게 될 게야. 때를 놓치면 점점 말하기 힘들어져."

벽화의 얼굴빛이 흐려졌다. 잘끈 입술을 깨물고 아미를 모았다.

진파의 명랑한 목소리가 들렸다.

"이제부터 신나게 달리자. 유 숙! 가시죠."

"그러지."

진파가 휘익 몸을 날려 남쪽을 향해 달리기 시작했다. 더욱 빨라진 경공이었다.

유현은 출발하기 전, 눈만 살짝 돌려 삼십여 장쯤 떨어진 커다란 회색 바위를 잠시 바라보았다. 그리고는 유현도 몸을 날려 진파의 뒤를 따르기 시작했다.

유현이 멀리 사라지자 회색 바위 뒤편에서 검은 그림자가 꿈틀대며 일어섰다.

진파의 뒤를 따랐던 임수였다. 반나절 차였지만 벽화와 보조를 맞추며 이런 저런 얘기를 하느라 진파 일행이 멀리 가지 않았던 것이다.

"겨우 따라잡았군. 그런데 저 괴물은 또 뭐야? 동굴 속에 있던 놈인가? 만만치 않아 보이는데……. 일후가 정신을 차렸군. 동 할아버지가 떠나신 후에 의식이 돌아왔나?"

잠시 생각에 잠겼던 임수는 곧 자신만만한 웃음을 머금고 동선을 위한 표지를 남겼다. 그리고는 진파의 뒤를 따라 몸을 날렸다.

'더 재미있어지겠군.'

진파의 발 아래 푸른 나뭇잎들이 살랑대며 흔들렸다.

하늘을 향해 높게 솟구쳐 오른 전나무 군락 위를 달리며 진파가 벽화에게 소리쳤다.

"벽화야! 이젠 안 무섭나 보구나! 높은 데 있는데도 소리 안 지르는데?"

깊은 생각에 잠긴 듯 벽화의 얼굴은 진지하게 가라앉아 있었다. 진파의 말에 벽화는 아무 말 없이 고개만 까닥였다.

벽화의 간지러운 고갯짓이 뒷 목을 통해 느껴지자 진파는 해맑은 웃음을 지었다.

"핫!"

발밑의 전나무 가지를 박찬 진파가 휘리릭 공중으로 도약해 숲의 끝에 서 있는 한 전나무 가지 위에 멈추어 섰다. 뒤따르던 유현도 진파의 옆에 섰다.

유현이 진파에게 전음을 보냈다.

"우리를 뒤따르는 놈이 있구나. 아, 뒤는 돌아보지 말게나. 미행을 눈치 챈 것을 아직 모르니까."

"저도 알고 있어요."

유현의 눈에 뜻밖이라는 빛이 스치고 지나갔다. 그들을 뒤따르는 움직임은 너무도 은밀해 유현도 몇 번이나 확인한 터였다.

"누군지 알겠나?"

"무맹이겠죠."

"한 번 골려줄까?"

"귀찮은데 그냥 가죠."

"난 너무 오랜만에 세상에 나와서 매우 심심하다네."

"킥! 유 숙께서 하신다면 말리지 않을게요."

"그럼 먼저 가게. 저기 수피가 흰 나무숲이 보이지? 저곳을 지나면 협곡이 하나 나와. 그곳에 들어서면 벽화를 내려놓고 천천히 걸어가게. 내가 뒤에서 덮치지."

"좋아요."

유현이 우렁우렁한 목소리로 입을 열었다.

"이번엔 내가 먼저 가지."

"중간에 다른 곳으로 돌아가시기 없기예요?"

유현의 눈이 가늘어졌다. 진파의 뜻을 알아채곤 유현도 큰 소리로 대답했다.

"빠른 길이 있으면 돌아갈 수도 있는 거 아닌가?"

"그런 꼼수를! 제가 이길 겁니다."

"진 사람이 저녁 짓는 거네. 먼저 가네."

유현은 전나무를 박차고 몸을 날렸다. 쇠사슬을 사지에 잔뜩 감고도 비조와 같은 몸놀림이었다. 잔뜩 낡아 헤어진 옷자락 때문에 쇠사슬이 오히려 옷처럼 보일 지경이었다.

벽화가 오랜만에 입을 열었다. 조금 가라앉은 목소리였다.

"오빠, 내기했어?"

"응! 빨리 가자!"

진파도 몸을 날렸다.

진파와 벽화는 협곡에 들어선 후, 천천히 걷고 있었다.

"내기했다면서?"

"일부러 져드릴려구. 밥은 당연히 내가 해드려야지."

'착해 빠져가지고……'

벽화는 땅을 바라보고 걸으면서 속으로 중얼거렸다.

그때 진파가 벽화의 손을 잡았다.

고개를 든 벽화의 시선 끝에 진파의 웃는 얼굴이 보였다.

"왜 그래? 무슨 고민 있어?"

벽화는 흠칫 얼굴 표정을 굳혔다.

'둔한 건지 아닌 건지……'

벽화는 일부러 목소리를 높였다.

"여자는 원래 이런 저런 고민이 많은 거야!"

"하하! 일곱 살도 여자냐?"

"우씨이! 그럼!"

"그래, 그래. 알았다. 발밑이나 조심하렴. 넘어지면 아프니까."

진파의 따뜻한 음성을 들으며 벽화는 자꾸만 마음이 흔들리는 것을 느꼈다.

'말해도 괜찮지 않을까? 내가 원해서 소수마후가 된 것도 아니잖아. 내가 원해서 사람들을 죽인 것도 아니잖아!'

때를 놓치면 점점 말하기 힘들어질 것이라는 유현의 충고가 떠올랐다.

힐끔 진파의 얼굴을 훔쳐보았다. 빙긋빙긋 웃는다. 뭐가 그리 좋을까.

'오빤 무림에서 누구나 알아주는 무적다가 사람이야. 정파 중의 정파고 명문 중의 명문이지. 소수마후 같은 마녀가 함께 있어봤자 오빠한테 피해만 줄 거야. 지금도 나 때문에 무맹하고 사이가 안 좋아졌잖아. 내가…… 오빠 곁을 떠나야……. 아냐! 싫어!'

진파는 이런 저런 생각에 머리가 복잡한 벽화의 손을 잡고 천천히 협곡 안을 걸어갔다.

두 사람의 뒤를 멀리서 따르고 있던 임수는 피식피식 웃고 있었다.

'역시 독한 놈이 못 돼. 내기를 했으면 이겨야지, 일부러 져주냐? 독해야 장부가 된다는 것도 아직 모르는군.'

임수는 벽화의 손을 꼭 잡고 아이를 보살피듯 걷는 진파를 보며 내심 혀를 찼다.

'일후가 얼마나 무서운 병기인데 아이 취급이냐. 아둔한 놈. 단순해서 재미있긴 하다만 얼마 안 있어 처참한 최후를 맞게 될 거다.'

그때 임수의 귓가에 이상한 소리가 들렸다.

차르르릉—

'뭐야?'

낮게 끌리는 쇳소리.

임수는 깜짝 놀라 몸을 피하려 했지만 한발 늦고 말았다.

"으윽!"

온몸을 단단히 옥죄는 강력한 압박감에 임수는 저도 모르게 신음 소리를 내뱉었다. 몸이 허공으로 떠올랐는지 발밑에 아무것도 닿는 느낌이 들지 않았다.

터질 듯한 압력을 느끼면서도 임수는 얼른 자신이 처한 상태를 파악했다. 온몸을 결박한 쇠사슬. 내공을 주입했는지 그 쇠사슬에 휘말려 임수의 몸이 허공에 떠올라 있었다.

'이렇게 기초적인 매복에 당하다니! 저 멍청한 놈 때문에 방심했구나!'

조용한 목소리가 울렸다.

"잡았군."

유현이 숲 속에서 모습을 드러내 천천히 빠져나왔다.

유현의 사지에서 뻗은 쇠사슬은 임수의 몸을 구렁이가 똬리를 튼 듯 단단히 휘감고 있었다.

허공에 뜬 임수의 눈빛이 날카롭게 빛났다. 상대가 모습을 드러낸 이상 반격의 기회는 있다.

손을 뻗으려는 찰나 온몸을 조이는 쇠사슬의 압력에 임수는 끄으으 신음을 내뱉었다.

"그렇게는 안 되지. 넌 누구냐?"

"으으…… 다, 당신은?"

"묻는 건 나야."

"크크."

임수의 웃음소리에 유현은 눈살을 찌푸렸다.

"그건 내 웃음인데? 너처럼 젊은 친구는 좀 더 맑게 웃는 ……."

유현은 더 말을 이을 수 없었다.

임수의 양손이 홱 뒤집어지며 시뻘건 혈광(血光)이 유현의 전신을 향해 폭발했기 때문이었다.

"죽어랏!"

"헛!"

차르르륵— 철컹—

요란한 쇠사슬 소리가 나며 임수와 유현의 몸이 튕겨지듯 떨어졌다. 유현이 대부분의 쇠사슬을 풀어내며 몸을 피한 것이다.

꽈릉—

폭약이라도 터진 듯 요란한 굉음이 울렸다.

뿌옇게 시야를 가린 먼지 속에서 간간이 혈광이 난무했다.

먼지가 스러져 가자 두 사람의 모습이 드러나기 시작했다.

임수와 유현은 삼 장 정도 떨어져 서로 대치하고 있는 상태였다.

어느 쪽도 이득을 보지 못한 듯 날카로운 침묵만이 감돌고 있었다.

유현의 침착한 음성이 들렸다.

"놀라운 일이군. 삼십 년 만에 보는 혈광파(血光破)야. 현성교가 부활했나?"

놀랍다는 말과는 달리 유현의 자세는 한 올의 틈도 없었다.

헐떡이는 숨을 고르며 임수가 날카롭게 반문했다.

"당신은 누구지?"

그저 외양이 흉한 괴물 정도라 생각했었는데 너무 안이한 판단이었다. 자칫하면 포로가 될 뻔했다. 임수는 머리카락이 곤두서는 긴장감을 느끼고 있었다.

임수의 반문을 들으며 유현은 오른 손가락을 조물조물 움직이기 시작했다. 검을 출수하기 전의 오랜 버릇이었다.

  "들어야 안다면 안목이 좁은 것이지."

  투기를 높인 유현이 검을 뽑으려 할 때였다.

  진파의 목소리가 유현의 손을 막았다.

  "유 숙! 제가 상대하게 해주십시오. 묵은 빚이 있습니다."

  "빚이라……."

  유현은 끌어올렸던 투기를 조용히 가라앉히기 시작했다. 사슬처럼 임수를 얽어매는 눈빛은 전혀 거두지 않은 상태였다. 바로 그 눈빛과 물샐틈없는 공세 때문에 임수는 쇠사슬의 결박에서 풀려나고도 몸을 뺄 기회가 없었다.

  "빚은 갚아야지."

  '묵은 빚'이라는 말이 없었다면 상대를 양보할 유현이 아니었지만 진파의 그 말에 조용히 물러나 벽화의 곁에 섰다. 유현의 자리엔 어느새 진파가 자리를 잡고 있었다.

  진파는 왼쪽 허리에 찬 철우의 검갑을 툭 치며 임수의 주의를 돌렸다.

  "동선은 어떻게 했나? 너 동선이 데려간 그놈 맞지?"

  임수는 내심 자신의 경솔함을 자책하다 진파의 말에 흥이 돋는 것을 느꼈다.

  '이 녀석이라면 수월하지.'

  "무슨 소리인지 모르겠군. 길 가던 사람을 이렇게 핍박해도 되는 건가?"

  맨얼굴을 드러내고 있는 임수의 모습은 준수한 청년 기협 그 자체였다. 그러나 진파는 흥 하고 콧바람을 날렸다.

"두건 벗으면 못 알아볼 줄 아냐? 내내 니 뒤꽁무니만 쫓아다녔어. 니 놈 신발 모양까지 기억한다. 시치미 떼지 마라."

"아…… 그런가?"

"동선이 어떻게 했어?"

'영리한 면도 있지만 넌 역시 바보야.'

"잡아먹었다."

"이 자식!"

'격장지계가 이렇게 잘 통하는 놈도 없을……. 응?'

내심 진파를 비웃던 임수는 두 눈을 있는 대로 크게 떴다.

진파를 흥분시키고 적당한 시기에 몸을 뺄 작정이었는데 뒤쫓는 동안 진파가 장식물처럼 달고 다니던 검을 눈부신 속도로 빼 들었던 것이다. 발검과 함께 내뻗은 검끝이 어느새 코앞에 당도해 있었다.

"엇!"

임수는 헛바람을 내뱉으며 휘청 뒤로 허리를 젖혔다. 보법을 시전할 틈도 없는 절대쾌검이었다. 분명 삼 장의 거리가 있었건만 진파는 단숨에 그 거리를 제압했던 것이다.

'이 자식이 어느새?'

훨씬 하수로 보고 하찮게만 여겼던 그 진파가 아니었다.

생각이 이어지지 않았다.

허공을 통과했던 검이 그대로 궤도를 바꾸며 머리를 노리고 떨어진 것이다. 그대로라면 몸이 두 쪽으로 갈라질 위기. 임수는 어쩔 수 없이 데굴데굴 바닥을 굴렀다. 수치심이 물밀듯 밀려왔다.

그러나 몸을 일으킬 틈도 없었다.

땅을 구르는 임수의 뒤를 쫓으며 진파는 가차없이 연환쾌검을 찔러

갔다.

"짜샤! 바른 대로 대!"

진파의 목소리가 쩌렁쩌렁 울렸다.

나려타곤(懶驢陀滾:게으른 당나귀가 바닥을 구르며 매를 피하는 모양을 본뜬 초식)은 체면을 중시하는 강호인들이라면 누구나 부끄러워하는 초식이다.

그 나려타곤을 펼치면서도 몸을 일으켜 반격을 꾀하려는 임수의 눈을 보며 유현이 조용히 중얼거렸다.

"보통 녀석이 아니군."

"오빠도 빈틈을 주지 않고 있어요."

"물론 진파도 보통이 아니지. 대개는 정정당당한 대결 어쩌고 하면서 일어설 틈을 주겠지만 말야. 둘 다 싸움을 아는 녀석들이다."

"저놈이 현성교도가 틀림없나요?"

벽화가 돌연 전음을 보내자 유현도 전음으로 대답했다.

"그래. 혈광파는 삼십 년 전 현성교의 괴수가 사용했던 악랄한 장공이다. 빛이 번쩍하면서 피할 틈도 없이 몸이 베어지지. 장력인데도 예리한 칼처럼 몸을 찢어버려. 시신만 보면 극도로 예리한 병기로 난도질당한 것처럼 보인다. 무서운 무공이지."

"그럼 저놈은 현성교에서도 중추 인물이겠군요."

"그렇겠지."

벽화의 눈은 임수를 향했다. 바닥을 구르다 손으로 땅을 치며 허공으로 치솟아오르는 임수.

'현성교란 말이지? 날 납치하고 소수마후로 만든 그놈들이란 말이지?'

벽화의 눈이 임수를 잡아먹을 듯 노려보았다.

'동선이 어떻게 했어' 라는 진파의 외침이 귀를 때렸다.

'그래! 동선이라는 그 늙은이……. 제련에 실패한 친구들을 잡아 죽이던 그 늙은이야! 우릴 소수마후로 만든 그놈이야! 가증스런! 그런 놈이 감히 내 품에 안겨서 놀았다 이 말이지? 게다가 아직도 오빠를 속이며 갖고 놀아?!'

유현은 순간 머리털이 곤두서는 극렬한 살기에 깜짝 놀랐다.

벽화의 몸에서 온몸이 따가울 정도로 극악한 살기가 치솟아오르고 있었다.

'과연 소수마후군.'

"진파에게 이런 식으로 정체를 드러낼 참이냐?"

유현은 경고를 보내며 벽화의 손을 부드럽게 잡았다.

내공을 끌어올리지 않아 손으로 칼날을 잡은 듯 시린 냉기가 전해왔지만 유현은 개의치 않았다.

"진정하렴. 지금 네겐 오빠가 있고 숙부인 나도 있다."

손바닥을 파고드는 써늘한 냉기가 감각을 마비시킬 정도였지만 유현은 벽화의 손을 꼬옥 쥐었다.

벽화의 손이 떨리는 것이 그대로 느껴졌다.

잠시 후 손의 통증이 조금씩 가시는 것을 느끼며 유현은 내심 안도의 한숨을 쉬었다.

'불쌍한 것. 어린 나이에 어쩌다…….'

한참 격전을 벌이는 진파와 임수는 벽화의 변화를 모르는 듯 무섭게 격돌을 거듭했다.

혈광파와 연환쾌검의 눈부신 대결.

벽화는 고개를 돌려 유현을 바라보았다. 그 눈엔 좀 전까지 보이던 시퍼런 살기 대신 아련한 물기가 어려 있었다.

담담하지만 한없이 따뜻한 유현의 눈빛. 오랫동안 느껴보지 못한 아버지의 정을 느끼게 하는 눈빛이었다.

벽화는 젖은 음성으로 낮게 속삭였다.

"고마워요, 아저씨."

유현이 빙긋 웃더니 가슴까지 내려오는 수염을 쓸며 장난스레 말했다.

"유 숙이라 불러라."

벽화의 얼굴에도 희미한 웃음이 피어올랐다.

"전 아저씨라 부르는 게 좋아요."

유현의 덥수룩한 수염이 흔들렸다.

"진파에게 이른다?"

"아저씨는 그렇게 못하세요."

"킁!"

벽화는 콧바람을 내뿜으며 진파에게 고개를 돌리는 유현을 따뜻한 눈빛으로 바라보았다.

'정말 고마워요, 정말.'

유현과 벽화가 격전에서 눈을 뗀 사이 진파의 검이 현란하게 춤추기 시작했다. 유혼신법과 어우러진 절정의 변검이었다.

임수가 진력을 돋우며 계속 혈광파를 때려냈지만 진파의 도깨비 같은 신형을 도대체 따라잡을 수가 없었다. 하나하나가 모두 실초인 변검과 어우러지니 한 명이 아닌 다수와 싸우는 꼴이었다.

혈광파로도 진파를 잡을 수 없자 임수는 차츰 당황하기 시작했다.

'이 정도가 아니었는데? 어떻게 이럴 수가 있어?'

"겨우 이 정도냐!"

진파의 날 선 고함이 터졌다.

격장지계로 화를 돋운 것치곤 진파의 분노가 너무 살벌했다.

변검의 하나하나에 살기가 어린 것을 보며 임수는 장력을 때려내면서도 이상하다는 생각이 들었다.

'동괴 할아버지가 이 녀석한테 그렇게 중요한 인물이었나? 윽!'

잡념에 빠진 사이 진파의 철우가 어깨를 스치고 지나갔다. 뻘건 핏줄기가 자유를 되찾듯 쭈욱 피어올랐다.

'이 자식! 이렇게 된 이상 내 손으로 끝장을 내주마!'

무맹과 무적다가를 반목하게 하려던 계획은 임수의 머리에서 사라졌다. 현성교의 소교주라지만 그 또한 이십대의 피 끓는 젊은이였다.

'무음각을 쓰면 단숨에 죽일 수 있어!'

벽화를 암격할 때 사용했던 그 무음각.

내공을 수십 배 증폭시켜 소리없는 음공(音功)을 가능케 하는 현성교의 기물이었다. 지나친 내공의 소모로 인해 원거리에서만 사용했었지만 지금은 그런 것을 따질 상황이 아니었다. 혈광파만으로는 진파를 상대할 수 없다는 것이 너무나 분명했다.

'거리를 두고 이 녀석을 죽인 후 숲으로 피한다. 약간의 시간이면 저 괴물도 피할 수 있어. 동 할아버지가 곧 올 거야!'

임수는 진파의 공세를 피하기 위해 신법의 속력을 배가했지만 진파의 몸은 유령처럼 부유하며 그를 놓치지 않았다.

'다시 한 번 흥분시켜야겠군.'

그때 현란하게 춤을 추던 진파의 검세가 다시 변했다.

산악이 무너지듯 거창한 기세를 뿜어내며 머리 위에서부터 떨어지는 일도양단의 중검!

"이런!"

변검에 익숙해져 있던 임수는 경악성을 내뱉었다.

파파파파팡!

혈광파가 중검을 향해 몰아쳤지만 진파의 검세를 완벽히 파훼하기에는 역부족. 몸을 날려 피했으나 옆구리가 허전했다.

진파를 노려보며 손을 대자 축축하게 젖어오는 것이 느껴졌다.

'분명히 피했거늘. 검기만으로도 이 지경이라니. 여태 검법을 숨겼다는 말인가?'

단단히 수련한 몸 덕분에 상처가 깊진 않았으나 동작을 둔화시킬 정도는 되었다.

임수는 다급해졌지만 표정을 드러내지는 않았다. 싸늘한 기상이 감도는 그 얼굴은 현성교의 소교주답게 당당한 것이었다.

그러나 이어진 그의 전음은 당당함과는 거리가 멀었다.

"흥! 날 죽이면 동선이란 꼬마는 볼 수 없을 텐데?"

진파는 다시 한 번 검을 쳐내려다 임수의 전음에 팔을 멈췄다.

'효과가 있군. 역시 애송이야!'

임수의 손이 슬그머니 품속을 파고들었다.

진파의 전음이 임수의 귀를 파고들었다.

"웬 전음? 쪽팔리는 건 아나 보지?"

"승패에 이용할 수 있는 건 전부 쓰는 거야."

"그래서? 근데 어쩌지? 나 그 녀석 별로 걱정 안 되는데?"

'이게 무슨 소리야?'

임수는 생각을 정리할 틈이 없었다. 무음각을 뺄 틈은 물론 없었다.

부아아아앙—

진파의 살기 어린 중검이 임수의 머리를 노리고 다시 떨어져 내렸기 때문이다.

"연습 잘하는군."

"예?"

유현의 말에 벽화가 되물었다.

어느 정도 마음을 가라앉힌 벽화는 싸늘하게 임수를 노려보기는 했지만 몸에서 살기가 새어 나오지는 않았다.

"진파 말이다, 점점 초식에 익숙해지고 있어. 정말 무서운 자질이다."

유현이 진파를 칭찬하니 벽화는 괜히 기분이 좋았다.

"그래요?"

"음. 핏줄도 핏줄이겠지만 상당히 잘난 놈이구나. 저 검법이 원래 그런 검법이긴 하지만 한 번 깨닫자마자 저런 속도로 검이 늘다니. 타고난 놈이야. 그런데……."

"그런데요?"

"살기가 너무 짙어. 저건 좀 진파답지 않군. 나하고 상대할 때도 저 정도는 아니었는데 말야."

벽화가 보기에도 진파의 검에는 한 초식 한 초식이 엄청난 살기를 담고 있었다.

"저 녀석 사람 많이 죽였나?"

벽화가 전음으로 대답했다.

"제가 알기론 없어요. 저를 현성교에서 보호할 때도 그들의 목숨을 빼앗지는 않았어요."

"그거 참 이상하구나."

"아마 동선이란 늙은이를 아직도 아이로 알아서겠죠. 제가 그때는 그 늙은이 정체를 기억하지 못해서 오빠한테 구해달라고 했거든요. 오빠를 무맹과 이간질하려는 저놈들 계책인 줄 모르고 말예요."

벽화는 간단하게 한수 위의 배에서 있었던 일을 유현에게 설명했다.

"동괴? 그 징그러운 늙은이가 아직 살아 있었나?"

"예. 그놈이 현성교에서 소수마후를 제련시키는 일을 진두지휘했어요. 제 동무들을 정말 많이 죽였죠."

"그럼 제놈 적인 줄도 모르고 동괴를 구하겠다고 저 난리란 말이냐?"

"오빠…… 약자한테는 착해 빠졌거든요……."

"허참……."

유현이 진파를 바라보며 입맛을 다셨다.

그 무렵, 임수의 몸에는 크고 작은 검상들로 피가 그치질 않고 있었다.

가지런히 빗어 넘겼던 머리도 이리저리 헝클어져 단정한 외모는 이미 물 건너간 상태였다.

싸늘했던 눈빛도 눈에 띄게 흔들렸다.

'이 자식! 너무 강해! 어떻게 이럴 수가!'

임수는 동선이 제때에 도착해 지원을 해주지 않자 여유를 잃었다.

조금 떨어져 지켜보고 있었지만 쇠사슬을 두른 괴인은 임수의 퇴로를 막고 은근히 견제를 계속하고 있었다. 미친 개처럼 덤벼드는 진파 때문에 반탄력을 이용한 도주 같은 것은 생각조차 할 수 없었다.

'이렇게 되면!'

임수가 진파를 향해 몸을 멈추며 큰 소리로 외쳤다.

"잠깐!"

"잠깐은 뭘 잠깐이야!"

"헉!"

진파의 검이 머리 위에서 떨어지다 다시 연환쾌검으로 변환했다. 그래도 정파 놈이니 이렇게 무방비 상태로 말을 하면 공세를 멈출 줄 알았건만 진파의 검은 정말 추호의 틈도 용납하지 않았다. 부실한 수비 덕분에 임수는 절대위기에 빠지고 말았던 것. 제 꾀에 제가 넘어간 격이었다.

임수의 볼을 스친 철우의 검기가 몇 방울의 피를 뿌리고는 다시 목을 노리고 쇄도했다.

다급해진 임수는 진파에게 전음으로 외쳤다.

"네가 정말 궁금해하는 것을 가르쳐 주겠다!"

그 말에 진파의 검이 허공에서 우뚝 멈추었다.

진파는 임수의 목에 철우를 겨누고 날카롭게 물었다.

"여전히 쪽팔린 건 아나 보군. 전음으로 해. 무슨 말이지?"

'전음? 왜 전음을 고집……?'

임수의 생각은 도중에 끊겼다.

목덜미를 제압한 진파의 검에 힘이 들어갔기 때문이다.

선명한 핏방울이 또르륵 철우의 혈조―피가 흘러내리도록 검신에 판

홈, 검의 무게를 가볍게 하는 역할도 한다—를 따라 굴러 내렸다.

"저, 저 여자! 네가 일곱 살이라 믿고 있는 저 여자의 정체를 알려주마!"

벽화의 정체를 알려주고 진파가 충격에 빠진 사이 몸을 빼려는 생각이었다.

진파의 차가운 전음성이 들렸다.

"말해 봐."

임수는 몸을 날릴 준비를 하며 최대한 진파에게 충격을 주려 또박또박 진실을 알려주었다.

"저 여자는 무맹에서 생각하듯 소수마후야! 벽화는 바로 소.수.마. 후.인 거다!"

진파의 검에서 힘이 빠졌다.

임수는 재빨리 뒤로 물러서며 품속에 손을 넣었다. 조금만 거리를 확보하면 무음각을 불어 진파에게 죽음의 타격을 입힐 자신이 있었다.

그때 진파의 검이 스르르 움직였다.

뒤로 움직이는 임수를 따라 쾌속하게 쏘아지는 그것은 절대 충격에 빠져 방심한 사람의 검이 아니었다.

"악!"

임수의 입에서 비명이 터졌다.

철우가 오른쪽 어깨를 꼬치를 꿰듯 관통하고 있었다.

불덩이로 지진 듯한 고통이 전신을 엄습했다.

"나.도. 알.고. 있.다!"

진파의 짧고 차가운 전음이 임수의 귀를 지졌다.

"벽화를 소수마후로 만든 게 바로 너네라며? 그래서 넌 죽어야겠다. 바.로. 여.기.서!"

단호하고도 차가운 진파의 전음을 들으며 임수는 쩌억 하고 입을 벌렸다.

벽화가 소수마후였음을 진파가 알았기 때문만이 아니었다.

허공으로 떠오르는 자신의 오른팔이 새빨간 피분수를 동반하고 눈앞에 떠올랐기 때문이다.

임수의 입에서 고통에 가득 찬 비명이 터져 나왔다. 자신의 입에서 그런 나약한 비명이 터질 줄은 꿈에도 상상해 보지 못한 임수였다.

"끄아아아아악—"

철우는 임수의 팔을 베고도 멈추지 않았다. 곧장 위로 치켜 올려져 가며 임수의 목을 노렸다. 시린 검기가 어려 철우의 검신이 푸르게 반짝였다. 임수의 눈에 암담함이 스쳐 지나갔다. 진파의 굳은 얼굴에 서린 단호한 결의를 보니 목숨을 부지하지 못할 것만 같았다.

'이렇게 되다니……. 내가 이렇게 죽다니…….'

뵙지도 못한 아버지의 영정이 임수의 눈앞에 떠올랐다. 위선의 정파 무리들에게 억울한 희생을 당한 아버지, 임혁의 얼굴이 안타깝게 떠올랐다.

'아버지…….'

그때였다.

날카로운 파공음이 허공을 울리며 진파의 검을 튕겨냈다.

슈우우우— 챙—!

임수는 번쩍 정신이 들었다.

'둥 할아버지!'

"어서 몸을 굴려!"

동선의 전음과 함께 퍼펑 하는 소리가 터지며 시야가 뿌옇게 흐려졌다.

'이익!'

임수는 장내를 휘덮는 연막탄 속에서 필사적으로 몸을 굴렀다.

'이렇게 죽어선 안 돼!'

어깨를 덥석 잡는 손길이 느껴졌다.

"나다."

동선의 전음 소리를 들으며 임수는 아득히 정신을 잃어갔다.

극도의 긴장이 풀리며 몸이 허공으로 떠오르는 것을 느낄 뿐이었다.

협곡을 뒤덮었던 연기가 사라져 가자 진파는 묵묵히 철우를 허공에 뿌렸다. 철우에 맺혀 있던 핏줄기들이 단번에 바닥에 뿌려졌다. 진파는 조용히 철우를 검집에 넣었다.

"놓쳤군."

"한패가 있었나 봅니다."

유현에게 대답하는 진파의 목소리는 평소와는 조금 달랐다.

뒤를 돌아보지 않고 크게 심호흡을 몇 번 한 진파가 벽화와 유현을 향해 몸을 돌렸다.

벽화가 쪼르르 진파에게 달려갔다.

"오빠, 괜찮아? 많이 다친 거 아니지?"

혈광파와 맞서 싸우며 진파의 옷도 여기저기 날카롭게 베인 자국 투성이였다. 마치 연혼사가 스치고 지나간 듯 찍찍 갈라진 틈새로 몇 줄기 핏자국이 말라붙어 있었다.

진파는 빙긋 웃으며 벽화의 머리를 쓰다듬었다.

"몇 군데 긁힌 것뿐이야. 괜찮아."

"왜 그렇게 무리했어?"

벽화의 조심스런 시선이 진파의 눈을 바라보고 있었다.

진파의 눈 속 깊이 어떤 감정이 피어오르다 곧 사라졌다. 진파의 웃음이 좀 더 짙어졌다.

"동굴 속에서 그놈 정체를 깨달았거든. 현성교라고 아주 나쁜 놈들이야. 너 만나기 전에 그놈들 악행을 많이 겪었단다."

진파가 벽화의 머리를 쓰다듬는 동안 벽화는 고개를 떨구었다.

'오빠가 보고 들은 악행엔 내가 한 짓도…… 포함되어 있겠지? 내, 내가 원해서 한 게 아니…… 야…….'

고개 숙인 벽화의 눈에 뿌연 물막이 드리워졌다.

그때 유현이 진파에게 말을 걸었다.

유현의 눈은 담담하기만 했다.

"동선이란 이름을 부르던데……. 어찌 된 관계인가?"

"그놈이 납치해 갔던 꼬마 이름입니다."

"얘길 들어보니 그 애를 구하려 했던 것 같은데 그놈을 놓쳐서 어찌하나?"

"상관없습니다. 이제."

"어째서?"

"동굴에서 이리저리 많은 생각을 했습니다. 그 아이는 열 살 정도 되어 보였는데 그 나이로는 알 수 없는 감정을 너무 많이 알고 있었습니다. 아이치고는 너무 영리했지요."

"그런데?"

진파가 씨익 웃었다.

"아까 그놈이랑 싸울 때 확인했어요. 그 동선이란 꼬마도 현성교도더군요. 둘이 짜고 우릴 노렸다고 합니다. 급하니까 실토하더군요."

"입술을 달싹거려 전음을 보낸다 했더니 그 말이었군."

"예. 저를 놀라게 해서 몸을 뺄 작정이었나 보더군요."

"그렇군."

"어서 여기나 벗어나죠. 몸도 좀 씻고 물고기나 잡아서 밥 먹죠."

"그러지."

유현은 묘한 눈빛으로 진파를 바라보고 있었다. 그의 눈은 진파의 움직임과 얼굴빛을 세세하게 관찰하고 있었다.

'과연 그것뿐일까?'

진파는 벽화를 보며 말했다.

"벽화야, 유 숙께 업히겠니? 내 몸은 피투성이라 업기 힘들 것 같다."

벽화는 얼른 눈시울을 훔쳤다. 그리고 고개를 들어 진파를 바라보았다.

"오빠 때문에 무서웠구나. 이젠 괜찮아."

"오빠한테 업히면 안 돼?"

자신의 목소리가 조금씩 떨리고 있다는 것을 벽화는 미처 알지 못했다.

"벽화야, 오빤 오래 싸워서 힘들 거다. 내가 업으마."

유현의 말에 진파는 고개를 흔들었다.

"힘들진 않아요."

벽화를 보며 진파는 그 특유의 사람 좋은 웃음을 보냈다.

"피 냄새 날 거야. 땀 냄새도 많이 날 거고."

"괘, 괜찮아, 오빠."

"녀석, 오빠 때문에 많이 놀랐구나. 목소리가 떨린다. 잇차!"

진파는 벽화를 냉큼 업고 몸을 날렸다.

"유 숙! 물고기 잡을 만한 곳으로 좀 가요. 몸도 씻게요."

"근처에 좋은 곳이 있지. 협곡을 벗어나서 오른쪽이야."

"예!"

진파와 유현이 떠난 자리엔 임수의 잘린 팔만이 뒹굴고 있었다.

『무적다가』 제3권에 계속…

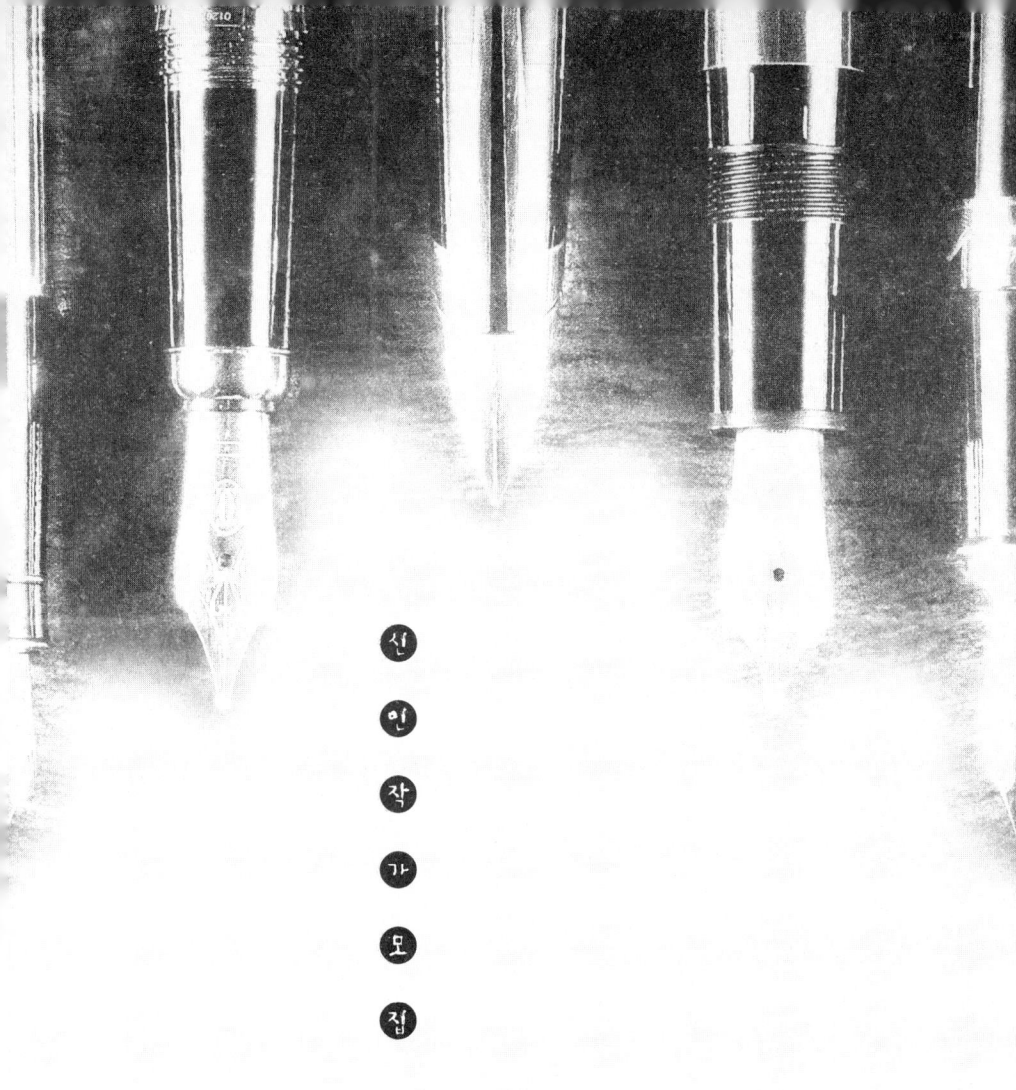

신
인
작
가
모
집

시작이 반이라고 했습니다.
작가의 길에 대한 보이지 않는 벽을 과감히 깨뜨리십시오!
청어람은 작가 지망생 여러분들의
멋진 방향타가 되어드리겠습니다.

저희 도서출판 청어람에서는
소설 신인 작가분들을 모집합니다.
판타지와 무협을 사랑하시는 분들의 많은 참여를 바랍니다.
소정의 원고(A4용지 150매)를 메일이나 우편으로 보내주시면
검토 후 출판 여부를 알려드리겠습니다.

주소:경기도 부천시 원미구 심곡1동 350-1 남성B/D 3F 우편번호420-011
TEL:032-656-4452 · **FAX**:032-656-4453
http://**www.chungeoram.com**
e-mail:chungeoram@chungeoram.com